多伦多的中国妈妈

王静 著

国文出版社
·北京·

图书在版编目（CIP）数据

多伦多的中国妈妈 / 王静著. -- 北京 ：国文出版
社，2025. -- ISBN 978-7-5125-1857-5

Ⅰ. I247.5

中国国家版本馆CIP数据核字第2024MC8147号

多伦多的中国妈妈

著　　者	王　静	
责任编辑	罗敬夫	
策划编辑	凌　翔	
责任校对	陈一文	
装帧设计	邓小林	
出版发行	国文出版社	
经　　销	全国新华书店	
印　　刷	三河市中晟雅豪印务有限公司	
开　　本	787毫米×1092毫米	16开
	19印张	280千字
版　　次	2025年7月第1版	
	2025年7月第1次印刷	
书　　号	ISBN 978-7-5125-1857-5	
定　　价	89.80元	

国文出版社

北京市朝阳区东土城路乙 9 号　　邮编：100013
总编室：（010）64270995　　传真：（010）64270995
销售热线：（010）64271187
传真：（010）64271187-800
E-mail：icpc@95777.sina.net

走近你不知道的妈妈们（序）

◇ 胡丹娃

　　这是加拿大华人女记者王静所写的新移民小说。王静是我曾经的同事，多年的好友。小说的创作灵感来自她移居加拿大第五个年头拍摄的一张照片——"2019年冬天的一个午后，偶然的机会拍下了这位牵着孩子的中国妈妈，由此触动我写下了小说《多伦多的中国妈妈》。"（引自王静）在这张照片中，行走在冰天雪地里的妈妈的背影很像王静本人，身边的女孩酷似王静的女儿。《多伦多的中国妈妈》写了一群通过投资移民来到加拿大的中国女性——那正是王静亲历的生活，照片中的母女化作了小说中的一对母女。

　　写到七万字时，王静开始在国内网络上连载这部长篇，一边写后续。她用所拍的照片做了这部小说的封面，并且获得2020年"首届上海国际网络文学周·全球网络文学作家影像故事大赛"优秀作品奖。我在2019年年底就有幸提前拜读了小说的前几章，后来全部读完。今天，小说终于要出版了，我为王静高兴。在我的阅读世界里，还没有遇到过专门为华人投资移民女性群体所写的小说，王静应该是书写这个新群体的第一人。她独特的生活经历和作家型记者的敏锐洞察力，使得这部小说别具一格，非常值得一读。

　　王静笔下的几位新移民女性分别叫元俪、胡玲、杰奎琳、小莫、凯瑟林，她们都是具有经济实力、财富自由的女强人，原先在国内有着不同的社会角色，个个事业有成，活得风生水起。为了给自己开创一片生活新天地，她们放弃了原先的事业和生活，带着孩子远渡重洋，来到有着漫长冬季的加拿大。在枫叶国的校外补习班上，做了全职太太和陪读妈妈的她们不期而遇，由此结下友谊，建立起"事儿妈"微信群，抱团儿取暖，互相帮助，共渡难关，以适应加拿大的生活。"远离家乡，远离亲人、朋友，丢掉了熟悉的生活环境、社会关系，在新的国度落地生根，更多的时候她们互相就是亲人、朋友，就是互相的新的环境和关系。"（引自本书）

小说选取2018年新年伊始，妈妈们为应对即将到来的儿童私立学校考试这样一个生活横断面，为小说的中心事件展开叙事。故事从私校考试一直延续到新冠疫情结束。孩子们渐渐长大，妈妈们也经历了挑战、冲突、蜕变、纠结、焦虑、思考、释然的涅槃过程，在用爱温暖孩子、伴随他们成长的同时，她们自己也获得了重生。小说充满了亲历感，王静通过一个串联着珍珠般信息、翔实细腻得几乎可以作为新移民加拿大生活指南的文本，向我们做了一个关于投资移民女性群体的人生报告，在有趣的故事中给出这样一个充满正能量的励志格言——

　　努力而得是幸运，努力而不得是常态。多伦多，放眼望去，多少陪读妈妈，无论怎样，唯有向着自己的目标继续前行。（引自本书）。

在我看来，这部小说至少有三大看点，这些看点正好也是这部小说的趣点。

看点一：小说里的中国妈妈都是非典型单身妈妈，即爸爸们在国内打拼、照顾老人，妈妈们带着孩子在加拿大陪读。如此的家庭结构令外国人也不解，他们说："这是为什么啊？！"外国人预言这样的家庭迟早要解体，然而，这样的家庭不仅没解体，相反黏合得更好，因为夫妇双方奋斗的中心是孩子。中国妈妈们的家庭每年春节一聚，或时间间隔再短些。这是温馨而激动人心的时刻，主人公元俪的女儿贝拉会在爸爸要来团聚时，早早地对学校的老师和同学说："我爸爸要来了！"对这样的新移民家庭结构，王静没有回避，她真实地写了出来，可信且妙趣横生。王静要告诉读者的并不是图解式的好与差，她所写的，是一群你不知道的新移民妈妈，她们等待你去了解、去走近。

看点二：虽说人生不是简单的曲与直，移民妈妈的孩子要想在国外不输在起跑线上，同样面临激烈的竞争，看似跳出了应试教育，却上了另一辆战车。误区也好，战车也罢，当一切成为必须，似便不再好区别孰优孰劣。然而，毕竟环境已经改变，孩子的成长与发展有了不同。小说在展示中西教育的不同面貌上自然形成风景，在两种风景上自然产生出可供回味的审美趣味，这也是这部小说好看的一个方面。

看点三：小说从一个侧面安慰了一大批想把孩子送到国外去读书的家长，让他们看到，要想孩子成为最好的"这一个"，在哪里都不易。孩子的机遇是很多的，遇到好老师当然是最好的，但有个温暖、有能力的好妈妈，应该是最好最好的吧？可是，有了好妈妈，是不是在哪里都一样呢？小说没有正面回答，妈妈们可以自己做出选择，而宝贵的人生经验包括选择的得失就藏在小说深处，给人启示。

《多伦多的中国妈妈》里人物众多，除了几位中国妈妈，还有若干孩子，以及孩子们的父亲、夫妻双方共同赡养的老人。如此多的人物，王静写来得心应手，从容不迫，一环扣一环。她的人物刻画最是生动，人物对话尤其风趣，语言极富生活气息。叙述中，精湛的个人见解冷不防就跳将出来，让人眼前一亮，不能不点头称是。小说读来如行云流水，没有一句说教，却让人感触良多。此外，文本的原创保证，也增加了这部新移民小说的阅读价值。一部作品的原创价值是能从文本中读出来的，至少我能读出。

这是王静的第一部长篇小说，作为处女作，还是很多不足。小说的后半部分相比前半部分显得松散，当然这也是许多作家写长篇普遍存在的问题。关于写小说，王静还有很多需要学习的地方，相信随着她的作品逐渐增多，她会越写越好。她有生活，有灵气，而写作恰好需要生活和灵气。她当过记者，拍过纪录片，开过公司，后来移民加拿大，如今写小说。我相信，她如果想玩出一部电视连续剧也是能做到的。在一系列有意思的摸爬滚打中，王静始终保持敏锐的触觉和善良的心，这是她能继续写出好小说的依据。

2025 年 8 月 15 日于南京

（胡丹娃，中国作家协会会员，著有长篇小说《活在福地》、中篇小说《尼采魔咒》、短篇小说《四月五日》等。现居南京。）

目录

第一章 零下 17℃ ……………………………………………………………… 001

第二章 妈妈圈的日常 ………………………………………………………… 005

第三章 近邻 …………………………………………………………………… 010

第四章 小莫 …………………………………………………………………… 013

第五章 公民教育 ……………………………………………………………… 017

第六章 合唱团时间 …………………………………………………………… 021

第七章 香港妈妈的焦虑 ……………………………………………………… 025

第八章 私校面试 ……………………………………………………………… 027

第九章 两姐妹和孩子 ………………………………………………………… 030

第十章 美术馆的邂逅 ………………………………………………………… 034

第十一章 贝拉的问题 ………………………………………………………… 037

第十二章 小莫的悸动 ………………………………………………………… 039

第十三章 邂逅之后 …………………………………………………………… 042

第十四章 伊丽莎白的抑郁 …………………………………………………… 046

第十五章 八卦 ………………………………………………………………… 049

第十六章 父女视频 …………………………………………………………… 052

第十七章 宠物和书店 ………………………………………………………… 056

第十八章 年三十 ……………………………………………………………… 061

第十九章 年夜饭 ……………………………………………………………… 066

第二十章 私校发榜日 ………………………………………………………… 071

第二十一章　胡玲的惊悚之夜 ································· 075

第二十二章　消失的胡玲 ····································· 079

第二十三章　初来乍到的安娜 ································· 083

第二十四章　杰奎琳私校的抉择 ······························ 086

第二十五章　购物的理由 ····································· 090

第二十六章　春假 ··· 094

第二十七章　小莫的领悟 ····································· 097

第二十八章　胡玲的蒙特利尔行 ······························ 100

第二十九章　思路与出路 ····································· 103

第 三 十 章　早茶 ··· 107

第三十一章　伊丽莎白 ······································· 110

第三十二章　IB 课程 ·· 114

第三十三章　礼物 ··· 118

第三十四章　停车场 ··· 121

第三十五章　小提琴比赛 ····································· 125

第三十六章　EOEC ·· 129

第三十七章　央街事件 ······································· 133

第三十八章　胡玲的心思 ····································· 137

第三十九章　二宝的课外活动 ································· 141

第 四 十 章　看房 ··· 144

第四十一章　老妈的碎碎念有道理 ···························· 148

第四十二章　凯瑟琳的邀请 ··································· 152

第四十三章　家宴 ··· 156

第四十四章　敏越的新创业 ··································· 160

第四十五章　边走边聊 ······································· 164

第四十六章　大采购 ……………………………………… 168

第四十七章　不同的回国姿态 …………………………… 172

第四十八章　胡玲回国 …………………………………… 175

第四十九章　小学毕业典礼 ……………………………… 178

第 五 十 章　兄妹俩 ……………………………………… 182

第五十一章　加拿大国庆日 ……………………………… 186

第五十二章　医院陪护 …………………………………… 190

第五十三章　元俪一家出发 ……………………………… 194

第五十四章　温哥华 ……………………………………… 198

第五十五章　有喜 ………………………………………… 201

第五十六章　小莫全家出行 ……………………………… 204

第五十七章　雪山温泉 …………………………………… 207

第五十八章　国会山 ……………………………………… 210

第五十九章　杰奎琳官宣 ………………………………… 212

第 六 十 章　上海 ………………………………………… 215

第六十一章　好闺密蜜 …………………………………… 218

第六十二章　杰奎琳的委托 ……………………………… 222

第六十三章　暑假 2019 …………………………………… 224

第六十四章　左右为难 …………………………………… 227

第六十五章　三个医生三个说法 ………………………… 230

第六十六章　回多伦多 …………………………………… 234

第六十七章　眼疾 ………………………………………… 238

第六十八章　眼科 ………………………………………… 241

第六十九章　手术 ………………………………………… 246

第 七 十 章　湾景中学 6F 班 ……………………………… 249

第七十一章　6F 班的小留学生 ……………………………… 252

第七十二章　项目 ………………………………………………… 255

第七十三章　公众号 ……………………………………………… 259

第七十四章　串门 ………………………………………………… 263

第七十五章　锵锵三人行 ………………………………………… 266

第七十六章　《这里是多伦多》 ………………………………… 270

第七十七章　于莉莉的考量 ……………………………………… 275

第七十八章　双宝十岁 …………………………………………… 279

第七十九章　元俪的兼顾 ………………………………………… 283

第 八 十 章　每一次选择成了现在 ……………………………… 287

第八十一章　大结局 ……………………………………………… 290

第一章 零下17℃

/ 元俪第一节 SSAT① 课

/ 私校② 焦虑

元俪停好车，车外温度显示为零下17℃。零下17℃，这真是她有生以来遇到的最低气温了，这个冬天，多伦多特别冷。

2018年新年伊始，多伦多华人妈妈圈里最焦虑的事，都是关于私校的。圣诞新年的假期眼看就要结束，春季学期即将开学的这一周，计划下半年申请私校的妈妈们就开始行动了，即使是正值多伦多最冷的季节，各种SSAT、SAT③考前辅导班开班的信息，裹挟着新年祝福，充斥在不同的微信群、朋友圈。

今天是元俪带女儿贝拉第一次上SSAT。假期前，贝拉已经见过老师，试了课。老师对贝拉做了一个简单的摸底测试，贝拉5道题做对2题、猜对2题、错1题，老师对贝拉的评价是"算是跟得上课堂思路"。南希老师40岁出头，看上去不过30岁，瘦小而精力旺盛，纽约大学毕业，做过托福考试培训、新东方的指导老师，现在在多伦多自己创办了"南希教育"，有SSAT和SAT考试考前辅导班，也有英文的精读、写作班。之前的试课，南希老师给元俪的印

---

① SSAT（Secondary School Admission Test）是美国及加拿大私立中学的入学考试，主要用于非北美学生申请美加高中，被称为"美国中考"。考试由词汇、数学、阅读三部分组成，分低阶（5—7年级）和高阶（8—11年级）两。

② 即私立中学。

③ SAT（Scholastic Assessment Test）是由美国大学理事会（Colege Board）主办的一项标准化的、以笔试形式进行的高中毕业生学术能力水平考试，被称为"美国高考"。其成绩是世界各国高中毕业生申请美国高等教育院校入学资格及奖学金的重要学术能力参考指标。

象是条理清楚，抓得住要点，说得明白。

私校申请一般在9月秋季开学后的几个月开始，如果申请读7年级，9月开始的6年级新学期学生就要着手进行了，看学校、递申请材料、准备面试等。所以，南希老师建议5年级学生在升入6年级之前考完SSAT，9月升了6年级后就可以较充分地准备申请学校的各种材料，准备相应的面试。如果考试成绩不理想，6年级的10月份前后可以再考一次，这样来年1月面试前后选择一个比较好的SSAT成绩提供给报考的学校。

上课地点在南希老师的住处，一个高层公寓的小单元。贝拉上的是一对三的课，每周一次，每小时60加元，一次两小时120加元。元俪带着贝拉第一个到，元俪递给老师一个信封，里面是第一个月四星期的学费。在多伦多，辅导课基本只收现金，这几年元俪一家从上海来多伦多一次次带的现金（加拿大海关入境规定，1万加元以内不用申报）基本上付了贝拉的各种课外补习班的学费。小提琴一小时75加元；画画一个半小时25加元，贝拉每次连上两节课50加元；还有合唱团、英语、数学、演讲、跳舞、羽毛球等等，总之贝拉每天3点15放学后的时间，就是用各种补习、活动填满的。

"今天我们是一对二，一会儿还有一个学生来。"南希老师一边招呼贝拉坐到桌子边，一边给贝拉妈妈冲了一杯咖啡。她一头不对称超短发很利索，这在多伦多不多见。棱角分明的脸，得体的淡妆，穿着很正式的浅蓝色长袖衬衫和一条很潮流的破洞牛仔裤，坐下来上课，桌子以上的上半身很正式，桌下很新潮。

元俪在老师家客厅靠窗的沙发上坐下，带了本书和平板电脑。正常贝拉上两小时的课，她会去超市买东西或干点别的事情，但今天的天气实在是太冷了，在屋里待着坐等比较好，也可以听听贝拉SSAT课的学习情况。

三年前，元俪一家从上海移民加拿大，贝拉爸爸只是请了几天假，登陆后点个卯就回国了，回上海接着上班。现在是元俪和贝拉在多伦多，贝拉爸爸在上海。像元俪这样一家人分居两地的，在加拿大的中国人家庭算是常态。

另一个上课同学弗兰克和妈妈来了。他们母子刚来加拿大三个月，弗兰克也是5年级，年前已经申请了多伦多最好的男校罗曼学院的6年级，弗兰克妈妈说，希望能得到面试的机会，可以先经历一下面试，为下一年做准备，不指望能录取，打算好好补习SSAT，下半年再次申请。

弗兰克妈妈拿出本子和笔，对南希老师说："弗兰克英语还不行，我帮他记课堂笔记，回去我们把上课内容再过一遍。"

南希老师坐中间，右边是贝拉，左边是弗兰克和妈妈，上课了。

一室的小公寓，全部面积不过50平方米，隔出比一张床大点的面积作为卧室，剩下的就是一张桌子和沙发、厨房和卫生间。多伦多新的小公寓现在基本是这样的格局，适合单身的上班族。

元俪离课桌两三米，听老师的课听得真真切切。5年级的学生，SSAT课确实有难度，这原本就是超出5年级水平的测试。贝拉来加拿大时上2年级，三年英文听说读写也就刚刚过关，这还是因为元俪尽可能送贝拉上补习班，送到全是外国人的环境参加活动等才有的结果。经常有人说到了国外小孩子英语进步快，元俪的体会是也没那么快，还是要一点一点地学。元俪的心思不在手上的书里，她集中注意力，认真听老师上课的内容。

说起来，元俪还没有让贝拉上私校的打算。这半年周围小圈子的妈妈们谈的最多的话题就是私校，如何进，必须进，怎么进等等。以前多伦多的私校没有现在这么抢手，二十年前来自中国的老移民也没有经济实力送孩子进私校，现在因为大量的新移民，尤其是投资移民和国内来的小留学生的推波助澜，再加上相对好的、名气比较大的私校对白人以外的其他族裔招生人数有一定的限制，造成私校的门槛越来越高了。有一种说法就是，中国人不光抬高了房价，也抬高了私校的门槛，甚至救活了很多招生困难、本来已经无以为继而濒临关门的小私校。元俪还没想让女儿去私校，她想的是借SSAT学点语法，增加词汇量，让贝拉把英文提高一个水平。

南希老师开讲就是词根、词缀。学英语词汇量是前提，就像盖房子需要砖块。元俪听到南希老师在说"无政府""离职"这种词，别说英文意思，中文意思估计两个小孩也不明白。下课前南希老师布置了这周的作业，背5页词根、词缀的单词。

下课离开老师家，元俪将车停到公寓的地下车库，然后到"金色不如归"日本拉面馆。这家餐厅距离她们家很近，出了公寓大楼，过马路走几步就是，100米左右。贝拉喜欢吃面，所以两个人去这里的频率超高，基本就是她们俩的临时食堂一。她们俩还有一个临时食堂二——上海石库门，那是去北边华人聚居区万锦市上补习班经常去的餐厅，很地道的上海本帮菜。

当拉面端上桌时，元俪看到手机屏幕亮起，艾玛妈妈胡玲发了一张图到"事儿妈"群：车追尾了。

第二章　妈妈圈的日常

/ 北约克

/ 谁不可惜

多伦多的北约克是多伦多治安好、居住环境好的区域之一，处在城市南北交界处。北约克主要区域处于多伦多最主要街道央街两侧，中心地段在芬奇大道和雪柏大道之间，这里商店和商用楼宇林立；政府办事机构、多伦多艺术中心、多伦多教育局大楼都在这个区域，有购物中心、超级市场和电影院；直通地铁，还与多伦多第二大公共图书馆北约克中央图书馆之间有地下通道相通；图书馆的建筑群里，有游泳池、美食广场和酒店等。基本上是一个小型市中心。

这个区往北是华人聚集的万锦市和列治文市，开车20分钟车程，华人超市、中餐美食，比比皆是；往南是多伦多的市中心，地铁可以直达，多伦多市的大量资源在市中心，有博物馆、美术馆、大型购物中心等。和市中心的人杂拥挤、配套老旧不同，北约克宽敞清净。中国人偏爱这个区域还有一个重要原因，学校好，是很多新移民落地的首选，房价也是多伦多增长较快的地区之一。

元俪住在多伦多艺术中心对面的公寓楼里，与杰奎琳家隔着一个街区。杰奎琳住的那栋大楼直通地铁和商业中心，坐地铁去市中心逛商场，在直达购物中心的车站下车，像伊顿中心、诺德斯特龙百货，全程走地下，不受天气影响。如果下楼逛一圈，即使冬天也可以不用穿外套。小莫最早也住在这栋楼里，后来买了别墅搬走了，为了给俩儿子多点空间闹腾。胡玲住的地方不靠地铁，但离学校近，是房产中介口中的著名学区房，离多伦多著名的麦基小学只有一街之隔。

冬天的晚上，待在家里就是最舒服的了。

贝拉在拉琴，因为快到一周一次的上小提琴课时间了。

贝拉喜欢画画。这画画，元俪说是学小提琴带来的副产品。一提练琴，贝拉就说她要画画："画完画，等会儿再拉琴。"结果是现在贝拉画得确实不错：3年级开始学画，获了两次奖，一次是刚到美术学校学画，两个月后参加了多伦多的一个画画比赛，一幅水彩画《飞啦》得了二等奖；第二次是去年4年级参加了美国洛杉矶的全美美术比赛，油画《春到社区》获4—6年级第一名。

但是，如果没拉琴这回事，贝拉最喜欢的就是看电视了，没完没了。所以，在元俪看来，即便是为了画画，这小提琴也要继续学下去。

说到学琴，多伦多的老师可是藏龙卧虎，贝拉的小提琴老师肖老师，出身音乐世家，父亲是中央音乐学院享誉中外的小提琴家、教授，肖老师小时候作为天才琴童，北京电视台专门拍摄过她的纪录片。而且很巧的是，贝拉从国内带来的小提琴教材，就是肖老师的父亲编写的，肖老师当年还灌录了演奏示范录音带和CD。肖老师当年从中央音乐学院考到耶鲁，毕业后在波士顿交响乐团担任小提琴手，现在除了一年几次多伦多的演出，专心在家教学生。元俪经常感叹，老师一弓下去，那声音是天籁，深入人心，而贝拉一弓拉响的只是一个音而已。肖老师喜欢贝拉拉琴的自信、不怯，小小年纪，不管拉得好不好，哗啦哗啦，她一鼓作气拉完。

贝拉拉琴发出的声响，这一层楼的电梯口都能听到，有时遇到邻居，寒暄时，邻居会说那天听到贝拉拉琴，拉得不错啊。还有邻居说：贝拉拉出的琴声怎么那么响，我们家哥哥怎么拉不出声音呢？

"贝拉，拉错音了，刚才那条。仔细看看谱。"

元俪从厨房喊过去，提醒女儿。小时候元俪可是学过钢琴、学过画画的，只是实在学不下去。她不喜欢操作，可是又热爱艺术，自己听了大量的音乐，也看了很多画册，能找到的音乐经典和美术史上著名的画，都听了、看了。所以，虽然不会拉琴，但是贝拉一拉错她就知道，因为听着不顺耳，别扭。

元俪有一米七的身高，留着修得很讲究的齐耳短发，是那种骨子里很文艺，外表干练，比较强势的类型。通常人们说那种外表柔弱而内心强大的女性好命，大都嫁得好，但元俪还是愿意做自己，凡事尽努力，其他控制不了的就随便了。贝拉个子像妈妈，5年级已经一米六了，是班上同学中最高的。不过，心智还是小小孩，甚至比同龄孩子还要幼稚，整天里天马行空，除了哈利·波特就是猫武士，各种动物，"巴拉巴拉"的，对人类世界的事情不感兴趣。元俪看着也是着急，天天和她讲和同学怎么相处，如何管理自己的时间，把该做的事做完了再去玩，等等，有时候真觉得教也教不会。说起这个，元俪会说自己的妈妈当年是真轻松，不用烦神，自己当年可是从1年级起当班长，班干部干到高中毕业，年年三好生，保送进大学。那个年代的大多数父母都这样，忙工作还忙不过来，哪有时间管孩子。

"妈妈，想吃柚子。"贝拉说，"我琴拉完了。"

贝拉从自己房间出来，穿着短袖的家居服，上面是迪士尼小熊的图案。多伦多冬天的好处是外面再冷家里也是20℃左右，非常舒服。贝拉长长的头发，大眼睛，圆圆的脸，是可爱型的女孩样子。她手里拿着一本厚厚的《猫武士》，这"猫武士系列"的故事书已经看了二十多本了，贝拉已经自己在画猫的连环画了。

"我们当年，看的可都是名著。"元俪有一次和胡玲抱怨现在孩子看书单调，胡玲一针见血地指出元俪想法不对。

有一次在学校操场等孩子放学，一群中国妈妈站着闲聊，一位新来的自以为很跩的孩子妈，口口声声说来加拿大把自己耽误了、可惜了，元俪几个没接话，胡玲一句话了结了这妈妈的话题："谁不可惜？"

当时元俪和杰奎琳会心一笑。总有一些妈妈抱怨来加拿大要接孩子、送孩子，要做家务，在国内家里有保姆、有司机啥的，总之，一贯娇贵的自己现在吃苦了。其实，谁还不是个宝宝？操场上等孩子的妈妈随便哪一个也不简单。加拿大的新移民中，以投资移民居多，身家从上千万至上亿的，照样带娃做饭。胡玲对这类半吊子找感觉的丝毫不留情面。她也不差，可是啥都做。

"不喜欢可以回去啊。"胡玲白天说了不够，晚上还要在群里再次讨伐这种人，她一发飙，其他几个看着乐。"别在加拿大自以为有钱，或者在国内混得有多好。看不得这种人。好的多了去了，有钱的也多了去了，我朋友住600万①的房子，人还在家烙饼、包饺子呢。"胡玲说，"说她两句是提醒她别瞎矫情，自找寒碜。"

"贝拉，来吃柚子喽。"

元俪在厨房冲屋里喊，她剥了柚子皮，再剥里边一瓣一瓣的皮，剥出来的果肉装在盘子里，柚子皮放到冰箱除味。

贝拉坐在桌前边吃柚子，边戴着耳机听故事。元俪接着准备晚饭。

元俪来加拿大很仓促，移民获批后几个月就来了。

来加拿大之前，元俪在上海、南京等地做传媒公司。做公司的十多年里，她拍了很多不错的纪录片、广告片，也有很好的房地产平面广告设计被圈内广泛模仿。不知道的都说她牺牲事业为了孩子，其实不然，元俪是为了自己。公司实在是做烦了，做不出什么新意了。还有这几年公司间比价抢客户，越比越低，有的公司没利润也做。总之是市场环境不如早几年了，她想换种方式生活。当然，也关乎女儿。

杰奎琳给元俪发来语音："亲爱的，SSAT课上得怎么样？"

杰奎琳是一定要让儿子6年级进私校的，她在加拿大时间久，社交圈也比较广，朋友圈的孩子们都在上私校，他们在北京的朋友，孩子也是顺义、京西国际学校，或者英国学校、加拿大学校。杰奎琳计划让儿子9月份升6年级

---

① 加币。约等于3000万元人民币。

就进私立学校，现在申请了几所，有一所学校已经面试，后面还有面试等着，希望今年①能被录取。私校就是年级越高越难进，6年级私校不要求SSAT成绩，7年级以后，相当于国内的初一，基本上好的私校都有提交SSAT成绩的要求。

"老师不错，但是贝拉不见得能跟上。今天布置了5页词根、词缀，我大概算了一下，相关单词有大几百个，别说背下来，即便是熟读能认，贝拉也不能完成。"元俪说，"估计这课学不下去。"

"是啊，真是别难为小贝拉了，5年级的孩子哪能完成。"杰奎琳说，"我这两天找了SSAT书给威廉姆看，小子坚决不要学，说哪怕继续待在公校②，也不要考SSAT。"杰奎琳叹口气，"希望今年能被录取，不然的话下半年只有考，或者去不需要提供SSAT成绩的小一点的私校了。"

元俪知道自己带贝拉上SSAT课是想当然了，"该好好反省"。原来的想法是既然词汇永远是个问题，如果能早点有个记单词的好方法，岂不是很好？其实不然，单词不是这样记的。实事求是地说，只要是遇上贝拉的问题，她总是失去正常判断的能力。

---

① 即2018年
② 即公立学校

第三章　近邻

/ 敏卓带儿子去打比赛

/ 一双儿女

凌晨4点半，严敏卓抱着小被子裹着的熟睡的吉莉安，儿子杰瑞帮着开门，手里拎着妹妹的衣服、鞋子，书包和午餐包，和妈妈进了电梯。

敏卓把吉莉安送到楼上17楼的元俪家。

敏卓来北美已经20年了，她和孩子的爸爸都是当年国内那批优秀的公派留学生中的一员。和当年很多留学生一样，敏卓带着家里仅有的100美元，说着结结巴巴的英文，自己找到俄亥俄州的资助人家里，从基本不能开口说英文，一直读到博士毕业，辛苦，也非常庆幸和感激。后来，遇上同是留学生的老公，从美国搬来多伦多定居。敏卓夫妇现在都在IBM工作，他们生的老大是儿子，现在上10年级，课余在俱乐部打排球，每年有很多场比赛。老二是女儿，还小，上2年级。平时，夫妇二人分工明确，爸爸开车陪儿子打球打比赛，妈妈陪女儿练琴、画画。这个新年开学，儿子的第一场排球比赛在多伦多北边的城市金士顿举行，恰逢丈夫回西安老家看父母了，敏卓就得承担起送儿子去比赛的任务。

元俪已经开了门厅的灯在门口等着。敏卓把睡着的吉莉安放在贝拉床上，吉莉安翻个身继续睡，贝拉也没醒。

"放心吧，开车小心。"元俪说，"赶不回来给我打电话，放学我带回来。"俱乐部的比赛，如果首场输了，直接回家，中午之前就返回了。但如果赢了，就要接着再打，时间不确定。

敏卓和元俪楼上楼下住着，1609是敏卓，1709是元俪。元俪是两年前从北边搬过来的。自从有元俪做邻居，敏卓心里就感到踏实不少。他们夫妻俩是全职工作，有的工作可以在家完成，但还是难免有事在公司走不开，或者下午3点开个会什么的不能缺席，放学时赶不回，不能接孩子，有元俪在就安心多了，就麻烦元俪帮忙接一下。

不过像今天这样的情况是第一次。儿子赶早上的第一场比赛，要去100多公里之外，爸爸又不在。敏卓要把女儿放元俪家继续睡觉，然后元俪送吉莉安、贝拉一起去学校。

敏卓开车和儿子出了大楼的地下停车场。外面天寒地冻，漆黑一片，车子离开小区开上路，亮着路灯的道路上只有他们。他们先去接儿子的队友，那个队友的妈妈不敢上高速，一直是和他们拼车的。多伦多的高速路上车辆速度快，像子弹一样嗖嗖的，所以去外地打比赛，这位同学和妈妈基本就和他们一起走。

冷是冷，好在没有下雪，路上还算好走。多伦多冬天的路面是黑白的，堆在路边的是积雪，路面白白的一层是盐粒被车轧过成了粉末。今天对敏卓真是一个考验，通常孩子爸爸在，是不用她开长途的。杰瑞坐在副驾驶位置上，帮妈妈看着路。10年级的杰瑞，身高已经远远超过了文弱清秀的一米六的敏卓，长到了一米八二，超过了爸爸，文静帅气，品学兼优，是华裔男孩中的优秀样板。敏卓心里也知道老大就是省心，平日里也没有特别的说教，杰瑞就是懂事、有担当，甚至都没有什么青春期的对抗，就这么悄然长大了。老二吉莉安和哥哥完全不一样，是那种典型的很接地气的加拿大小孩，自己放松得很，小嘴动不动会劝妈妈："妈妈你不用Push（推动）的，老师说不用Push。"老二真是学什么都不过脑子，只有愉快最重要。

"唉，吉莉安不知醒了没。"过了6点半，路上开始慢慢亮了，敏卓想到女儿，和坐在旁边的老大念叨了一句。

"妹妹哪会这么早起啊，8点不摇晃都醒不了的。"杰瑞说，"醒了也没关系，元俪阿姨香喷喷的早餐等着呢。"确实，不用操心，敏卓也就是嘴上说说，老二在元俪那里放心得很。在国内忙惯了的元俪来加拿大后也闲不住，练出了厨艺，现在不光做一手南方口味的好菜，烘焙技术也是越来越高，练手的时候没少让他们品尝。"真是要谢谢元俪啊，她有什么需要我们也一定要帮助她，你看我们，一家四口全在这里，也有忙不过来的时候，何况她一人带个孩子在这里。"

"是，说得没错。"后排座位上杰瑞队友的妈妈也深有体会，赞同地感叹。她一个人带孩子在这里陪读，生活中处处小心，安全第一，平时凡事都要考虑周全，想的比较多。不敢在高速上开车，其实是心里担心，万一在高速上出了事故，那可就不是小事，孩子爸爸在国内，到时候儿子也没人管，现状就不能继续下去了。所以，她坚定地不开车上高速，儿子去外地的比赛就拼车，其他在大多伦多地区，她就带着儿子只走本地马路，虽然路上时间多花了一点，但心里踏实。"有个好邻居真是幸运，可遇不可求。我们也很幸运，每次都是搭杰瑞爸爸的车，谢谢啊！"搭车的队友妈妈说。

"不客气，应该的。在加拿大，我们当然要互相帮忙。"敏卓说。她一直认为，华人要互相帮助，要团结。加拿大虽然是移民国家，但说白了，这里是别人的地盘，所以，我们这一代，包括下一代，孩子们要在这里工作生活，我们这一代要给孩子们做个榜样，希望孩子们比我们团结得更紧密一些。

四个人的车上一路安静，进入了金士顿，杰瑞的手机屏幕亮了一下，是元俪阿姨发来了微信，让妈妈放心，一切都好。图片是妹妹和贝拉坐在餐桌前愉快地吃着早餐，早餐是杧果、牛奶、面包、鸡蛋和半截玉米。杰瑞描述了一下，车里的人都笑了。"这个小的啊，只要有吃的，不烦神的。"敏卓对儿子队友的妈妈说。

第四章　小莫

/ 凯龙船早茶

/ 春节畅想

"咱们几个，开学了，哪天送了孩子后聚聚。"周日上午，胡玲送艾玛去上课，坐在等候区，给"事儿妈"群里发了消息，"不然，后面又没时间了，忙过年了。"

"我在凯龙船。"小莫第一个在群里回复了胡玲。

小莫说在凯龙船，群里几个就知道她在陪公婆喝早茶呢。

当年小莫读大二的时候，暑假去旅游，真的就像电影里一样，傍晚走在路上，被一男的强行抢走了包，眼看着抢包的人骑着助力车仓皇而去，小莫在大街上跟在后面追，大喊抓小偷。正好有一个开雷克萨斯的男人经过，见义勇为，开车急追，把包给追回来了。不久，小莫辍学，嫁给了雷克萨斯男，也就是现在的二宝的爸爸。二宝到了上学的年纪，小莫带着二宝来到多伦多，二宝的爸爸继续在深圳做企业。

二宝的爸爸给自己父母也办了移民，在中国人多的北边万锦市买了房子，现在二宝的爷爷奶奶住万锦，生活基本和国内一样，喝广式早茶，看中国电视，打中国麻将。小莫带着儿子们住北约克，每周她和二老喝个早茶，陪公婆去超市买个菜，二老也经常煲个汤、做点吃的，带给孙子们。

在多伦多，广式早茶口味地道，堪比在中国香港和广东本地。最早是中国香港移民开早茶餐厅，后来广东等地以及其他内地城市来的中国移民多了，茶餐厅就越开越多。万锦的早茶餐厅每天座无虚席，像凯龙船这样名气比较大的，得开店门前早早排队才行，不然就要拿个号等座了。

二老每年在多伦多不冷的季节过来住五六个月，春天来，冬天前回国。今年是例外没回国，儿子圣诞节前来的，全家一起过了圣诞节，只是儿子待了5天就回去了，今年工厂事情多，赶工忙，两个老人干脆继续住下了等着过年。儿子让他们和小莫、孙子们一起住，但二老嫌每天喝早茶不方便，坚持自己住。好在家门口就是公交车站，往返喝茶还算方便。儿子今年50岁了，每次看到这个比自己儿子小17岁的鲜活的儿媳妇，二老多多少少有点不放心，更多的是心疼儿子：50岁的人了，有个老婆像没有一样。孙子们在加拿大上学，又是冰球又是棒球的，也回不了深圳。不知道他们最后要搞成什么样？

凯文是大宝，小宝叫贾斯汀。"双宝去打球了，打完球游泳，仨小时。"小莫发完消息，放下手机，对公婆说："今天有小朋友过生日，也是一起打球、游泳的。运动完了小朋友家长带孩子去派对，我到时间直接去接。"

"周一就开学了。"小莫说。想到明天周一莎莎舞也开课了，心里一阵兴奋掠过。10月份的时候，为了增加点运动，也为了有点社交，让自己每天除了接送孩子、采购、做家务的日子有点乐趣，小莫参加了莎莎舞班，每周一次，后来改成每周两次，跳着跳着还真是上瘾了。

"再加份菠萝包，给俩小子明天当早餐。"小莫说。

"好好好。"奶奶说，"已经给二宝点了牛肉丸和叉烧包，再要一份菠萝包。"奶奶吩咐老伴儿。二老70多岁了，看上去可一点不显老，像60岁出头。二宝的爸爸也一样，50岁的人，看上去年轻10岁，眼不花，白头发也没几根，甚至没有一颗坏牙。这家人的基因就是好，看着年轻。小莫想到自己，觉得自己才刚刚30岁，就已经面色憔悴，老了。

"早上二宝爸来电话了，他说让您二位多注意安全，下雪天路上小心。"小莫说。

"让他放心。"奶奶说，"他管好自己吧，酒少喝一点。少喝酒，少抽烟，讲了也没用。"

"事儿妈"群里，胡玲、元俪还有杰奎琳聊得正热闹，语音一条条的：

"春节快到了，元俪，你老公啥时来？"胡玲问元俪。

"国内年三十的机票，到这儿也是年三十。"元俪说，"他年三十中午陪老人们提前吃个年夜饭，傍晚上飞机，到多伦多正好是下午，接着一顿年夜饭。"元俪笑道，"不耽误。"

"中国特色，一家两制。"杰奎琳说。说到这"一家两制"，真是中国家庭的特色，家里一个在国内工作挣钱，另一个带孩子在国外生活。这也是老外简直无法理解的一个事情，换做他们就分了，或者他们就不会这样的。

"老霍提前一星期过来，帮我做做事。"胡玲说，"春节家里有几拨人来聚餐，老霍的同学，来得早的那批老移民，还有我们刚来时的老邻居。得把东西备齐了。"

"没错，那超市回来一车一车的东西，搬回家就是个体力活儿。"杰奎琳说。多伦多人都知道，每次去超市，尤其是仓储式的大超市，比如中国人爱去的好市多（Costco），那购物车里的水果、牛奶、饮料、肉类、油、米、面及以各种零食，再加上孩子的书、玩具，乱七八糟的需要的不需要的，满满一购物车，装进自己车的后备箱，再从后备箱搬回家，放到该放的地方，没点体力是真搞不定。

"嗯，有你忙的，我们就三个人，过年也就意思一下，简单。我做顿年夜饭，请几个朋友来聚聚，然后去一两个朋友家聚个餐，烤个年糕带上，就差不多了。"元俪说。在多伦多，通常情况下，被邀请的客人会带上自己的拿手菜，凑在一起共享。

"我和儿子也简单。威廉姆不爱吃中餐，我就基本都不吃。"杰奎琳说得自己都笑了，"现在确实吃得很少，可还是体重不减，呵呵。没什么过年的概念了，也就陪儿子看部漫威电影，和老妈、弟弟一家，还有家里的那位，视频聊聊。早就没年味儿了。"

"今年和你们家领导去哪儿聚呀？"胡玲问。每年一两次或两三次，威廉姆的爸爸到国外出差，杰奎琳会带儿子去，一家人聚聚，去年11月时去了法兰克福一周。

"今年是布鲁塞尔，3月份吧，连着春假，我计划带儿子去趟巴黎，看看卢浮宫、凡尔赛宫，让儿子熏陶熏陶。"

小莫时不时看一眼手机屏幕的微信提示，一条条的，想知道大家都说了啥，碍着公婆的面，又不方便打开语音听。

第五章　公民教育

/ 地区差异
/ 励志补习学校

都说国外孩子学习轻松，其实没那么轻松。在国内，元俪周末就是在各种培训班里打转，来到加拿大比国内更忙，不仅仅是周末，基本是从周一到周日。平时下午3点多就放学了，大把的时间，总得有地方让孩子释放精力，必须各种班上起来才行。一星期会安排空出一天，没补习，也没作业，在博物馆、图书馆或者美食广场，天气好的时候可以去公园玩玩。相比在国内，家长的付出一点也没少。

每周一，贝拉和威廉姆同上数学课。这数学课选用的是新加坡数学教材，比学校同年级数学难度大，对学校的数学课程是个比较好的补充。

多伦多的公校系统，小学1—5年级、中学6—8年级课程设置都比较简单，到了高中，也就是9—12年级，每门课的要求却很高，仿佛和中学脱节了，完全不是一回事。"为什么会这样？"元俪问。

杰奎琳说："因为这里的小学和中学是全民基础教育，就是所谓公民教育，是很基础的东西，满足基本生活所需知识和技能。高中阶段，相当一部分课程设置是为大学做准备，所以难度加大。学生选择上大学的数学和不打算上大学的数学，课程要求不一样，所以我们得提前学，不然到了高中孩子功课多、参加社团多，时间就那么多，会压力很大。还有，做义工也要占用一定的时间，政府规定高中生一年要完成30小时的义工时间，而且仅做30小时是完全不够的，很多孩子的义工时间是翻番的，为大学录取多加点业绩。当然，不上大学的就另当别论了。不是所有人都要上大学的，到了高中，学校老师也会对学生说，不想上大学就可以去工作了。法律规定年满16岁独立，但16岁还需要个法律上名义的监护人，到了18岁，孩子就完全独立了，可以离开家，可以按自己的想法去干什么，总之自己可以决定，家长是管不了的。"

"还有，"杰奎琳接着说，"安省①公校教育局对每个年级的教学内容是有具体要求的，类似国内的教学大纲，但完不完成就是老师的事了。很多老师完不成，有些章节直接就跳过去了，像威廉姆的数学课，一学期下来没学什么。上公校遇到好的班主任就是幸运。你们贝拉今年的班主任，体育老师……"

"没错，"元俪哑然失笑，"数学是体育老师教的还真不是什么笑话，确实就是啊。"

多伦多小学和中学的老师，通常一个人教不同的科目。贝拉5年级的班主任是体育老师，同时还教英语、数学、科学、历史、美术，甚至有时候还代音乐课，除了法语不教，差不多其他课都教。

杰奎琳说："所以现在都要上私立学校。国内来的新移民，对孩子的学习是有较高期望的，基本还是延续了国内的那种追求，没有最好只有更好。公立学校不能满足他们对孩子学习的要求，私校里学得更多些，每门课的分数也会给得好看，有助于被好的大学录取。当然还有私校带来的人脉，家长面子上的荣耀，这所谓的虚荣，也是能理解的，大家或多或少，包括我们也有，毕竟在一个相对差不多的层面上，妈妈们比的也是孩子。"

杰奎琳叹口气，接着说："这也是为什么越来越多的人选择去私校。不过，进了私校，还是各种补习，就看家长要的目标是什么了。"杰奎琳自己也笑了。杰奎琳皮肤白皙光洁，整个人神采奕奕，穿着一件灰色川久圆领开衫，脖子上是一条细细的爱马仕银链，字正腔圆，娓娓道来。

贝拉妈妈穿了浅灰色T恤，外加藏蓝色的帽衫，看上去很普通，只是左

---

① 即加拿大的安大略省。多伦多是安大略省的省会。

臂上有一个绣上的品牌小标。来加拿大最大的好处之一，就是穿衣随便了，T恤、牛仔就行。不像在国内，去什么场合、见什么人得考虑穿什么衣服，这里不用，所以，元俪经常会感觉着装自由回到了大学时代。

元俪接上杰奎琳的话："所以，现在咱孩子学校里学的那些东西是肯定不够的。"

"对，当然。我们孩子现在的学校，在多伦多公校里已经是很好的了，就是人太多了，参加社团活动都要抽签，抽到了才能加入。同时，学校新来的学生也多，有的最简单的英语都不会说，你知道前两天5年级又有新来的中国孩子，Mr.S——威廉姆的班主任老师，让威廉姆给他做翻译，英文完全不懂。"杰奎琳不理解孩子的父母，继续说道，"一句英文都不会，就让孩子来上学了，不知这孩子的父母怎么想的，孩子也有很大压力。这样的孩子多了，学校水平也会受影响。"

元俪说："新移民登陆，有好学校的社区，就是居住地的首选，放学时最明显，每天一放学，跑出来的孩子，亚裔过半。"

"嗯，多伦多，地区差异很大，你如果往西或是有些地方，差得超出想象。"杰奎琳说。

"你说得太对了，我以前不知道，经历过一次感触太深了。"元俪说，"去年在Toronto Fun①上找到西边怡陶碧谷的一个社区芭蕾培训，看着也不远，时间也正好合适，就给贝拉报了名，网上交了费，只去了一次。"

元俪那次的经历真是印象深刻：往西40分钟车程，但风貌就已经不是她熟悉的多伦多的感觉。芭蕾课设在一所高中里，她带贝拉穿过那个学校大楼长长的走廊。那次贝拉的爸爸也在多伦多，三个人一起。老师是个非裔女生，前面一节课她教表演，后面的课接着教芭蕾。上课的小朋友几乎都是非裔，教室外面等候的家长也是。元俪感觉他们一家是个异类，误入别人的地盘。

---

① 多伦多政府的各社区活动指南。

"那是一种不能融入的突兀。那次以后知道了，不乱闯了。"元俪说，"不过，贝拉说老师很棒。"

补习学校的校长凯莉吴笑容可掬地过来。凯莉吴，多伦多华人圈的著名人物，经常可以在一些中文的报纸、杂志上看到她的介绍。多伦多的华人超市门口，设有成排的架子，摆放着多种有关多伦多房产家居、律师会计、医生养生、美容健身乃至新闻资讯的免费报刊，凯莉吴和补习学校的页面经常出现在上面。

"两位妈妈，和你们说一下，上完今天的课还有一次课就上完了，两位孩子继续上吗？"凯莉吴是早期的福建移民，和老公成功创业办多伦多励志教育，现在整个大多伦多地区有近10家加盟学校，是老移民里的成功人物。

"哎呀，威廉姆妈妈，每次见到你都好漂亮，"她拉起了杰奎琳的胳膊，"哎呀，你这手表好漂亮，我也喜欢，真好看。"

贝拉妈妈抬头看前方墙上的装饰画。

杰奎琳就有这种本事，所有的评价恭维什么的，全都笑盈盈地照单全收，一双大眼睛里全是真诚。她配合着女校长，也笑呵呵的："谢谢啊，威廉姆这段时间数学有进步，下个月我们，还有贝拉，有其他课程，时间排满了，所以，这里的课就暂停了。"杰奎琳说。

"噢，好好好。"凯莉吴说，"有需要随时来，我们配最好的老师，保证让家长满意、孩子满意……还有，如果申请私校，我们可以提供一条龙服务，从申请到做文书、面试辅导都有，我们合作的都是曾经在私校的老师……"

"好，有需要再联系您。"杰奎琳说。

杰奎琳、胡玲还有小莫，三人私下特别排斥私校顾问，小莫说那些顾问就是一大忽悠，忽悠那些新来的英文不好的妈妈，和国内那些想送孩子来留学的家长。

第六章 合唱团时间

/ 香港妈妈
/ 为什么这么有钱？

　　四个妈妈想聚在一起不是件很容易的事。孩子们早上8点50上学，下午3点15放学，妈妈们一天属于自己的时间也只有5小时，走路健身、超市采购、喝咖啡吃饭，还有一大项——做家务活，等等，特别是今年各家又忙着申请私校，报名、表格，针对不同私校要求填写投其所好的各种自我介绍，还要学习面试问题的应答技巧，所以要大家都有空还真不是一件容易的事。开学前就说要聚，开学了也还没聚成。但是，在课后的各种补习或活动时间，妈妈们还是能碰上的。

　　贝拉和艾玛周二是合唱团的训练，因为艾玛明天有私校面试所以请假了。

　　元俪让贝拉放学简单吃点东西，就一起乘地铁去市中心。地铁换乘巴士，半小时路程。

　　贝拉来多伦多的第二年，元俪在网上搜索到多伦多儿童合唱团，经过面试问答、视唱练耳，贝拉很顺利地考入了。这是元俪认为自己来多伦多做的比较正确的一件事。当时的贝拉英语还不过关，把她丢进纯英语环境，一段时间下来，听、说能力明显提高。而且，唱歌是件快乐的事，贝拉有个好嗓子，现在贝拉也确实很开心每周的合唱团训练，还交到了好朋友，两个来自土耳其的同龄女孩，还有一个印度裔的女孩。

　　多伦多地铁和巴士站，在很多站点换乘是站内换乘，下了地铁不用出站，直接换乘巴士，不需再买票，一票制，如果再次换乘其他线路，只需在机器上自己取一张换乘票，上车出示即可，单程换乘2小时内有效，12岁以下儿童乘坐公交是免费的。

合唱团几乎都是外国人，中国人寥寥几人。元俪送贝拉进去，自己去附近的星巴克，找个临窗的座位，看本书或者美剧什么，也看看街景。去年9月，艾玛也加入了。艾玛低一个级别，训练时间比贝拉晚半小时。

元俪把贝拉送进去训练，走向星巴克，隔着玻璃就看到有人向她招手，是合唱团一位香港小朋友的妈妈。

这是一位非常友善的香港妈妈，认识两年，元俪和她学会了很多，比如给孩子带午饭的意大利面和酱哪个牌子比较好吃、地铁可以直接换乘巴士。元俪以前都不知道可以这么乘坐，每次是下了地铁急匆匆拉着贝拉步行约一公里。

元俪放下包和外套，买了杯美式。

这是合唱团附近唯一的一家星巴克，好像总是一些固定的熟面孔，元俪她们聊天的附近有位中年男人经常都能看见，座位距离她们很近。

"贝拉妈妈，今天你比较晚。"香港妈妈微笑着说。

"是的，同样时间出门，今天公交车有一段路程开得比较慢。"元俪坐下，面带微笑说，"见到你很高兴。"这句话真是元俪发自内心的话，来多伦多三年多时间，从开始的茫然不知，到现在可以比较自如地生活，她从心里感谢每一个遇到的人，向他们学到了很多。

香港妈妈说："我和群里的补习老师见面了，两小时的课，我们上了一小时。太贵了，还是我自己回家给儿子辅导吧。"

"嗯，这种一对一的辅导是比较贵，自己能辅导最好。"

香港妈妈的儿子今年也申请了私校，是多伦多的一个著名男校，之前她想找个私校顾问给儿子辅导面试，元俪拉她进了一个"多伦多顶级私校教育群"，群主就是做面试辅导的老师。这老师原来是多伦多教育局的公校老师，先是兼职做新留学生的英语辅导，后来兼做私校申请，现在辞了职，专职做私校申请和面试辅导。

仿佛一夜之间，私校变得炙手可热。之前中国人说的话题是买房子，现在开口一聊就是私校，于是各种不同的私校微信公众号、各种群雨后春笋般涌现，私校中介替代了房屋中介，俨然成为华人圈又一个新的热门职业。

"面试辅导，一小时65加元，一次课2小时，就约在茶馆，老师开车急急忙忙赶到，心不在焉，手机看个不停，说的都是网上查得到的经验。"香港妈妈说，"我们上了一小时，我跟老师说，今天就这样吧，不要继续了。老师说她忙得很，时间都约满了，想辅导的学生现在都排不上。"香港妈妈很不理解的表情："65块钱没学到什么……这种辅导，还要排队才能上。为什么现在中国人这么有钱，完全不在乎钱？"

听到香港妈妈的话，元俪想起刚来的那年，一个ESL老师不太友好的问题。ESL和LINC，是加拿大政府面向英语为第二语言的移民和公民学习英语而设立的免费英语培训机构，新移民和一些刚到加拿大母语不是英语的人都会去学习一段时间，一方面学习英语，了解加拿大的方方面面，另一方面初来乍到，人生地不熟，可以结识朋友。那时元俪在ESL上英语课，意大利裔的老师有一天说，周末她回到她小时候居住的多伦多附近的小镇，太多中国人！老的居民、她儿时的邻居都搬走了，小镇几乎给中国人买了。

"为什么中国人这么有钱？"

当时那个班里只有两个中国同学，另一个当时还不在。大家都看着元俪，疑惑中包含明显的不友善。元俪很认真地回答："因为中国人在过去二十年非常非常努力地工作。以她自己为例，做公司的十多年间，没有什么工作、休息之分，即使休息，脑子里想的也是工作，用全部的时间和精力，去做好每件事。"

"你们度假、喝咖啡聊天、晒太阳的时候，中国人都在工作。"——这是她那天没说出口的。

这位香港妈妈中学毕业后来加拿大读书，算起来20多年了。现在和丈夫在多伦多最大的华人商城，可能也是北美地区最大的华人商城太古广场里做电脑销售和维护，这是大多数早期移民加拿大的香港人的典型生活状态，餐饮、电器、电子产品，或者杂货店，当然也有在银行、公司工作的，做医生的，做律师的……总之是自食其力，赚钱过日子，虽然谈不上富裕，但收入够生活，日子过得太太平平。

第七章　香港妈妈的焦虑

/ 抉择

/ 每天看到自己的进步

合唱团小朋友的香港妈妈，夏天穿着一件打底的背心加棉的布格子长袖衬衣，冬天则是在长袖衬衫外多加一件羽绒服。她每天眼睛一睁开就满是事情，两个儿子加一个店铺，让她极少有休息时间。每天早上一起床，就要准备早餐和一家人的午餐便当，然后和老公一起去店铺，遇上儿子需要参加合唱团的训练，她下午就提前离开店铺，换几趟公交再转地铁，陪儿子来唱歌，路上带个三明治让儿子吃。儿子训练时，她就把网上找到的历年SSAT考试的习题先做一遍，回去再辅导儿子。有次她对元俪说："大儿子小时候，自己没有时间管他，所以现在上高中了，学习成绩不好，现在抓他的学习，已经太晚了。所以小儿子不能再放任了。""我老公说我要求高，和我老大一个腔调，说差不多就行了，无所谓。不能听他们的。"

香港妈妈有一对大大的眼睛，两条英气的双眉，五官长得端正漂亮，年轻时肯定十分漂亮，不过现在才40岁，眼角已经有了明显的岁月的痕迹。

这么多人申请私校，如果没有好的补习老师，孩子又不是特别出彩，没有突出的一技之长，或者没有得奖经历，结果就会像这位香港妈妈所担心的一样，没机会。

这年的私校申请，目前除了贝拉，其他几个孩子都申请了，而且都申请了不止一所学校。威廉姆甚至申请了几所可以扩招6年级的学校，其目的就是避开7年级所需要的SSAT成绩。双胞胎兄弟申请5年级，艾玛则申请4年级。私校是年纪越小越容易进。

学校就是一个小社会。有一天，贝拉放学回家说："妈妈，我也想上SSAT。"贝拉妈妈听后意识到家长间的私校热已经让小朋友都感受到了。贝拉说，班里同学，这个、那个，谁谁谁，在上SSAT课。贝拉主动要求上课，当然是好事，元俪很快就让贝拉去上SSAT课。

多伦多有各种不同的私立学校，有所谓贵族学校的"顶级私立学校"，也有仅有一两个班、小到开不出所有课程的小私立学校。其中有一所私校元俪是比较满意的，但是贝拉的学习成绩达不到那个学校的要求。实际上，在元俪没来加拿大前，她就听说过多伦多大学附属中学（UTS），这所学校以学术水平高而闻名。不是所有的孩子都是学霸，人生而不同，这一点元俪很心平气和，所谓做最好的自己就可以。有的小孩天生会学习，有的孩子家长比孩子还努力地让孩子吃力地跟上。她和女儿，这两类都不是。

两位妈妈继续在星巴克聊着私校的话题。

香港妈妈明显也是在比较之下，心急焦虑。"别人家的孩子怎么就那么好，成绩单上都是A，或者都是95分以上，我们家哥哥70多分，自己还觉得好得很？邻居说，现在没90分，没有好大学上，我回去说我们哥哥，他说不用上大学。你看看，怎么办？我不能让小的也这样……"

"与其孩子中不溜地在私校里待着，不如在公校里争上游，每天看到自己的进步。"元俪说，"这是我的想法，普通的孩子，相对平常的环境，可以让孩子看到自己的优势和一点一点的成长，人生是个长跑，总会有个阶段闪光。"

和香港妈妈聊了快两小时，孩子们训练也快结束了，两个人离开星巴克，往合唱团走去接孩子，香港妈妈意犹未尽："你说你，贝拉妈妈，你这个水准，来加拿大做什么？"

第八章　私校面试

/ 问答

/ 胡玲完美的一天

晚上，"事儿妈"群里，胡玲发了一张娇艳的兰花照片。

"今天是个好日子，完美！"

艾玛今天私校面试很顺利！"事儿妈"群里吹进一股清新的暖风，多日来为私校烦心、疲惫的双胞胎妈妈小莫和威廉姆妈妈杰奎琳，瞬间来了精神。

群里四方语音通话正在进行中，胡玲分享她和艾玛今天参加私校面试的情况。

斯特罗恩女校是多伦多历史悠久的传统女校，胡玲说："到学校后，先是做了水平测试，几张考卷，艾玛说测试题有的比学校难，有的简单。面试是先让艾玛进去，问了艾玛一些问题，然后让我进去，再问了我一些问题。"

"斯特罗恩的老师非常和蔼。"胡玲说，"从接待到面试的老师，非常有素养，让人感觉特别舒服。老师先让艾玛做自我介绍，然后，问了一些问题，诸如：平时喜欢做什么，有什么目标，最近发生了哪些有趣的事情，学校之外读些什么书，说说家里的事情，比如假期啊、纪念日啊，还有，斯特罗恩有什么特别的课程、社团、项目吸引你，或者你有什么喜欢的项目，为什么认为你可以成为斯特罗恩的学生等等。"

"看上去像是聊天儿，艾玛也很放松，但其实还是很考验孩子的。"胡玲给了女儿充分的肯定，说，"这些都是艾玛回来路上告诉我的，面试过程记得清清楚楚，说得仔仔细细。"

"还有就是，你的弱点是什么呀？我说你的弱点是什么啊，怎么回答的，艾玛说，她有自己坚持的东西，比如小朋友在一起时，大家都喜欢吃比萨，可她就喜欢吃寿司，不妥协。不过，她想她以后还是应该去试着吃点比萨。"

"小艾玛太棒了，说得真好！"杰奎琳说。

小莫语调上扬："这情商智商都不一般哪。胡玲，你怎么教育小艾玛的，咱家这两个，送你家去吧……"

"我要好好和威廉姆说说这面试的事情，向小妹妹学习。"杰奎琳插话说，"艾玛真优秀！"

元俪说："回答弱点这种问题，年轻人求职也未必能说得好……"元俪在上海做公司时，每年都会安排面试，看看能否发现有好的创新设计的毕业生，给公司增添新鲜血液。年年面试，元俪见多了坐在那里搓手、抖腿的。所以，小艾玛真的很棒。

"你呢，对家长问了什么？"小莫是个急性子，急急地奔重点去。

"问我的问题比较常规，比如艾玛喜欢在家做什么、全家人在一起时有什么爱做的事情、孩子的优点和弱点是什么、对孩子未来有什么期待，等等。"

胡玲说："我事先也准备得够充分，想好了一些问题怎么回答。面试和我准备的差不多，其实这些问题也都是一些正常的问题，没什么难的。我就说，艾玛喜欢什么，像音乐啊画画啊，做手工，做饭，等等，还有喜欢读书，我们至今晚上睡觉前都是30分钟的阅读时间。艾玛很会规划自己的时间，她每天有个时间表，做完一项划掉一项。还有，就是她4岁开始的各种钢琴考级、钢琴比赛。还有就是我也讲到了她的认真和执着，这点和她讲到一起了，呵呵……今天我最满意的，是我的英语超常发挥！"胡玲实在是有点自豪。

"关于对孩子的期待，怎么说的？"小莫问。

"我是这样说的，有点唱高调哈，我们全家都喜欢音乐，艾玛钢琴弹得好，我们希望她可以有所成就。但是她自己的理想更重要，我们希望她将来能做自己喜欢的事，我们会完全支持或尊重她的选择。总之，希望孩子快乐，希望孩子对社会有所贡献。"

"嗯，完美的回答。"元俪称赞道。

"对了，还有一个比较重要的问题，估计每个学校都会问。"胡玲说，"就是关于学校，你有什么要问的，换而言之，你对学校有什么期待。"

"你怎么说的？"小莫插了一句。

"呵呵，好歹以前也是大学的。"胡玲端起咖啡杯，喝了一口，"我说，你们学校认为什么样的女孩子适合你们学校呢，学校是如何评估老师的教育质量的？不过，面试老师也是回答得洋洋洒洒，但没有啥实质性内容。"

小莫说："当然，这些老师也是阅人无数，早就知道怎么说。"

杰奎琳："太好了，这面试确实圆满，好好犒劳一下艾玛和你自己。"

"没错，这最好的学校见识了，后面几所学校不用太担心了。"元俪说。

胡玲长舒了一口气，到现在才觉得肚子饿了，这一天几乎没吃什么。紧张的时候不觉得饿。她拉开冰箱，冰箱里也只有素的。明天去趟大统华买只走地鸡，炖个汤。

大统华是中国台湾同胞在加拿大开设的华人超市，现在已经被加拿大最大的超市集团收购了，目前连锁的超市已经开到加拿大各省的主要城市，在多伦多和温哥华有多家分店。超市内的食品、日用品很齐全。

胡玲是那种五官轮廓鲜明的漂亮型，尤其是皮肤特别白，说是有十六分之一俄罗斯血统。她属于易胖体质，所以她平时不光练瑜伽，还走路、少吃碳水化合物，以素为主。即使这样，身材也还是偏丰满。

胡玲结束语音聊天儿，看看都9点多了。

"艾玛，乖女儿，该洗澡睡觉了。"

"洗过了，你聊天儿的时候我洗的。等你读书呢。"小艾玛说，她穿着小马宝莉睡衣，乖巧伶俐。胡玲太爱这小女儿了，这二闺女太省心了，哪像老大当年那么操心。

"来了来了，宝宝就是乖，阿姨们都夸你呢。我爱你！《西游记》《西游记》，我们接着读……"

第九章　两姐妹和孩子

/ 大宝交了女朋友

/ 敏越的执念

敏卓是元俪的邻居。敏卓的妹妹敏越9月从国内回到多伦多，往年差不多圣诞节前才会过来。之所以提前过来，是打算好好管理管理两个孩子，特别是老二，学习成绩太差了，用敏越的话说，就是中国孩子里成绩最差的。但是，没想到一到多伦多身体就出问题了。

敏越在北京开了多年的健身美容会所，因为做得一直不错，客人稳定，收益也好，所以她一直是两头跑，每年多一半的时间在国内，人在多伦多的时间没有在北京的时间长。在多伦多基本是老公常驻，看着家，管理着大儿子、小女儿和老人，还有他们投资的几座房子。

敏越来多伦多比敏卓早。某种程度上，敏卓也是因为妹妹在这里，而且爸爸妈妈也由敏越给办了移民，才从美国过来定居多伦多的。敏卓的父母住在敏越家里，一是因为独立屋宽敞，老人在院子里还种点菜；二来敏越家周围环境好，适合老人出门散步。敏越住北边的万锦市个一非常著名的渔人村，渔人村不光在万锦，在多伦多地区也是著名的社区，出家门不远，就是一个原生态的湖，也可以去欧洲风情的老街逛逛，咖啡馆、餐馆、图书馆和画廊，老街上都有。再者，老人也是帮帮女婿，虽然女婿现在家务做得不错了，但终归是个大男人，外孙女嘴巴挑食，家里的一日三餐老人做得多。

敏越回到多伦多家里的那天还打电话给敏卓，约敏卓一家周末来吃饭。没想到，隔天敏越就在电话里说胃不舒服，要去看家庭医生。看完医生，医生诊断是急性胃炎。再后来两个星期后的一天晚上疼得她受不了去医院看急诊，结果是胃癌。突如其来的疾病，一家人没有时间接受和适应，丈夫和儿女也害怕、担心，不知所措，好在有老人管着一大家子的一日三餐。敏卓是只要有时间就陪着妹妹，唯一能做的就是开导。一向争强好胜的敏越，还不能接受这个事实。以前，伶牙俐齿的敏越少不了要评价姐姐这个做得不好、那个做得不对，现在敏越生了病，敏卓只要有时间，就尽量陪在敏越身边开导她，陪她度过这段艰难的时期。

新一轮的化疗又开始了，敏越对化疗的反应非常大，今天敏卓和妹妹、妹夫去医院耽误了，回到家敏越哭得声泪俱下。

敏卓给元俪打电话，请她代接吉莉安。

吉莉安爸爸要6点才下班，敏卓打电话给元俪后，又给学校打了电话，告诉谁去接孩子。按学校规定，虽然家长打电话告诉谁去接孩子，等元俪去代接孩子时，需要给老师看ID①。

"元俪谢谢啊，总是麻烦你。"

"没事，放心吧！"元俪接上贝拉离开了学校。

"姐……"敏卓挂了电话听到敏越叫她，看到敏越已经洗漱了，换了衣服，斜倚在卧室的沙发上。"谢谢你啊，姐……"敏越话一说出口，又哽咽了。

敏越什么时候对敏卓说过谢谢？印象中没有。

"没事，我们楼上的邻居，关系挺好的，吉莉安也喜欢。"敏卓看着妹妹，"喝点水？"

"也不知道这些年做得对不对，都没什么时间陪小宝。"敏越说，"我也是只顾着忙会所的事，钱是挣了，孩子却没管好……"

"别这么想，你比我出息多了，我可没你能干，只能带带孩子。你是做大事的人，别因为生病就把自己否定了。小宝哪里不好？这里的孩子学习也就那样，吉莉安不也是不爱学习，别操心了，把这段时间坚持过去，后面慢慢来，想干什么继续干……"

---

① 身份证明，通常是驾照。

以前敏卓对敏越有微词，老是提醒她得多花点时间陪伴两个孩子，陪伴丈夫。大儿子在国内读到5年级来到加拿大，学习基础好，所以还不错，明年就从多伦多大学毕业了。小女儿在加拿大生的，8年级了，学习什么的一点儿不上心，最喜欢的就是看国内或港台的综艺节目。她的爸爸特别疼爱这个女儿，只要女儿开心就好，开心最重要。

"大宝交了个女朋友，我刚回来那天见到了，和大宝吵了一架，坚决不同意。那个女孩子染着红色的头发，穿着半截的T恤，露着肚脐。还没来得及和你说，身体就出了问题。"敏越告诉敏卓大儿子的事情。

敏卓之前听爸妈说过，关于这事，她觉得现在还是不必多说。

"大宝现在这个女朋友，坚决不行！我死了也不行。我和大宝说了，不放弃她，就放弃我们，断绝关系。辛苦这么多年，还不是为了孩子？我挣的这些家产，不能让那种女孩分享。"敏越说着说着，义愤填膺了。

"好啦，你这一发脾气，我感觉你病全好了。不过，等你病好了再操心吧。现在，最重要的是把身体先养好。"敏卓说。

"大宝住的多大旁边的公寓，当时是用大宝的名字买的，我让经纪招租了，让大宝搬回家来住，反正他有车，来回花不了多长时间。防患于未然，不然，按照这里的法律，分手了闹起来是要分一半家产的。唉，都不让人省心。"

"嗯，哪有人能事事都顺心呢，生气别憋着，想发火，等大宝回来，骂一顿，解解气。"

敏卓这么一说，敏越倒是笑出声来，"真是哭笑不得，姐，你什么时候这么幽默啦？"

安顿好敏越，敏卓也要回家了。小宝爸也从超市买了一大堆菜、肉，大包小包拎进来，问敏卓需要什么可以直接拿回去。老人装了一袋卤的干切牛肉让敏卓带回去，"明天给孩子做三明治带饭。"

吉莉安在元俪家里，趴在活动毯上玩乐高呢，听到妈妈来了，头也不抬地问："妈妈，小姨怎么样，好点了吗？"吉莉安就是有这种本事，除了学习不上心，其他事是眼观六路耳听八方，灵光得很呢。没人对她说敏越的事，她自然地就知道了。

"妈妈，我们吃了点心，现在不饿，再玩会，你先回家做饭吧。"吉莉安小包子脸肥嘟嘟的，抬头对敏卓说，敏卓看着她，忍不住蹲下亲了女儿一下，孩子快乐还是最重要。敏卓越来越觉得，孩子能平平安安、能自立，也就是很好的人生了。虽然每个父母在孩子小的时候对她们都有很高的期望。

"没事，让她们玩吧。"元俪说。和敏卓离开小朋友房间，元俪问道："妹妹怎么样？"

"化疗最后一个疗程，身体反应大。"

"嗯，吃苦了。鼓励她，意志很重要。"

"是。"敏卓道别，回去做饭。

第十章　美术馆的邂逅

/ 元俪的反省

/ 北美摄影协会

贝拉的第二次SSAT课来了一个新小朋友，4年级的欧文，现在就读多伦多一所男校。欧文已经被美国的一所私立学校录取，9月份开始的5年级新学年，就要去美国上学。

欧文妈妈说，他们正在托中介找学校附近的房子，这学期结束，7月就搬去美国。

"中国妈妈真是了不起！"元俪心里深深感叹。时不时，周围就有这样的妈妈，上九天揽月都不够。不过，感叹归感叹，元俪也明白自己压根儿就不是这种励志的妈妈。

今天SSAT课的词根和单词检查，贝拉只对了不到一半。"它们长得太像了。妈妈，词根记不住，单词也记不住。"贝拉有点委屈地说。

"没关系，按照老师教的方法，试着去记就可以。"回家路上，元俪一边开车一边想，SSAT课一共交了4次课的学费，后面不再继续了，这课程对贝拉确实不合适。本来单词就不是这样记的，自己有点过急了。

只要遇到有关贝拉学习的事情，补习啊、课外活动啊，元俪就会头脑发热、失去判断，总想着多学点总比不学好。唉，是她自己的问题，一定要克服。

"明天我们去美术馆吧。"元俪说。星期天是她们的自由时间，全天不安排课，好好休息。

元俪想自己竟成了一个被影响的人，而以前，她通常是影响别人的。但是，欲望不是被挑拨的，而是心底有了欲望才去找寻对象。及时调整，知错就改，也是元俪的一个优点。

安省美术馆，是北美第八大艺术博物馆，也是加拿大三大美术馆之一。安省美术馆整体风格明亮、轻松，一派现代艺术的气息。

元俪买了安省美术馆的年度会员卡，会员可以免费带5位儿童进入。安省美术馆一年里会有一两次特展，这样的特展看个两遍，基本就值回会员费了，像草间弥生、欧洲工业时代的印象派这样的展览，还是非常值得看的。元俪这几个月忙得有点乱，差不多有半年时间没来了。

多伦多这一周没有前一周冷，气温回升到了5℃，走在街上也不会觉得有冻的感觉，相反清冷的空气比温暖的室内更让人神清气爽。街上行人不少，匆匆赶路的，推车带小宝宝遛弯儿的，遛狗的，等等。多伦多本地人不太把天气当回事，大风大雪也不影响生活，比如，即使风雪交加夜，热门餐厅的食客照样排成长龙。

安省美术馆是这两年元俪和贝拉没事就来待着的地方，尤其是冬天，来了就可以玩上半天，吃了午餐再回去。其实那些展厅的画，以贝拉的年纪，看了也没什么感觉，但是馆内的艺术环境她们很是喜欢。

多伦多还有其他几个孩子可以玩上半天的场馆，比如科技馆，孩子可玩的项目比较多，做手工、玩水、游戏等，博物馆可以看恐龙标本，也可以用小铲翻翻沙土找找恐龙化石，这些活动项目她们已经玩了很多次，随着贝拉渐渐长大，已经没有太多兴趣。

小朋友平时上学起不来床，但周末就起得早了，几乎不睡懒觉。周日一早，元俪带着贝拉和吉莉安坐地铁去市中心，出了地铁再走几百米就到了。她们几乎是周日美术馆的第一批观众，到达时刚刚开馆。

贝拉、吉莉安照旧欢呼着一路小跑到二楼过道休憩区，拿了纸和笔，趴在桌上画画去了，她们每次都画几张，贴在美术馆墙上的展示区。

两个孩子去画画，元俪可以在她们的视线范围内转转，拎着相机，四处走走，拍拍照片。说实话，虽然安省美术馆的馆藏不能和纽约大都会博物馆相提并论，但是在这里也能拍出几张不错的照片。

元俪从入口的楼梯开始拍。安省美术馆的旋转楼梯，每次都能拍出新意，但是又感到有一点不到位，总觉得还有更好的角度去拍摄。

现在的摄影爱好者中，人到中年的女性越来越多。十多年前，元俪还做公司的时候，几乎每个小有成功的男人说起爱好，那就是爱好摄影，现在这批人，继续拍的不多了，有一部分钻研器材去了，有的转去马拉松了，还有的聊养生了。

元俪拾级向上，迎面遇上一位下行的中年妇女。她姿态矜持，衣着正式容精致妆，一头很讲究的鬈发，这在多伦多不多见。双方对视，微笑着点了点头，元俪继续上行，没想到对方字正腔圆地说，"你好啊，见到你很高兴！"

"哈，您好！"有点意外，元俪停住脚步，"您好早啊……"

"是啊，我喜欢没人的时候拍。"她站在楼梯上打了招呼，下楼走了几步停住了，像想起了什么，转过身说："对了……"

元俪闻声转回。

"北美摄影协会有个新春摄影大赛，组织者是我朋友。我拉你进群吧，我叫凯瑟琳，我之前见过你两次。"凯瑟琳微笑着说。

"是嘛？我是元俪，很高兴认识你，谢谢！"

元俪拿出手机，打开微信二维码。凯瑟琳扫了元俪的微信二维码，"我要赶去和朋友吃早午餐，等有时间咱们交流一下。这楼梯我拍了多次了，还没有特别满意的。"凯瑟琳语速不快，但说的话掷地有声。这一瞬间，元俪忽然有了一种久违的被激励的感觉。

第十一章　贝拉的问题

/ 我们有钱吗

/ 钱多和能力

晚饭后，贝拉坐在桌子前画她喜欢的猫故事，突然问："妈妈，我们家有没有钱？"

元俪正在换运动短裤，准备去楼下健身房。加拿大的规定是12岁可以独自在家，但因为是住公寓，大楼的管理非常安全，所以，只要不碰电、火等危险的东西，短时间贝拉一人在家没问题。有时，元俪可以去锻炼跑个步，或者去趟附近小超市。

"为什么想起问这个？"

"凯西说他们家买别墅了，问我们家有没有钱买。我跟她说我不知道，我要问问妈妈。"贝拉说话的时候也没抬起头，画没停手。

"一，有没有钱，看用什么标准来衡量，不能简单地说有还是没有。你只要知道我们的钱，够我们生活，也可以让你有好的教育就行了。二，我们不买别墅，只要爸爸不过来，我们俩住公寓是最好的选择。舒适，还很安全。"元俪穿好鞋子，站在门厅，"如果我们住别墅，妈妈就要很早起床，比如6点得起来扫雪，所以，我们不住别墅。"

加拿大的公寓分两种，一种是只租不售的公寓套房（Apartment），另一种是出售给私人的各户具有独立产权的公寓大楼（Condo），别墅就是国内通常说的独栋别墅，在加拿大住别墅有很多活儿要干，比如冬天扫雪、夏天修整院子，还有房屋的维护等，当然都可以花钱请人干。但是，如果下雪，即使扫雪找人承包了，扫雪的人也不一定会最早来扫你家的门前雪，很可能中午或更晚才来。如果要一早送孩子上学，自己总得把车道铲出来才能出门。

"还有啊，小孩子不用操心家里有没有钱……"贝拉妈妈想了想，还是要多说几句，她进了客厅，接着说："爸爸妈妈努力工作，你好好学习。这样你将来可以凭自己的本事去挣钱。以后有同学再问，你就这么回答。"

"是不是能挣很多钱就是有本事？托马斯家有很多很多钱，他爸爸很有本事吗？……"托马斯是贝拉班上一个新来的小留学生，他爸爸花400多万加元在学校附近买了独栋别墅。听说，他们家是浙江义乌做生意做得较早的那一批生意人，现在生意还在继续。

"这可不一定，每个人的职业不同，挣的钱多少也不一样。妈妈的好朋友，你喜欢的见欣阿姨，在大学当老师，她挣的钱可以生活无忧，受人尊敬，但钱的数量和托马斯爸爸那是不能比的。社会需要有各种能力的人，总不能说因为开工厂挣钱，大家就都去开工厂吧？"元俪说着，准备出门了。

贝拉听着笑了，她也确实不能想象见欣阿姨去开工厂，或者托马斯爸爸去当老师。

"所以啊，不能用钱的多少评判一个人是否有能力。好啦，妈妈去走路了，40分钟。规则不用我再说了吧？"规则就是任何人敲门都不开，电源、炉子、小刀等不能碰，阳台不能去……总之就是安全。

"乖宝宝，有事打妈妈电话。"元俪说。

"知道了。"贝拉拉着长长的声音说，"再见，我一会儿看电视哦。"

元俪带上耳机，看了一眼手机，屏幕上满满的微信提示。

第十二章　小莫的悸动

/ 莎莎舞

/ 意大利教练

"忙碌的一天，刚到家。"

傍晚6点多钟，胡玲在群里说，"在国内，周末辗转各个培训班，出来了，也是。在各个培训班里奔波，没轻松。"

"是更累了！"杰奎琳发出语音，"我在陪儿子打球，还没结束……"

"我们也是，两小子打冰球，顺便在外面吃了饭再回去。"小莫说，"咱这老妈子加全职司机，唉，为啥呀，我一想到这样还得差不多十年，觉得自己这人生都毁了。"

小莫天天围着俩儿子转，已经不胜其烦。

小莫的老家在江西，她说她的人生就没有属于自己的日子。她属于穷人的孩子早当家，差不多从小学开始，到初中、高中，做饭、洗衣服，带弟弟等，家务活儿都是她包揽的。弟弟是全家的宝贝。父母开着简陋的塑料加工厂。庆幸的是，小莫是那种天生会读书的小孩，或者说是会考试的，别的同学一小时没背会的东西，她10分钟就过了，没费什么劲，高考就考上了南京师范大学，然后遇上了双胞胎爸爸，毫不犹豫地辍学了。现在她也认为那决定是正确的，如果错过了双胞胎爸爸，她的人生可能更辛苦。

胡玲在大学工作多年，年复一年，人际关系、评职称、评先进、搞项目、要经费，经历过很多不眠之夜，所以，压根儿就觉得现在是一种解脱。在老大进滑铁卢大学后，人生目标就是更好地培养老二进藤校，至少是美国前二十的，经验和教训，都已经有了，艾玛又那么聪明爱学，胡玲信心满满。也正由于这样，目标和乐趣一致，胡玲和孩子乐在其中，老霍国内负责挣钱和照顾老人，一切有条不紊。

"行了你，知足吧！"胡玲说，"别在两个女儿的妈妈面前埋怨儿子，多好的俩儿子。"

"不然你找份工作去试试？"胡玲说。小莫没有工作过，不知道职场是什么样。"工作不是那么好干的，不信你问问元俪。安心好好地做你的全职妈妈吧。"

"我今天是放松放松，带孩子去安省美术馆了，马上去健身房。"贝拉妈妈在电梯里快速看了一下"事儿妈"群里的留言，在健身房门口发了条消息："一会儿再聊，你们继续啊……"

元俪来加拿大之前，上海公司承接中国各地的电视片，南京公司做江苏省内房地产营销代理，有一年还在浙江绍兴做过一个商业地产项目的推广，一天十八件事，每天满满的行程，虽然辛苦，但也有成就感。

在国内时，元俪和朋友们聚在一起，大家都会感叹，没准儿自己这一代人就是遇到了最好的时代。上学的时候没有现在的孩子辛苦，没有学区房，也不用拼奥数，高考竞争也不是那么激烈。大学毕业国家包分配，不想干了可以换工作，可以申请调动。再后来实在不想在体制内待着，还可以辞职自己开公司。他们赶上了国家经济高速发展的时期，公有经济和私有经济并存的最好的二十年，还挣到了钱。然后，他们又遇上了移民大潮，移民了，当然不喜欢还可以回去等等。

现在，孩子们面对的世界和他们不一样了，学习压力、竞争压力，阶层固化、国际大环境变幻莫测等等，总之未来不易。

元俪是学中文的，大学毕业后当秘书、当编辑，然后去欧洲游学，由于忍受不了举目无亲的孤寂，回了国，再找了电视台的工作，后来发现了自己的喜欢和擅长，又做了栏目，再后来是自己开了公司。射手座的人，爱自由，爱折腾，她常常自己这么解释。不过，幸亏自己这么爱折腾。

元俪来到公寓大楼一楼的健身房，平时周一到周五晚上人比较多，周末人很少，元俪到了健身房，只有她一个人。她一般只用跑步机和划船机。

元俪刚放下手机，还没开始跑步，就看到手机屏幕亮起。

一条微信消息："申请加入北美摄影协会微信群，请提交本人原创作品十幅，谢谢！"

元俪打开手机图片，秋天拍摄了一组多伦多秋色，选了10张，发上群。

差不多10分钟左右时间，元俪被加入了"北美摄影协会12群"。

"欢迎新朋友！"430人的微信群。

这时，健身房又来了一位，是一位动作、声响特别大的男士，这位在跑步机上，挥汗如雨，发出的巨大声响震撼了整个健身房。

元俪只得离开健身房回家。

"妈妈，怎么回来了，是跑步机紧张吗？"贝拉正跟着电视咯咯地笑着，还是奶声奶气的，像个小宝宝，喜欢看动画片，尤其是关于动物的。

"不是，是那跑步动作大的人又来了，等一会儿再去。"

贝拉继续乐她自己的。她听妈妈说过那个人。

"事儿妈"群里也确实聊得热闹。都到家了。

小莫继续说："最近几次去跳莎莎，都是和意大利教练搭档，感觉超级好，搭档会跳和不会跳，真不一样……"小莫聊起这个话题，不是一般的兴奋，"教练平时看着精瘦的，个子不高，长得也一般，可是跳起来，太爽了，完全在他的控制之中，他那种收放自如、行云流水的动作，简直是享受，呵呵……"

贝拉妈妈看到手机有信息，是今天新认识的凯瑟琳。

她在群里发个语音："我回复个信息。"

第十三章　邂逅之后

/ 凯瑟琳的格调

/ 女儿的隐忧

"你好,贝拉妈,看到你入群了,认识你很高兴!"

"嗨,凯瑟琳,谢谢你!认识你也很高兴。就叫我元俪吧,贝拉妈只是各种群里的别名,潜水用的。"

"语音方便吗?"

"方便方便。"元俪收住了刚才的笑。

凯瑟琳来自上海,是一家高科技企业法人兼总经理,投资移民,国内企业还在继续做着,老公和她轮流来做移民监。加拿大枫叶卡(永久居民身份)要求五年内必须住满两年。最初是他们的女儿作为国际留学生在加拿大读书,后来全家办理了加拿大移民。

女儿现在已经11年级了,就读于多伦多斯特罗恩女校。

"元俪,我看到你的照片了,拍的真不错!"

凯瑟琳之前在安省美术馆见到过元俪。看一眼,就知道可以交个朋友,只是没机会打招呼。企业做了几十年,阅人无数。元俪是那种不算漂亮,但气质特别端正的那种,而且和自己一样,是那种做过事业的人。凯瑟琳国内朋友不少,在多伦多,遇上合适的,能聊的,还真没有。特别是,英语不行,女儿伊丽莎白学校的主流家长圈基本融入不了,不多的几个中国同学家长,又是年轻的妈妈,凯瑟琳不想和那些年轻妈妈来往,年轻妈妈们大多不工作,只知整天买名牌的那种。

凯瑟琳一边打着电话,一边从楼上走向楼下书房,细腻软糯的羊绒居家服款款跟着她下楼的步子摆动，皮质柔软的拖鞋在楼梯上发出恰到好处的声响。凯瑟琳喜欢这个楼梯的设计，从上往下看，从二楼到一楼，再到地下室，高级定制的水晶吊灯从二楼屋顶一直璀璨到地下室，水晶吊灯之下的旋转口，俨然是一只美丽的丹凤眼。

女儿伊丽莎白住校，一般周末才回家。凯瑟琳平时周一到周五晚上9点后是处理工作时间，和公司员工、客户的各种视频通话，下半夜才休息。她睡眠很少，通常一早就醒了，这是工作多年养成的习惯，然后赶个早直到中午把当天要做的事情做完，下午小憩一会儿后，出门走走。凯瑟琳的房子是多伦多市区最贵的区域之一——玫瑰谷，闹中取静，附近有公园、森林和峡谷，离多伦多时尚名店一条街布卢尔大街和央街不远，央街是多伦多的龙骨，从南到北，曾经是加拿大最长的一条公路。她对这栋别墅很满意，买下来除了房子的外观框架，里面全部换新了，家具也是集装箱从中国运来的，凯瑟琳对品质要求几乎苛刻，北美的家居用品她觉得太粗糙。

凯瑟琳走到一楼，一楼的正门里边，是搬进屋里过冬的植物，相当于封住了正门，满满的植物和花卉。平时她进出走边上的小门，小门和车库门连着。她从大门玻璃望向前院，春夏百花争艳的大花园被白雪覆盖，环形车道没有积雪但依旧冻得发白，院外路上清冷静谧，看不到有车经过。

凯瑟琳摆弄着植物的叶子，打量着眼前一大片花、叶，说："元俪，有空的时候，好好看一下这次新春摄影大赛已经上传的参赛作品，改天我们约了喝茶，有什么想法随时联系。"凯瑟琳的声调是上扬的，语速一句是一句，有分寸。遇上元俪，她内心还是很欣喜的，说话也找到了感觉。

打完电话，凯瑟琳一边想着事，一边四处在家里走走看看，例行每晚的检查。

她看了楼上五个房间，又看了一楼的各个厅，餐厅、小餐厅、厨房、大客厅小客厅、书房。隔着小餐厅的落地玻璃，看着外面的露台，露台之外几乎看不到边的后院树林，皑皑的积雪上似乎有动物的脚印，近百米远的后院边界之外就是幽远的峡谷。

凯瑟琳端起桌上的茶壶，往茶杯里倒了杯茶，喝了几口茶，把视线收回来，起身再去地下一层。

每天早晚她会巡视一下家里的各个地方，楼下有视听室，全套高保真的视听设备，前后左右各有两排沙发，可以供十人同时观赏影片。运动房间有跑步机、自行车。活动或聚会的多功能室有国际象棋，也有自动麻将桌。书房，有时老公在这儿办公，墙上挂着国内带来的字画。还有洗衣房、锅炉房。家的木制桑拿房是从芬兰定制的，只用过一次。凯瑟琳检查完桑拿房，最后来到游泳池。

凯瑟琳想起女儿，上次回来因为她要女儿游泳而女儿不愿意，搞得不开心。

这是一个可以跳水的游泳池，最深处超过2米，池内由宝蓝色的马赛克铺就而成，碧蓝碧蓝的一池温水。相连接的台阶上，是高温按摩浴池，浴池上方是玻璃顶，掩映在星空下，三面环顾着落地窗，窗外是后院的皑皑白雪。家里这个泳池，仅维持一池水的水温，每月的费用就超过人民币1万元。上次和女儿说，这池子这么开着，就是为了她回来随时可以游个泳。女儿说："你别给我这么大压力，我不想游，我在学校可以游，你关了就是了。""关了你知不知道会坏的，这整个泳池的设备开着可以正常运转，关了不用也许会出故障，到时候查起来会很麻烦的。""那你就别说这是为了我开着的。"

总之争执了几句，两人都不开心，但都忍着没发作。

这么一想，女儿应该几个周末没回家了，这周末，连个电话也没有，像消失了似的。而她，又像是被遗忘了似的，老公也没找她视频，不知在忙什么。

检查完楼上楼下，包括门窗、大大小小十几个卫生间，门禁监控，该开的灯开着，该关的灯关了，全部停当，凯瑟琳带着手机、平板手机和保温水壶上楼准备休息，心里想着明天给女儿打个电话，周末接她回来。

第二天，没等凯瑟琳给女儿打电话，她就接到了学校的电话。

和所有中国家长一样，看到学校来电心里就紧张，见过大风大浪的凯瑟琳也不例外。

凯瑟琳不知道为什么被叫去学校一趟，而且这基本就是有问题了，这里的学校没大事根本不会联系家长。

不知是什么事，凯瑟琳这一天没放下心。

第十四章　伊丽莎白的抑郁

/ 学校召见

/ 凯瑟琳的泪奔

凯瑟琳的女儿伊丽莎白，从小到大都是班里那个最好的。

人生第一次毕业是幼儿园毕业，她作为毕业班小朋友的代表在毕业典礼上发言。小学阶段，她在国内年年是三好学生。中学来到多伦多，也是中国学生中有礼貌、数学好、钢琴好的好学生，但她在体育方面，比如排球、足球和同学没法儿比。

"学校为什么让我去一趟呢？"凯瑟琳想不明白。

凯瑟琳涂了红唇，戴上珍珠耳钉，穿着黑色小青果叠领的真丝上衣、黑色的细软羊皮半裙，外面是一件经典款驼色大衣，一双齐膝的红底黑靴，配了一只鳄鱼皮的爱马仕。

按照规定的时间，凯瑟琳来到女儿的班主任安德森的办公室。

安德森长得高大健硕，典型的白人中年妇女的身材，德裔加拿大人，礼貌教养有加，亲和力不足。

安德森客气地请凯瑟琳坐下，打了电话，请学校的其他几位学校工作人员过来。一起谈话的有学校一位副校长、心理辅导老师，还有一位翻译老师。

伊丽莎白是个好学生，教过她的老师都很赞赏她，夸她遵守规则，学习认真，有自己独特的见解……但最近一段时间和以前不一样，不快乐，对任何事都没兴趣，课堂上没反应，和同学也不说话。她的来自北京的室友说，伊丽莎白一晚上不说一句话。

有IB课程^①的私校，通常是入学门槛很高的学校。斯特罗恩是加拿大仅有的几所全IB课程的女校之一，幼儿园到12年级，每个学生经过学校的严格考核。进入11年级后的IB课程是大学的课程，确实有一定难度，所得学分在全世界的大学都得到认可。学校每年都会有学生出现退出的情况。

伊丽莎白的功课一直很好，所以不是学业上的压力。

学校有专门的心理辅导老师，也给伊丽莎白安排了心理疏导，但没有起什么效果。

早期的抑郁症。

学校的意思是让伊丽莎白回家住一段时间，和家人一起，妈妈、爸爸多陪陪女儿，同时，定期看心理医生对她也有帮助。

凯瑟琳越听心越往下沉，但并没有表现出来，她冷静地听完老师的介绍，想了想后表示，等周末女儿回家，自己先和她沟通后再做决定。

她大致听懂了老师的意思，但她的英语能力限制了她的表达。学校安排了会中文的老师做翻译，但这个老师也只是个香港移民的二代，中文水平很勉强，凯瑟琳想说的她也翻译不出来，甚至她都不理解凯瑟琳想要表达什么，复杂句全都变成了简单句。所以，凯瑟琳太多的感受是不解和生气！

这么优秀的孩子怎么就抑郁了？在这里不能理论、不能表达。

凯瑟琳开上自己的车，出了学校，眼泪模糊了她的视线。她生她自己的气，气自己不能用英语表达出她的想法。还有伊丽莎白，她的掌上明珠，怎么几个星期没见就抑郁了呢？自己之前怎么就没有发现什么呢？

斯特罗恩位于市中心最繁华的地段，周围都是百年前的欧式建筑，有的是更古老的哥特式。这一片是多伦多非常有文化内涵的片区，安大略博物馆、多伦多大学圣乔治校区都在附近。街道、建筑、景观都值得徜徉。以前每次来学校后回家，凯瑟琳都会在这里绕一圈，从多伦多最繁华、宽敞的大学街，经过皇后公园、多伦多大学、省议会，再开回她所住的高级社区，曾经这一路上

———————————
① IB课程，即国际文凭组织（IBO）为全球学生开设的从幼儿园到大学预科的课程。

有多骄傲和自豪，今天就有多自责、多难过……

真不知道为什么会来到这里，让自己在异国他乡陷入泪流满面、孤立无援的境地。

她心里过了一遍这里的朋友，找不到可以说这事的人，又过了一遍国内的朋友，甚至说非常密切的朋友，还是找不到可以说这事的朋友，她要怎么和别人说，自己最骄傲、最优秀的宝贝女儿栗子，在多伦多最好的私校里，抑郁了？

凯瑟琳一路流着泪将车开回家。很多年没有发生这样的事了。

怎么办？！

凯瑟琳把车停进车库，从侧门进了家，泪眼婆娑中，她看到前方正门口的一片绿植，脑子里突然想起一个人——元俪。

第十五章　八卦

/ 法语补习
/ 悲伤的和理性的

下午3点15分学校放学，铃响之后，孩子们像一群憋坏了的马儿，从各个门撒欢儿而出。

"事儿妈"几个在操场上，孩子们一个个飞奔过来。

贝拉第一个，冲刺般跑来扑向元俪，抱住妈妈。"好了好了，妈妈要站不稳了。"元俪笑道，每天都是这样。

"妈妈，今天午饭好吃，明天还要一样的。"

"好啊，西红柿鸡蛋面，简单，明天再做。"

"砰"的一声，威廉姆的书包被扔到杰奎琳脚边，"妈妈，玩一会儿！"只听到威廉姆的声音，转眼看到的就是奔跑着远去的男孩的背影。

"妈妈，我们走吧。"艾玛从来是不急不慢，走到妈妈面前，理所当然地去上课。艾玛是放学直接去，点心在车上吃，今天放学后补习的是法语。

三个孩子都上法语课，小艾玛都是第一个到，威廉姆是玩到一身汗出现，贝拉是带着满脑子乱七八糟的小动物的故事出现。元俪和杰奎琳心理素质已经锻炼得很好了，不用比，小艾玛就是别人家的孩子。

双胞胎放学是直奔操场，习惯了。小莫是经常会晚点到的，所以两个人书包往地上一扔，直接跑去操场了，他们知道，妈妈来了会隔着整个操场大声地喊他们。

"一会儿见啊，我们也走了。"元俪和杰奎琳道别，拉着贝拉的手，先回家吃点东西，再去上课。

"好！我们也一会儿就走了。"杰奎琳说，"晒会儿太阳，补钙。"即使是在操场接放学的儿子，她也是美美的，过膝盖的色亮面羽绒服，收腰的款式，黑色长靴，脸上是黑色的古驰墨镜和粉唇，这就是学校操场上的一道风景。

加拿大是双语国家，官方语言是英语和法语。除了公立法语学校，其他普通公立校通常从4年级起，学生开始在学校学习法语，但是进度非常慢，4年级一年，也只是教了一些最基本的单词和短句，这样一直学到高中10年级，到了10年级法语单科必须通过。

法语是所有中国家长心中的一个希冀，一口流利的法语，多美啊。所以，有的在加拿大出生的中国孩子，本身英文没问题，通常就选择法语幼儿园，然后再继续上法语学校，平时放学补习英语，到了初中或者高中，再转入英文学校，这样两种语言就都掌握了。

元俪吸取了贝拉2年级来加拿大后补习英语之艰难的教训，法语不光要跟上学校进度，应该更超前一点儿，免得发现不行了再补，所以，从2017年9月开始就在法语联盟报了同年级课程补习班。接着，胡玲也未雨绸缪，让3年级的艾玛提前加入了。原来，杰奎琳是不想让威廉姆放学后把课排得满满的，尽量给他时间去玩，后来也就从了她们俩，一起学了。

小莫跟随不了，两个儿子的行程，兴趣不一样，上的补习班也经常不在一个地方，每天要送完一个再接另一个。"不考虑法语了，等学校学了再看吧。"小莫心里不赞成这一点。

因为圣诞节、新年假期，三个妈妈有三个星期没在法语课相聚了，胡玲和杰奎琳因为准备私校面试，在节前就把法语课都停了。现在私校面试陆续结束，只等2月底统一发榜。

今天是新学期法语课，三个妈妈第一次聚到一起。私校话题是不能聊了，经过之前两三个月的数次测试、面试，参与其中的胡玲和杰奎琳已经不想再提，够煎熬的，只等结果了。

"哎，听说了吗？"胡玲是信息中心，学校的大小事都特清楚，也操着所有的心。"去年得癌去世的那位妈妈，俩孩子的，一个学前班（Kinder Garden），一个3年级的，今年孩子没再上学，孩子爸爸把俩孩子带回去了。"

"是啊，知道，爸爸把两小孩带回去了。不然怎么办，孩子那么小。孩子爸爸没有枫叶卡了，当时是住不满时间，放弃了，国内还有厂……"杰奎琳说。

"当妈的要是早点儿入了籍，孩子跟着入了籍就好了，即使现在回去，将来还能回来读大学。这下两个孩子身份没有了。"胡玲说，"唉，人家老外在入籍的问题上不犹豫，够条件了就入加拿大籍，成为加拿大公民，或者不喜欢就走了。咱中国人考虑的就是多，北京户口、上海户口多值钱，一二十年都是拿着枫叶卡两头跑，兼顾着两边的好处，累。"胡玲说。

"是的，据说孩子妈妈发现生病了以后，想申请的，来不及了。据说之前没申请入籍是因为妈妈英语不行。"杰奎琳说，"她和我们住一个楼。"

第十六章　父女视频

/ 宠物风波

/ 元俪的坚持与安抚

"贝拉，你今天琴还没拉，电视关掉，不看了。"

元俪刚接完凯瑟琳的电话，来到客厅。

"妈妈怎么说的？该做的事做完了再看电视，电视永远都看不完的，别看了……"

"还有5分钟就看完了，妈妈……"贝拉说。

"好吧，再看5分钟，然后去拉琴。"妥协一下。

贝拉新的小提琴老师建议贝拉参加4月份的小提琴比赛，元俪很赞成，学音乐就是要参加各种活动，元俪还请老师给贝拉介绍一个合适的乐队，让贝拉去参与，单纯练琴太无趣了。

"唉……"元俪心中长叹一声，想起刚才凯瑟琳电话里说的话。

小孩也不要太好，差不多就行了。太一帆风顺的小孩也有风险。凯瑟琳来电话说了女儿的事，她的想法是可以让孩子离开学校一段时间，换个环境，也许会豁然开朗。像凯瑟琳女儿这样的孩子，一直被父母推着走，没有机会考虑自己真正喜欢的是什么，到了现在，自我觉醒，或者由此迷茫。人生是个长跑，这个年纪，学校缺一段时间的课能怎么样呢？尤其在加拿大。不过，元俪也知道凯瑟琳这种时候其实只需要她是一个听众，而非建议。这类人在国内接触的比较多，固执，只认为自己是对的。

元俪说如果需要，随时可以给她打电话，有需要帮忙尽管说。

国内朋友问得最多的就是，在加拿大都干吗呀？言下之意就是，不工作时间都怎么打发啊。实际上，一个人在这里带孩子，即使没有任何工作，也不会太闲。一天最多也就5个小时的自由时间，这还包括要收拾屋子、采购日用品、做饭等。就算去逛个街，上午10点才开门，到下午2点就要往家赶了，万一遇上哪里堵车了，耽误了接孩子，那可不是一般的急。多伦多最大的购物中心约克戴尔（Yorkdale）元俪没有一次逛完过，都是逛了一半就得回家，不然就来不及接女儿了。如果放学后有课，她还要在接孩子之前做好饭，赶着让贝拉吃点儿东西再去课外班，现在周一到周五，也只有一天放学后没课。

这边贝拉刚开始拉琴，元俪厨房还没收拾停当，贝拉爸爸发起了视频聊天儿。国内已经到了上班时间，贝拉爸爸到了办公室，这会儿茶已经泡好，10点开会前还有点儿时间，正好聊一会儿。

"乖宝宝，在干什么呢？"女儿永远是爸爸心中的乖宝宝，"爸爸还有7天就过来了，还有想要的东西，告诉爸爸，爸爸给你带过来。"

"爸爸，我刚拉琴呢……你早上吃了什么？"爸爸机关食堂的自助早餐贝拉很向往。

元俪插了一句："才拉了两分钟。"

贝拉不服气，跩的头一甩，和爸爸继续说话。

每天和爸爸视频，贝拉也不知道自己要和爸爸说什么，元俪开导她，没话说，可以问问爸爸早饭晚饭吃什么呀，外婆现在干吗呀，家里鱼缸的鱼怎么样啊，天气冷不冷穿什么呀等等，诸如此类。爸爸在国内工作很忙的，周末还要去看看外婆，爸爸很想贝拉的。总之，要好好和爸爸聊一会儿。

"爸爸，马克笔再买几套吧，阿曼达要过生日了，要马克笔做礼物。"阿曼达是贝拉的同学，贝拉当她是好朋友。

"好，没问题，爸爸带过来……放心，箱子放得下，不用担心超重，可以带。"

贝拉的爸爸在国内工作，虽然全家移民，他也有枫叶卡，但是，有五年须住满两年的所谓移民监，住不满规定时间枫叶卡就得放弃，但后面可以再申请家庭团聚。

贝拉爸爸是学建筑的，毕业后做了将近十年建筑设计，然后进政府机关，正好赶上了中国城市建设的高速发展期，现在是享受国务院政府特殊津贴的城建专家。每次来加拿大探亲，层层审批，手续繁琐，差不多是每次回国就递下次的申请，但基本可以等到再出发，也签字盖章办完。

还有7天，中国农历新年就到了。贝拉爸爸订了年三十放假第一天的机票，上海飞多伦多，上海和多伦多有12个小时的时差，晚一天，所以到多伦多正好也是大年三十。

元俪听到他们视频结束了，但没几分钟，就听到贝拉的尖叫声从房间传出。

"妈妈！"贝拉一声拖长了声音的尖叫，那种无理的长腔。

"妈妈，美美有一只猫，妈妈……"又开始了，关于宠物。

贝拉和爸爸视频完，正好看到妈妈微信的朋友圈，国内小朋友美美妈妈发来一张照片，美美家刚养了一只猫，蓝猫。

关于养宠物，已经不知道说了多少遍，之前是狗，现在是猫。"妈妈不养宠物，要对它负责任的。以后你长大了，你想养多少都行，你自己负责。"元俪不止一次地坚定地告诉贝拉。

"我最喜欢猫了，养猫又不用遛，妈妈……"贝拉提高了嗓音，"为什么美美家就可以？我们家就不可以？妈妈你为什么不养宠物？"

"这事没得商量，妈妈不养，而且你的小朋友中也有很多人是没养宠物的，至少我们还养了鱼。"

之前为了不养狗，贝拉爸爸来多伦多，给贝拉买了热带鱼，现在已经是第N批新鱼，暑假回国近两个月，元俪托住在附近的朋友见欣，一个星期来照看一次，就这样还是禁不住小鱼会死。暑假后从国内回多伦多后，再买一批。元俪内心觉得对不起这些小生命。听说有养狗的中国人暑假回国，把狗狗寄养在宠物店里，回来发现狗狗抑郁了，估计是以为自己被主人遗弃了。

元俪也喜欢宠物，看看就好了，不要拥有。

"明天，妈妈带你去宠物店，看看猫，然后再去书店看书。"元俪搂住小贝拉，"这么大了还哭鼻子，想想你以后还是可以养的，等你长大了，可以对它们负责的时候……"

第十七章　宠物和书店

/ 热闹纷呈的微信群
/ 团购的福利

连续三天的雪，开车去哪儿都困难，大路没问题，雪一定是铲干净了，但小路好不好走就不一定了。周日一早，元俪带贝拉出门，坐地铁去贝拉最喜欢的靛蓝书店。

先去看猫。地铁站的购物中心里有一家宠物用品店，里面也卖一些小动物，如仓鼠、荷兰猪、各种鱼等，还有猫咪。猫咪有的来自流浪猫救助中心，基本上几天就会换一批，根据年龄、品种，猫咪的价格从七八十加元到两三百加元不等，买的人不少。

有人每天专门来看猫，也有路过的，大多数时候，这些猫咪都在睡觉。

"好可爱啊！"每次贝拉都是这种腔调，什么动物都是拉长了腔调，好—可—爱—啊……只要是动物，都可爱。元俪也是没辙了。

这里的猫隔几天就会换几只，有的当天就被领养走了，有的在连锁店互相换着展示，所以，除非天天去，否则差不多每次去看到的猫咪都不一样。

靛蓝是多伦多的图书连锁店，但店内也卖家居用品、玩具、礼品，店内的设计很漂亮，东西也不错，但就是属于那种叫好不叫座的，人人都喜欢，但买单的并不多。元俪是文具控，贝拉也是，可她们俩还真没在靛蓝买过什么文具。不过，这个店能留住人，不少人能一坐就是半天，尤其到了周末，能坐的地方都坐满了，小朋友通常在自己看的书的书架旁边席地而坐。元俪每次会让贝拉买上一两本要看的书。

这几年实体书店受到网购、电子书、在线阅读的冲击，靛蓝也不可避免地关了一家又一家。前不久，离贝拉她们家最近也是最方便的一家就关门了，那是她们在多伦多几年时间里流连最多的地方。其实，这就是当下生活方式的改变，人们有限的时间、空间和金钱，自然会更好地分配。何况多伦多有非常完善、方便的图书馆系统。

两年前贝拉是在玩具和漂亮的童书中徜徉，现在是直奔少年区域。加拿大这里孩子看书都是一拨一拨的，贝拉在如痴如醉地看了二十多本猫武士之后，又开始迷希腊神话了。这也是元俪时常感叹的，自己小时候，只要是文学史上提到的，都找来读，读的全面。哪像现在这里的孩子，一段时间只读一类书，知识面窄。

到了书店，贝拉很快就忘了养猫的事，从书架上取了喜欢的书，找个角落看书去了。

元俪长舒一口气，到了这里，她就省心了，自己去喝杯咖啡，刷刷微信，或顺便看看什么都行。她算是个看不得孩子哭的妈妈，年纪很大才有孩子，能满足则尽量满足，除了原则上的事不能让步，比如养狗、养猫。

元俪在书店内的星巴克买了杯美式，顺楼梯找了个台阶坐下，这个时候星巴克是找不到座位的。

微信朋友圈，和订阅的各种公众号的各种信息，如果要看，花多少时间也看不完。

北美摄影协会12群：

好不热闹，各方摄影爱好者发了作品出来，天南地北，南疆北疆，波士顿、旧金山。京剧的脸谱，川西年味，大漠孤烟……水平很高，特别是后期PS，厉害。

多伦多优品团购群：

@所有人

各位亲本群可以长期随时团购加单的东西有：

北极淡干海参

55头/袋/磅$65 含税

35头/袋/磅$80 含税

意大利植物染发剂$14/盒，含税

Bad Air 空气净化剂$17/个，含税

Snap 除臭喷雾剂$15.50/个，含税

神奇抹布税后$7/块

偏光太阳眼镜税后$50/副

强效清洁剂税后$15.50/瓶（清洗油烟机）

芦荟洗碗液税后$15.50/瓶

手机防辐射贴税后$15/个

大家可以在群里加单，或私信群主

我们在Markham，Scarborough，Downtown Toronto，Mississauga，Oakville，Richmond Hill，Vaughan，Burlington，Hamilton①都有取货点，就近取货，货到付款。

……

加拿大有超过170万的华人，其中约100万住在多伦多，所以，中国人居住在国外，最宜居的城市也许就是加拿大多伦多，还有温哥华，没有吃的担忧，也没有日常衣食住行的担忧。以多伦多为例，多伦多的中餐非常丰盛，从面条、饺子、生煎包，到粤菜、四川菜、上海菜，火锅、烧烤、羊肉串，北京全聚德的烤鸭、宽窄巷子的火锅，顺德山庄的早茶等，完全能满足国人的胃。而且，如果不为了要融入主流社会，英语不好，也基本不影响生活。普通话和广东话，衣食住行完全可以应付，银行、政府对外服务窗口、看医生，都有普通话和广东话的服务，中国超市的规模和品种不比任何一个国内城市逊色。

---

① 多伦多本身是一个城市，但"多伦多"也可以指代包括多伦多市以及周边地区在内的大多伦多地区（简称GTA）大多伦多地区的各个市。马卡姆（万锦）、士嘉堡、多伦多市中心、密西沙加、奥克维尔、列治文山、沃恩、伯灵顿、汉密尔顿。

元俪看到团购群里开始团购香肠了。

@所有人

我们联合本地商家"成都味道"推出迎新春，川味香肠团购。大年三十的餐桌一定少不了一盘美味的香肠，一吃香肠就有一种年的味道。"成都味道"餐厅专营川味麻辣香肠、川味广式香肠数年，凭借优选食材、地道的手艺，凭着良好的口碑，四川家乡的味道已深深地留在每一个食客的记忆中。

刀刃起落、尽享美味、层层清晰。肥如琥珀、瘦如玉石，肥瘦相宜。

现推出川式麻辣香肠和川式广味香肠两种味道，12刀/磅（含税），每包香肠1.1-1.5磅不等，以实际重量为准。要的请接龙：

1. Jane 麻辣味2包，广味4包

2. Niko 麻辣 2包，广味 1包

3. 远方麻辣2包，广味2包

4. Cathy 麻辣2包，广味2包

5. 贝拉妈麻辣2包、广味2包。

6. ……

元俪接龙，广味、麻辣味香肠各订了两包，过年少不了。

这时，贝拉爸爸发起了微信视频聊天儿。正常的周日上午、中午是他们全家人的视频时间。

"出门了，我们在靛蓝（Indigo），贝拉在看书呢，我买了杯咖啡刚坐下。"长话短说，元俪给贝拉爸爸看了坐在地上看书的贝拉，还有星巴克周围。"你早点儿睡吧，晚安！"

后天，贝拉爸爸就来了，想想一大堆的事情要做。元俪打开手机记事本，一件件写下：

贝拉爸来加待办事项：

1. 水池有点儿堵

2. 书架换地方

3. 买个收纳架，把贝拉乱七八糟的东西归类

4. ……

第十八章　年三十

/ 贝拉爸爸到了多伦多

/ 元俪的年夜饭菜单

分居两地的情人节，杰奎琳收到了从纽约快递来的玫瑰，威廉姆爸爸在纽约完成公务，直接返回北京，算好了日子，给老婆送花。杰奎琳签收了快递，欣赏了一会儿，然后连花带盒放在进门的角柜的台上。收花、收礼物对她来说就是一件理所当然的事情。

胡玲在前一天就去机场接回了老霍，除了在滑大读书的大女儿凯特明晚回来，夫妻二人和小艾玛团聚了。欢迎老公回家，胡玲中午拌了几个凉菜，桌上有新插的花，拍了美美的图片，传上"事儿妈"群。

这是元俪最忙的一天，早上送完贝拉去学校，就直奔大统华采购。

元俪事先写了采购清单，是拟好的大年三十年夜饭菜单所需要的。贝拉爸爸明天傍晚到多伦多，所以，今天采购明天做。

从去年过完暑假回多伦多，差不多时隔六个月，贝拉爸爸终于要来了，昨晚贝拉就开始唠叨了，今早上学路上也是，兴奋得不行。估计班里的同学和老师都知道，她爸爸要来了。

大统华超市里一派中国年的气氛，大红灯笼、金字条幅喜气洋洋。清单上有的和清单上没有的，元俪装了满满一推车，结了账推着购物车，在停车场找到自己的车，还没把一袋袋年货放进车后备箱，电话响了。

元俪一看，是凯瑟琳。

"元俪，在哪儿呢？群里发出来的参赛照片看了吗？你先生过来了吗？等你先生来了，我们约个时间，来我家喝茶吧……"女儿的事，让凯瑟琳内心不安，但她那晚和元俪说出来的时候，没有心里面感觉得那么严重，和元俪说的有点儿轻描淡写，她不让自己多想，自己的女儿，哪有那么脆弱，她相信过一段时间就会好。给元俪打个电话，某种程度上也是表明她很好，没事。

元俪一手拿着电话，一手打开自己车的后备箱，把购物车里的东西一袋一袋放进后备箱。车道上有人停车闪着双闪，在等她的停车位。中国年前的大采购，偌大一个停车场车都停满了。

问候了凯瑟琳，元俪说看了摄影群里的图片，水平太高、太专业了，相比之下自己就是拍着玩，上升不到那种高度。约见面可以约白天时间。有事随时来电话等等。

结束通话，元俪有种似曾相识的感觉，自己的秘书性格，遇上女企业家的作风，也堪称完美组合。她启动车子开出停车场。此时时间已经过12点了，而她从早上送贝拉去学校到现在，一口水还没喝。

元俪离开超市，接着去不远处的商业广场，那里有一家台湾同胞开的太平香卤菜店，取了预订的叉烧、卤猪蹄、烤鸭，然后马上往家赶。

到家已经快下午2点了。她把需要放冰箱冷藏冷冻的先拿回家，其他的就暂时放在后备厢，等接女儿回来再搬运剩下的。

中国农历年的大年三十，贝拉爸爸从上海至多伦多的飞机落地，大约下午1点。

出海关、取行李，一切顺利。

加拿大海关算是好说话，排队时看见一中国人现金带超了近一倍，海关申报单上也申报了。海关官员问原因，中国人说，中国的春节有长辈给晚辈发红包的风俗习惯，亲戚朋友小孩子多，所以多带了。

贝拉爸爸从机场乘机场专线公交，直接到家附近的北约克站下车。

当元俪接到贝拉爸爸短信说马上到家时，她正在家里烧菜，连忙关了电炉，下电梯，穿过长长的东西向的公寓大楼走廊，出大楼西门，来到几十米外的央街车站。

元俪看到机场专线公交停靠在车站，司机从车下打开装行李箱的门，往外拿出行李箱，贝拉爸爸正接手自己的箱子。

半年没见，元俪一脸喜悦，拍了一把老陈的后背。

"嗨，今天到得早，这么快！"

"早上和贝拉说，放学了去接她呢，这下好了……"

"直接去接吧……"贝拉爸爸说。

夫妻二人没有先回家放行李，直接到大楼地下停车场，行李放上车，老陈坐上驾驶座，开车去学校接孩子。只要贝拉爸爸在，不用元俪开车了。

这学期开始，元俪和贝拉说好了，放学后在学校后面的社区停车场里等她，贝拉5年级了，可以和同学一起，或者自己走到停车场。这样天冷后元俪也不用在操场上挨冻。

"你真是运气好啊！你一来，多伦多天气好了，昨天还下雪呢。之前接放学是这样的知道吗？"元俪夫妻二人在停车场等贝拉，元俪拿出手机让老陈看上个星期下雪的照片。

远远地，贝拉和同学出现了，两人一边说一边比比划划，在路口，同学右拐弯走回家，贝拉直行过马路，背着书包，手里拎着午餐袋跑向停车场。

贝拉爸爸下车，满脸喜悦地看着女儿跑过来，他张开双臂，以为贝拉会像以前一样扑进他的怀里，可是没有。贝拉递上午餐袋给爸爸，再从背上放下书包给爸爸。

女儿长大了。

"爸爸你这么快就到了，我还准备和妈妈去车站接你呢。妈妈，快开车，我要跟阿曼达说句话。"贝拉爬上车，看到是爸爸坐在驾驶位上，赶紧说："爸爸，开车吧！"

老陈开动车，贝拉坐在后排，等看到路边的阿曼达，她说："爸爸，开窗户，我要和阿曼达说句话。"

贝拉半个头伸出车窗外，冲着窗外，非常大声地喊："阿曼达！"看到阿曼达回头挥挥手，一定是看到了自己爸爸，贝拉说，"好了，爸爸，关窗吧"。贝拉圆圆的脸上，一脸的喜悦、满足和得意。元俪知道，她就是要显摆一下自己爸爸来了，早就预告了。

三个人回到家，贝拉跟在爸爸旁边，急着要和爸爸一起去打开行李箱，贝拉念叨的宝贝小玩意儿都在爸爸的行李箱里。

晚上的年夜饭，元俪还约了两位老乡来家里，虽然是老乡，但都是来到了加拿大才认识的。

宁洁，来加拿大之前是上海华东师大的教授，教英语的，是贝拉爸爸大学同学的夫人，比元俪一家早几年来加拿大，还有一位是宁洁华师大的老同学见欣，见欣目前在多伦多一所大学教英语，她来加拿大就更早一些，见欣住的地方和元俪很近。元俪和这两位都是一见如故，偶尔三人会约上聚一下，仿佛恰同学少年，聊的话题也是当年在大学的事情。只是三个人平时都各忙各的，难得见面。

见欣大多数时间一个人在多伦多，女儿在日本读研，宁洁住得比较远，享受在风景里读书做学问的自在日子。两个人的丈夫在国内都有事业，上海、多伦多两地往返，而且主要时间在上海。宁洁的女儿安吉拉在多大上学，丈夫要年初二才到多伦多。正儿八经的年夜饭，只有元俪这有，所以一起约到元俪家吃年夜饭。在元俪内心，这些好友，相伴共度人生的加拿大这一站，犹如国内的亲人。

元俪打算今天的年夜饭做什锦菜，俗称十样菜，就是备齐十种蔬菜，炒完混合，这是南方人很典型的春节菜。元俪已经买齐了需要的菜，洗好切好。也买了冷盘，干切牛肉、盐水鸭、海蜇皮凉拌萝卜丝、皮蛋、黄瓜、油爆虾、四季豆、炒双菇、乌鸡汤、红烧鱼，还有贝拉爸爸喜欢的梅干菜笋干烧肉，浙江人的最爱。这是宁洁女儿安吉拉爱吃的，凑成了一大桌，重点是聚，图个过年的气氛。

父女俩在房间开箱，元俪在厨房，她先一样样炒蔬菜，完成素什锦。

离开国内来到加拿大，元俪觉得每天的生活因为一件件具体的事变得真实。做家务、带孩子、超市采购、每天做饭、搞卫生，事无巨细，所有的事情都得自己一件件做，不会做不行，少做一样也不行。生活就这么一点点地重建了起来。

第十九章　年夜饭

/ 年夜饭的老乡
/ 新年的祈愿

宁洁第一个到了，脱了大衣，穿着红色的羊绒衫，"呵呵，过年图个喜庆。贝拉，这个送你，新年快乐！"宁洁取出一盒乐高给贝拉做新年礼物，哈利·波特的火车站。

宁洁带来了自己做的八宝饭和卤的叉烧，装盘。

"好香啊，我先尝一块。"元俪搛了一块放嘴里，"好吃！"

宁洁尝了一根肚丝："难得吃这个，谢谢啊，还想到安吉拉。"

两个人互夸了对方的厨艺，哈哈哈，都颇为骄傲。

菜陆陆续续端上桌，两米多长的长条饭桌上几乎放满了，元俪再把每人一份的碗碟筷子汤勺摆好，高脚杯放好，拿出气泡果酒，差不多准备就绪。见欣来了，带着一瓶粉色葡萄酒。见欣来加拿大已经二十多年，基本加拿大化了，脱去了羽绒服，直接就短袖T恤，习惯了，再冷的天也就是这两件。见欣的女儿在加拿大读了本科，再去日本读研究生，女儿说更喜欢日本，打算留在日本工作。

最后到的是安吉拉。安吉拉一头瀑布般的秀发，明眸皓齿，青春逼人。"阿姨你们家实在是太方便了，下了地铁几百米，妈妈，我以后也要住交通方便的地方，从大房子搬出来。"

宁洁接了女儿的话，说："你吃了元俪阿姨的菜，估计就要住在元俪阿姨家不走了……"

见欣给贝拉带了书签做礼物，安吉拉带了一个小猫图案的布包送给小妹妹。

贝拉在元俪的安排下，给她们都早早地画好了新年贺卡，这会儿拿出来送给两个阿姨和安吉拉姐姐。

众人寒暄热闹一番，年夜饭正式开始。

"来来，我们先坐。"元俪让宁洁、安吉拉和见欣入座，老陈开了酒，一一倒上。

宁洁、见欣挨着，元俪左侧是贝拉爸爸，贝拉靠着爸爸，大家举起酒杯。

"除夕快乐，新年快乐！"

"新年快乐！谢谢！"宁洁和见欣说，大家一起碰杯。

"天哪，这什锦菜，简直和小时候吃的一样，就是这个味道！"见欣吃了一口素什锦，"太好吃了，小时候的味道。"

"是吗，呵呵，十样菜就是这个味道。"元俪尝了，自己也觉得不错。

"太好吃了，以后就做这一样就可以了，其他的我们带过来。"宁洁说。

"还有这个肚丝，好吃，谢谢阿姨！"安吉拉说。

"贝拉，按中国的习惯，过了今晚，大年三十，明天，你就长一岁了。"贝拉爸爸对贝拉说。

"爸爸……"贝拉撒娇不要爸爸说。

宁洁说："贝拉爸爸这次来，待多少天？要赶回去上班吧？"

"两个星期，我暑假再过来，多待些时间，可以一起去什么地方玩玩。"

"是的，可以开车去美国，纽约、华盛顿，一路玩玩。"见欣说。

"对。"元俪说，"这个喜欢开车的人，可以过把瘾。不过，我最近这颈椎疼，也不知长途坐车行不行。"

"可能我们这个年纪，都有这个问题，我颈椎也不好。"宁洁说，"我们都是用颈过度，过去常年伏案工作，来这里是低头在院子里干活儿，再加上手机、平板电脑，颈椎没法不出毛病。"

"要运动。"见欣很认真地说，"明年我打算试试半马了。"几个是同龄人，见欣每天在健身房跑一个小时，长期坚持运动，显然状态比元俪和宁洁要好，肌肉紧实，坐下来也是笔直的。

"对，楼下健身房要用起来。"元俪说。

"是啊，不然物业费白交了。"见欣和元俪一样，住公寓，公寓的管理费，包括这些健身房，尤其是元俪住的这个公寓，有游泳池，管理费更高，每年上涨几十元，现在已经每月1000元。

"给自己立个计划，每天下去走路或骑车，做做拉伸，干什么都行。"见欣说，"再忙也要有锻炼的时间，这是你能待在加拿大的前提，必须要健康。"

"对对对，宁洁，我们俩要向见欣学习，新的一年，把运动排进每天的日程，健康最重要。"元俪举起酒杯。

"来，祝我们大家，新的一年，多多运动，大家身体健康！"

"平平安安！"宁洁端起杯。

"开开心心！"见欣附和。

"我们小贝拉欢乐成长。"贝拉爸爸说。

"还有祝安吉拉越来越漂亮，心想事成。"元俪加了一句。

"干杯！"

众人一起热闹起来。

大年三十的祈愿，还有很多，每个人心里都有，从国内来到加拿大，远离家乡，远离亲人、朋友，没有了熟悉的生活环境、社会关系，在新的国度落地生根，更多的时候，他们互相就是亲人、朋友，就是互相的新的环境和关系。

敏卓的年夜饭，还是和往常一样，去敏越家，一是父母在那里，二是敏越家的房子大，两家人装得下。敏越几个疗程化疗下来，复查的结果非常乐观，敏越说，她还没见到儿子娶媳妇，所以，她得活着。大家笑着附和，玩笑归玩笑，家里人都明白，战胜病魔，敏越靠的就是不服输的个性和意志。

北方人的年夜饭相对简单，包饺子。敏卓早早就到了，帮母亲忙活年夜饭，主要是陪爸妈聊聊。她离开家早，没学会多少家务活儿，作为一个北方人，面食这些基本不会，敏越也是加入其中，经过这一段生病，心思多少放在家里了，只是电话还是多，没办法，国内公司的事，不能不管。

厨房饭厅大人们在忙，说着话，地下室两个大男孩在打桌球，热火朝天的，杰瑞桌球不如表哥，想赢一局不容易。

吉莉安和表姐一起，待在二楼姐姐的房间里，一人手里一个平板电脑。姐姐靠墙坐在地毯上，大腿边放着手机，和同学有一搭没一搭地聊着天儿，眼睛时不时看着笔记本电脑上的国内综艺节目，她在等她喜欢的偶像组合BTS^①上场，手上的平板电脑看着抖音。

吉莉安窝在床上，看动画片《小马宝莉》。"姐姐，你好厉害喔，你可以同时玩三个东西。"吉莉安奶声奶气的，满眼都是羡慕。

"哎呀，你太小了，不懂。"姐姐眼皮也没抬，没工夫理这个小不点儿，8年级是理解不了2年级的小朋友。"看你的动画片吧，趁着你妈还没让你练琴。"

"对喔，我不要练琴。"吉莉安闭上嘴巴，重新把注意力集中到iPad上来，没多久，在姐姐舒适、凌乱的床上就睡着了。姐姐看了，也是不屑地撇撇嘴，站起身，拉起原本就没叠的被子，替妹妹盖了一角。

楼下敏卓见妈妈把新包的饺子放进冰箱速冻，让妈妈多装一盒。

"送楼上的邻居？"妈妈问。

"是，没少麻烦人家，一会儿送过去，让他们年初一早上吃个饺子。"敏卓说，"一个人带个孩子在这里，不容易，还经常帮助我。"

"喊他们过来吧，一起吃饺子。"

"不用，他们家爸爸来了，还有朋友一起。"

敏越挂了电话走过来，一边喊沙发上看电视的老公过来帮忙，一边再次看手机："嘿，过年短信又是无数条，我也得赶在午夜给客户发祝福。"

多伦多万家灯火，中国人家里过的是农历新年除夕，团圆的家庭是相似

---

① 即韩国某演唱组合。

的，胡玲一家四口到齐了，火锅烧得热气腾腾，女儿还带来了男朋友。没团聚的家庭也没觉得或缺，小莫接了公婆一起，三代人一起过了除夕夜，双胞胎在后院还放了烟花。对杰奎琳来说，就是一个平常的日子，杰奎琳一杯红酒，和儿子陷在沙发里看漫威，照常11点去睡美容觉。

第二十章　私校发榜日

/ 几家欢乐几家愁
/ 香港妈妈的不平

中国农历年，学校没有假期，孩子们照常上学。

白天，大人们在朋友间互相串串门。本来元俪以为会接到新朋友凯瑟琳的电话，也许会约了见面，可凯瑟琳并没有和她联系。"事儿妈"群里的几位，在各自家的老公来了以后，大家基本不会约了，连聊天儿都很少。

农历春节很快过去，各家从国内来过年的亲人也陆续回国了，日子恢复了常态。

爸爸要回国了，早上，贝拉爸爸送贝拉去学校，元俪也一起去了。每次爸爸回国的那天，贝拉都会抹眼泪，元俪跟着去送贝拉，想聊个有趣的话题，打个岔。

三人进了电梯，下了一层停住了，是敏卓和两个孩子。

电梯里一下热闹了起来，吉莉安小嘴巴可甜了："阿姨叔叔贝拉姐姐，早上好呀！"

"你好！吉莉安。"这小可爱一出现，气氛一下缓和了。

敏卓和贝拉爸爸打了招呼，"我们家吉莉安可喜欢贝拉了……"敏卓笑着说。

"今天放学要是没课，欢迎来我们家玩，吉莉安。"元俪对吉莉安说，"今天我们没课。"这话是对敏卓说的。

"行，放学来找贝拉！"敏卓说。

"耶……"两个小孩子开心了。

"玩乐高，哈利·波特的……"贝拉说。

"好耶……"吉莉安连连叫好。

小孩子高兴，大人也轻松不少。连吉莉安哥哥杰瑞站在一旁也乐呵呵的。

贝拉情绪提起来了，到了校门口，把书包背上后背，拎着午餐包，大方地和妈妈、爸爸再见。元俪看见她下车就遇见了同学，一起进了学校。

看到女儿进了学校，元俪夫妻俩稍稍放松了一些，元俪说："没事，到了学校就好了，下午回家基本就没事了。"

小孩子如此，大人的心里也有波动的，只是理性占上风。

元俪和老陈开车直接去超市。贝拉爸爸之前已经买了两袋米放在家里，昨晚想想回国之前要再去一趟超市，买矿泉水还有元俪爱喝的巴黎水，重的东西多囤一些。

…………

2月的最后一个周五，12点，多伦多私校发榜的时间。孩子申请了私校的家庭，基本是彻夜不眠，又期盼又紧张。

没录取或是在等候名单上的，下半夜也就洗洗睡了，如果被顶私录取，家长孩子就兴奋得别想睡了，报喜电话、国内视频，各方祝福，更重要的是，当天清早，学校有专人送喜讯上门，大大的条幅直接贴门上，多开心和荣耀啊。

这荣耀，小莫享受了。双胞胎儿子被多伦多著名的男校录取了。

胡玲家的小艾玛、杰奎琳儿子威廉姆，都被心目中保底的学校录取了。

几家欢乐几家愁，无限滋味在心头。

"小私校，连公校都不如。"胡玲一直以来的观点，都是这么告诉别人的，艾玛那么优秀，小小年纪，学校成绩单，品德行为都是优秀，门门功课都是A+或A，琴棋书画、天文地理、唱歌跳舞，无所不能，偏偏没被录取，录取她的是她之前还不太看好的一个男女混合的私校。

威廉姆也没有被理想的学校录取，被录取的那所学校，之前就有精通各家私校情况的中国妈妈议论，曾经有一位被公校几乎要勒令退学的学生，顺利地转入该学校，可见这学校标准有多低。杰奎琳完全没考虑让儿子下一年继续在公校读书，可是这种结果，这样的私校去还是不去呢？

无论如何，胡玲是要让艾玛离开公校的。"政府削减教育经费，多伦多教育局越来越没钱，不如以前了，好的特长班已经开始缩减了。先进了私校系统再说吧，我们艾玛可以7年级再考出来，进顶私。"胡玲在"事儿妈"群里说。

杰奎琳说还没决定，真是纠结，不是自夸，威廉姆长得像妈妈，英俊着呢！能文能武，善交际，口才又好。多好的儿子啊，怎么没被好学校录取了呢？再听听儿子的意见，再说吧，或者，让他自己决定。

元俪关注身边这几位朋友孩子的申请私校结果，毕竟这一年多的时间，大家说来说去都是有关私校的话题，虽然自己没有身在其中。关于结果，也不好说什么，说什么也无助，大家都明白。其实，像艾玛、威廉姆这样的孩子，在哪个学校都是好学生。

合唱团香港妈妈发了一条短信给元俪，说儿子没被录取，甚至不在等候名单上。据说，今年考私校的大赢家就是那些中介推荐的学生，给他家儿子做过一次辅导的老师，送了几个学生进顶私。香港妈妈有点儿愤愤不平，私校为什么这么相信这些中介？那些言过其实的材料，私校招生官就看不出来吗？据她所知，儿子的同学，一个万锦市房产中介的儿子，就是被包装了，进了多伦多最好的男校罗曼学院。

一早，小莫在朋友圈晒出照片，大别墅门前，送录取通知的老师和两儿子的合影，双胞胎手上拿着大大的信封，清晨的阳光照在房前皑皑的白雪上，也照在两个青春少年开心的笑脸上。

大家都伸手点了赞。

胡玲和杰奎琳心里的滋味，元俪明白。

是不是被录取，各种因素太多。在于孩子的申请入学材料和面试的临场发挥，在于和学校气质是否相符，还有面试官的个人偏好，等等。

　　总之，努力而得是幸运，努力而不得是常态。多伦多，放眼望去，多少陪读妈妈，无论怎样，唯有向着自己的目标继续前行。

第二十一章　胡玲的惊悚之夜

/ 电话求助

/ 脆弱

自从私校发榜，胡玲一直没能睡好觉。

女儿的学校有多不理想，那种只要一想到心就往下沉的难受，只有自己能体会到，也只有自己承受，她甚至和老霍也没多说，多说无益，还会影响老霍的心情。

胡玲斜卧在床头，房间漆黑一片，只有她的手机屏幕亮着。因为小艾玛最近和她睡，所以卧室灯也没开。手机上显示已是凌晨3点，胡玲起身把手机放到卧室另一端的台子上充电，摸黑走到床边，像往常一样，仿佛要卸去所有包袱，即刻沉沉睡去最好。

然而，在她仰头重重地倒上枕头的一刹那，瞬间颈椎痛起来，然后她的双臂开始急剧地疼痛，是那种不能忍受的剧痛，她赶紧坐到沙发上，还是剧痛，尤其是右臂。坐了一会儿，好像也没办法缓减解，胡玲又返回床上平躺，随即，可怕的事情发生了，她发现双臂没有了知觉，包括双手，也完全没有知觉。

胡玲吓坏了，仿佛体验到姥爷当年脑出血中风后，半个身体不能动的感觉。可是，她的头脑此刻异常清醒。

"艾玛，宝贝，你醒醒。"

"妈妈，我醒了，醒了，怎么了？"小艾玛一下就醒了，完全的清醒，没有一丝懵懂。她趴到妈妈身边，开了床头灯，问道："妈妈，怎么了？"

"妈妈颈椎疼，现在手不能动了，你不要怕，听妈妈说……"

"帮妈妈一下，帮我再垫个枕头，好……再向下……往左边移一点儿，好，就这样……"

胡玲感到枕头抵住了痛点，头和脖子被垫实了，双臂还是不能动。

"宝贝，你听妈妈说……"

"你拿我手机，打电话给肖阿姨……"艾玛拿了手机回到床上，胡玲说："密码是0099。"

艾玛解锁了手机，胡玲告诉她在最近通话里，找出肖华的名字，拨通，开免提。

良久，电话通了，传来老乡肖华的声音："喂，玲子，这个时候，啥事？"

"肖姐，我手臂不能动了……不是手，是手臂，双手，现在没知觉了，不能动……"

肖华那边停留了两秒后，估计是消化了一下，明白是怎么回事，马上说："好，我马上来，别怕……我马上来！"

艾玛不敢碰妈妈："妈妈……"不知从何问起。

"宝贝，别怕，听妈妈说……"

"嗯，我听着呢……"艾玛精力集中，严阵以待，没有想象中的小孩子这种时候哭得稀里哗啦，或者六神无主。

"妈妈的健康卡，在衣帽间第一个抽屉里，一个透明拉链袋里，你把它取过来放到床头柜上，一会儿给肖阿姨。"

很快，健康卡准备好了。加拿大是全民免费医疗，去医院急诊、住院或手术，只需要这张健康卡。

"好，下面听我说，记好了，需要时告诉肖阿姨和医生，"胡玲头脑异常清醒，但她担心会昏迷或失智，"我是刚才重重地躺到床上，突然间颈椎痛，随后两个手臂剧痛，然后回到床上，两个手臂就不能动了，现在没有知觉。"胡玲说，"需要时告诉他们……"

胡玲觉得脸有点儿痒，想抬手挠一下，发现大脑完全不能控制手臂和手指。她想起姥爷很多年完全不能动的右手，原来是这样的无能为力。

"好的，妈妈，现在还疼吗？"

"现在不疼了。"

"还有，妈妈的手机密码，记好了，是0099。衣帽间架子上的保险柜，密码是我们来加拿大那天的日期，我们所有重要的文件都在那里。妈妈如果进了医院，你就去肖阿姨家住，没关系……"肖华是老乡，知根知底，有一个女儿在蒙特利尔麦吉尔大学读研，平时自己一人在多伦多住，是黑龙江同乡会的热心人。

"后面看看情况，和肖阿姨一起，给爸爸打视频，或者联系姐姐都行……"

胡玲舒了口气："不害怕，乖女儿，没事……"胡玲按着重要程度的先后顺序，一件件交代给小艾玛。然后，差不多20分钟后，慢慢地，她感觉到她的右手，后来是左手，开始有知觉了，先是手指，再是手臂，能动了。

艾玛把手伸到妈妈手里，胡玲的手能动了，然后可以握住女儿的手，她的眼泪一下子涌上来，"宝贝，没事了……你真棒，刚才，做得很好……"

胡玲握住女儿的手，有点儿哽咽，有点儿庆幸，不过还是保持着原来的姿势平躺着没动。

肖华赶来了，艾玛给阿姨开了门。

"怎么样？去医院，还是打911？"肖华说。

"肖姐，现在好像已经好了，恢复了……"

肖华伸出手："握紧了看看。"

胡玲握紧了肖华的手。

"再使下劲儿我看看。"肖华说，然后又换了胡玲的另一只手。

"谢谢你，肖姐，这种时候，第一个想到的就是你……"

"当然啊，想到我就对了……"肖华说，"再休息休息看看，看看是不是需要去医院。如果恢复了，暂时就不去看急诊了，这大冷的天，急症室等着也不是个事。"

"嗯。"胡玲点点头。

加拿大的医疗是分级的，先看家庭医生，家庭医生认为有必要再转专科医生，专科医生根据病人的情况再安排检查或手术。看急诊是直接到医院，急诊室医生按照每个病人的轻重缓急分诊，如果不危及生命，常常会等上几个小时。经常听说有小孩子发高烧，家长带孩子半夜跑到医院，几个小时等下来，天亮了，孩子烧也退了。所以，有经验的家长在孩子感冒发烧时通常不会带去医院。

胡玲缓慢坐起来，又试着走动，好像没什么不好。

"躺下休息吧，一会我弄点儿早餐，送艾玛去学校。"肖华说。

"嗯，谢谢，肖姐。"

"要不去我那里住几天，一直让你们去住几天的，这挑日子不如撞日子，我那儿宽敞些，换换环境，休息休息……"肖华住在北边的旺市，大豪宅，前后院都是森林，女儿不在家，老公也是在国内的时间多。她常说自己就是个看房子的。

胡玲经不住肖华的坚持，答应去肖姐家住几天。趁肖华送艾玛上学的时候，她和老霍视频说了情况，虽然已经没事了，但心有余悸，吓坏了，身心都感觉虚弱。

第二十二章　消失的胡玲

/ 小莫的预算

/ 肖姐家

"艾玛妈妈，你在哪儿？学校门口没看到你？"小莫在"事儿妈"群里发了一条语音。

私校发榜后，几个妈妈还没一起聊关于这事的后续，小莫本想今天学校门口逮住胡玲聊聊私校的事，没见着人，发语音到群里了。

春节小莫老公来了几天又回去了，小莫舞也不跳了，生活一切照常，两个儿子9月就要去私校，得意、兴奋之余，细细算了一下学费，一年差不多7万加元，这还不包括各类课后培训和活动的费用、5万加元的房贷、2万多加元的地税等，吃穿用怎么也要4万元左右，如果再加上假期的度假费用，一年要20万加元，也就是100多万元人民币。小莫以前没有算过账，现在这一算，着实心中吃了一惊。突然觉得这私校费了那么大劲，其实也是很冲动，一下子觉得公校里的天才班、IB，还有艺术的特长班等特别实惠。

等了一会儿没见回复，学校门口的人渐渐散去，小莫走向不远处的社区停车场，没看到胡玲的白色大奔驰，她常常会把车停在紧挨路边出口的第一个车位。"是胡玲今天走得特别早？"小莫有点儿奇怪，胡玲不是这样的啊，通常像钟一样准时的就是她了。没找着胡玲聊，小莫打算回家了，私校这事，元俪、杰奎琳都聊不了，贝拉根本就没申请，威廉姆学校不理想，杰奎琳估计这会儿也不是滋味。说实在的，小莫心里也没底，两个儿子上私校，还有很多年，这持续的费用全都有赖于老公的工厂，三五年可能没事，到了初中、高中……小莫心里突然就有点儿慌。

开车从学校回家，一连串的担心让她的心里慌慌的。她把车停上自家车道，仰视自家的独立别墅，不禁感到踏实，自己瞎操心啥呀，真有那么一天，老公工厂不挣钱了，大不了卖了这房子呗，心情顿时好了。

开门进屋，一如既往的是一团乱，每天早上就像打仗一样离开家，然后就是每天直到中午之前，她再重复地收拾这个战场。小莫一边往屋里走，一边用脚踢开挡着道上的东一只、西一只的拖鞋，二宝临时从书包里拿出不用的玩具、文具、帽子等。小莫想去先泡个热水澡，放松一下，然后好好地想想二宝的下一步，计划一下。

放满一浴缸水，小莫还没入池，手机响了，是二宝的奶奶。

"小莫啊，在收拾屋子呢？我们在喝早茶，爷爷说要给二宝带点儿牛肉丸和叉烧包，你下午接他们之前过来取吧？"

"这个……"小莫迟疑了一下，舒服的泡泡浴是不可能了，"好吧，我下午过来。"

"要不要给你带份虾饺？或者什么？你点吧。"奶奶又说。

"我啊，不用了，家里冰箱里吃的东西多着呢，不用了。"小莫说，心里盘算着今天时间也不多了，冲个澡，收拾屋子，吃点儿东西，准备二宝课后打球要用的东西，就得赶去北边。

"事儿妈"里显示出新消息，元俪找胡玲，问小艾玛今天是不是去合唱团，贝拉给艾玛画了生日贺卡，想放学后带去合唱团交给艾玛。

杰奎琳不多会儿也发了语音和图片，给艾玛的生日礼物是秘密花园画册，已经包装好系上了粉色的丝带。

小莫把脸没进水里，想想家里还有什么是没拆封的礼物，可以送给艾玛作为生日礼物。

胡玲一早就到了肖华家，喝了粥，然后又在肖姐家的客房睡了一觉，肖姐很有经验地用一条浴巾卷成一个长条，让胡玲垫在脖子下面当枕头，这样对颈椎好。

胡玲醒来时已是11点多，她稍微活动了一下身体，确定没事。她来到楼下，肖华正在厨房里忙着。抽油烟机开着，隐隐地能闻到排骨汤的香味。

"肖姐，你别忙，我们住在这就很麻烦了……"

肖华闻声回头，"醒了？有没有睡着一会儿？"

"睡着了，很舒服。"胡玲说，"你别忙，不然我们就更过意不去了。"

"说啥呢？有你们来陪我，我开心还来不及呢。"肖华笑道，"你就当陪我几天，让这房子热闹热闹，有点儿人气。"

胡玲环顾四周，心里也同意，这么大的地方，一个人住是太冷清了。

肖姐这上下三层的独栋别墅，约5000尺，前院是一片花园和环形车道，现在冬天前院花园是一片厚厚的积雪。透过厨房饭厅的玻璃窗，是后院一眼望不到边的树林，远处是悠远的峡谷，冬季树叶落了，透过林子，依稀可见后院边缘至峡谷处，是一排又直又高的白桦树，这是胡玲特别喜欢的树种，灰白的树干，上面有着大大小小不同的黑眼睛。

"这后院，好大呀……有狼吗？"

"有。"肖华走过来，"有一次一只狼就贴着这玻璃门，往里面看。我就站在门里，也看着它，呵呵……"肖华豪爽笑道："这后面是峡谷，经常能听到狼嚎，院子里狼的脚印也常见。"

"天哪，太神奇了。"胡玲说，"有小孩可就要注意了。"

"也没什么大事。邻居家小孩子，有一次在后院遇上了狼，小孩子还和狼玩了一会儿，估计以为是狗，后来被家里大人发现了，狼也跑了……"

"估计是狼吃饱了，没有攻击性……"胡玲说。

"可不是，院子里无论种什么，小动物给你翻个遍，它也不吃，全给你咬了。不住大屋，看见小动物都可爱，松鼠、野兔，还有浣熊，是动物都喜欢，可是，有了院子，想种点儿菜，就喜欢不了了，专搞破坏，气死你。"肖华说，她是个热心肠，来加拿大也早，说起来是胡玲的校友，所以对胡玲也特别照顾，每次同乡会搞活动都拉胡玲一起。

"下午放学时间是3点15分吗？你别担心，我去接小艾玛，我这是多久没带孩子了，也让我重温一下。"肖华说。

"真是太麻烦了，多谢了！"胡玲说，站了一会儿，没感觉明显不适，脖子、手臂都还行，估计是颈椎问题突然压迫到神经导致的，而后慢慢地复原了。

胡玲在桌子前的椅子上坐下，看到了手机上的信息。

第二十三章　初来乍到的安娜

/ 小学新生

/ 清华班

胡玲想想都后怕，那种躺在床上大脑不能指挥双手的感觉，太可怕了，有那么一瞬间，她以为自己就那么挂了。

尤其是，艾玛还这么小。

胡玲明年就50岁了，她身体一直很好，但今天凌晨发生的意外，让她明白原来自己的身体也会出问题，这给她敲响了警钟。无论如何，身体的健康必须重视起来，开始是她首先要注意的问题，基本上，老大凯特是指望不上，她自己学习就够忙的，差不多就是她独自带着艾玛在这里，最不能有的就是生病。

"元俪，我在朋友家。"胡玲拨通了元俪的电话，"我昨天晚上颈椎出了问题，先是两只胳膊剧痛，然后失去知觉……现在已经好了……放心吧，我在肖姐家，休息几天，然后回去。艾玛的课外班暂停几天，今天合唱团就不去了，我就不发邮件了，减少用手机。帮我和老师说一下。"

合唱团的管理还是比较严格的，要求保证合唱团团员的训练时间和演出活动时间，团员的其他活动为它让行。偶尔请假需要提前发送邮件。

"好好好，放心吧……你好好休息，有事随时联系。我和杰奎琳、小莫说一声，她们也找你……"元俪说。

元俪想到虽然她们四个人平时关系密切，胡玲关键时刻却没有给她们打电话求助，因为她们几个都是独自带着孩子在加拿大，有心帮助也不能放着孩子不管。这也让元俪心里"咯噔"了一下，自己也是，好好的没事一切都好，自己真的要有点儿事情，贝拉怎么办？

她在"事儿妈"群里@了杰奎琳和小莫，代胡玲转告这两天的情况，适当戒手机几天。

因为儿子的私校录取不理想，杰奎琳这两天是左右为难，一方面想迈进私校这个体系，另一方面是学校实在不理想。一个小私校，花3万多加元一年确实意思不大。儿子威廉姆来加拿大之前，在北京上的是京西国际学校，一年学费约30万元人民币，但那里的学生可是来自世界几十个国家地区，有相当的水准。威廉姆爸爸对儿子上不上私校无所谓，自己家儿子上什么学校也不影响他的将来。杰奎琳家境富裕，现在当然也不缺上私校的钱，但是，早年经历过的留学生活，让她有比较清醒的价值观，有钱，也得花得值。虽然她的朋友圈里孩子大都在私校，她也希望儿子能进个不错的男校或男女生混校，但她还真没必要拿孩子上什么学校去找感觉。

手机发出震动，是新朋友安娜。安娜来自北京，年轻妈妈，长得漂亮，那种很惹眼的漂亮。好朋友英子委托杰奎琳关照一下，她陪儿子来读书。安娜的儿子迈克是1月份过来的新生，在北边的万锦市，属于约克教育局。很多公立学校都有ESL班，这是专门为英语是第二语言的学生开办的英语课，部分课程如英语、历史课由ESL老师教，待英语合格后，再进入所属班级学习正常课程。

"迈克现在在ESL，"安娜说儿子可怜了，"什么也听不通，他本来就小，12月的生日，在国内我们低一个年级，上1年级，到了这，上学按年份，直接上2年级，就等于我们1年级下半学期和2年级上半学期没学。我让移民中介这边接待我们的人去和学校解释，看看能不能调低一个年级，人家说不行，教育局是这样规定的，同一年出生的就是一个年级，不像国内年级划分以8月31日为界。"

杰奎琳知道，新来乍到，安娜是有点儿紧张，其实真的不用担心，这么小的孩子，ESL有个一年时间就可以出来了，而且加拿大的小学教育，尤其是低年级就像玩一样，听不懂没什么。

"安娜，别担心，迈克上课听不懂，老师会安排同学帮忙翻译的吧？"

"是啊，我听他说有。可是，哎，从3岁上的就是双语幼儿园，到了这里，怎么还是这个水平啊……"安娜说，"听不懂，也不会说，也没交上朋友，真是着急。"

"没关系，安娜，孩子刚来，总有个适应过程。"杰奎琳安慰道。其实在万锦，中国人多，基本上排名好一点儿的小学，90%以上都是华人，所谓清一色华人的"清华"班，所以，迈克在这个新环境也还是很容易适应的。杰奎琳说："你想啊，那么多中国同学，总会交上朋友，再给他点儿时间。"

"迈克说，他们班都是中国人，只有一个外国人，是印度的，这都一个多月了，就是这个印度小孩和他说几句话，别的中国孩子课间休息，一溜烟儿就跑远了。"

"这样啊，没准儿这个印度小孩也是没朋友，所以两个人做伴了……"杰奎琳笑道，"不急，你知道这里华人的孩子在学校都是说英语的，有些在家里也不愿意说中文，所以啊，他们不和迈克玩是暂时的，等慢慢迈克英文进步了，朋友不会少的。"

"好的好的，我也就是心里急，想和你说说。"安娜说，老是打扰杰奎琳，也很抱歉，可也实在没什么人可以说。

"没事，别这么说。你去LINC了吗？"安娜已经报名去LINC学英语。华人区，学英语的人比较多，要排队等候。

"接到电话了，下周一去上学。"安娜说，"之前语言测试是二级，下周去报到。"

"LINC不仅可以学英语，更可以交到附近的朋友，生活上也就方便了。"

"是的是的，希望这样……"

和安娜通完电话，杰奎琳看看离3点接孩子还有时间，在微信里找到元俪，发了语音："亲爱的，聊会儿？"

第二十四章　杰奎琳私校的抉择

/ 元俪的被聊天儿

/ 惊诧

元俪在家里正忙活着给小艾玛包装生日礼物，礼物是贝拉选的。贝拉在书店选了200片的国旗拼图给艾玛作为生日礼物，同时也给自己买了一个同样的。

家里还有圣诞节给小朋友包礼物剩下的包装纸，元俪选了亮粉色上印有咖色小熊图案的包装纸，包装完毕，还找了一个宝蓝色的缎带蝴蝶结粘在上面，确实是漂亮极了！

杰奎琳打来语音电话。

"胡玲没事吧？她在朋友家，也不方便去看她。"杰奎琳说。

"是啊，应该没事，这突发的情况，正好也是一个提醒，以后得注意了。"元俪说。

"就是，怪吓人的，真得小心了，我们都是。"杰奎琳同意，虽然她比胡玲和元俪小几岁。

"就是。"

"我这两天吧，正想着威廉姆这学校，是去呢还是不去……"杰奎琳说，"他爸爸无所谓，人家觉得儿子好着呢，上什么学校都无所谓。唉，你说我们吧，有时候就感觉像单亲家庭，孩子的事，都是我们来操心。"

"是这样，老爸们就是聊天儿的时候夸孩子就行了，其他好的不好的，做什么不做什么，都是当妈的事……"元俪也深有同感，"威廉姆的意思呢？他自己想不想换学校？"元俪觉得孩子的想法也很重要，至少不能抵触。

"儿子说无所谓，说妈妈你要是想让我去我就去，但是我更喜欢现在的学校。"杰奎琳一声轻叹，"这小子是不错，可这好学校怎么就没收他呢？唉，这考私校，真是说不准……"杰奎琳说："他说他现在有不少好朋友，放学了可以在操场上和同学玩一会儿再自己回家。要是换了学校，远了，我得每天接送。"

"是的，交通是个要考虑的因素，毕竟多伦多的冬天天气太糟糕了……列个表吧，利和弊，勾一勾……"元俪说。

"其实啊，我也分析了，一是教育，二是面子。私校学的肯定是多，但是小私校能多的就有限了，这些我们平时的课外补习是可以弥补上的。生源吧，还是同样的问题，顶私孩子的来源当然是好，家庭背景不一样，我们录取的这个学校没准儿还不如我们现在的这个学校呢。之前一直觉得威廉姆进私校是当然的，这几天一想，干吗呀我，朋友间问起来儿子在哪个学校，不了解的，我得介绍一下这学校，我有这个必要吗？"杰奎琳停顿了一下，说，"突然地，我差不多知道该选什么了……所以吧，朋友间聊着聊着，就明朗了……"

元俪说："威廉姆这么好的孩子，在哪里都是好学生。"

"太贪玩……"杰奎琳说，"这发了榜，我也和他说了，考试结果也能说明问题，后面学习得更踏实一些才行。还有，一些竞赛的得奖也蛮重要的，以后，要找机会去参加这些比赛，像机器人啊，进俱乐部打球啊，等等。你看你们小贝拉画画还在美国得了个第一名，私校申请很看重这个。好了，和你聊了这么多，心里舒服了……我们该接孩子了……"

"嗯，一天时间一晃就过去了。我们今天合唱团，放学接了直接去……"元俪说。

"好的，你赶紧忙吧，小歇一会儿。我挂了，拜拜。"

新年后开始的新学期，合唱团的香港妈妈就不再送儿子来合唱团，儿子长了一岁，自己坐公交车往返来训练。元俪把贝拉送进去，给艾玛请了假，还是依旧去星巴克。

元俪已经不是第一次见到同一个中年白人男人坐在自己附近，和胡玲和香港妈妈一起聊天儿时也见过，有时是斜对面，有时是后面紧邻的座位，衣着不算褴褛，但算是够旧，比较潦倒的样子。

今天元俪坐下没几分钟，这人就进了星巴克，然后在元俪前面的小咖啡桌背朝着元俪坐下。

元俪正在看阿加萨小说，打算在由小说改编的新剧《无妄之灾》播出前先把小说看了。英国的小说就是一个宝藏，不断地被改编、翻拍，元俪喜欢看被不断翻拍的这种英剧或电影，同样的小说，拍出来的每个版本都有新意。

前面的中年男人转过身，说："嗨，特别冷的一天，对吧？"

"啊，嗨，是的。"元俪没想到。除了简单的寒暄，她比较抗拒和陌生人聊天儿，这里是加拿大，不是在中国，不知分寸不好聊。

星巴克里还零星坐着几位顾客，吧台里不时传来咖啡机的声音。元俪想，马上走人也不好，再过一会儿就离开。

这老外说了他自己的一些事，开始像是自言自语，后来希望元俪有所回应。

男人是2008年金融危机的受害者，他很痛恨当年的金融危机事件。他原来有自己的公司和事业，破产后失去了妻子和房子。现在他没有家庭，没有正式工作。他对中国有所了解，说中国好啊，中国人都很有钱……

他是一个无家可归者，现在住在政府提供的庇护所里。

多伦多无家可归的人，大都是失去工作、贫困、患精神疾病或是被家暴和虐待的人，政府设有对无家可归者的协助系统，比如每年冬天政府都需要开设更多的室内空间给无家可归者避寒过冬，慈善机构、组织也会发放冬季救生包给无家可归者，如睡袋、帽子手套围巾、卫生清洁用品、营养小吃等，学校也会鼓励孩子们捐物。

中年男人说了差不多10分钟，原来是希望元俪把他收了回家。

这种被聊天儿还是第一次，好在星巴克还有其他人。元俪惊诧了，站起身匆匆离开了星巴克。

"天哪，没想到还遇上这种事。"元俪没办法理解这样的人，受过教育，身体健康，为什么不去工作？工作，然后养活自己不是天经地义的吗？为什么要这样对待自己的人生？理解不了，也无法理解，相比之下，中国人勤劳太多了。

第二十五章　购物的理由

/ 避嫌和压惊
/ "事儿妈"的午餐

"事儿妈"群里，元俪发上语音。

"刚才在星巴克，被聊天儿了，真是的，遇上这种事……胡玲你一定也见过这人，几次坐在我们附近。"元俪大概说了情况。

"跑啊，还听他说完？"小莫说。

胡玲正坐在壁炉前的沙发上，肖姐家壁炉暖暖的温度舒服极了，有轻微的噼噼啪啪的燃烧声，也有可以闻到的柴火燃烧的烟火气，冲这个壁炉，胡玲也想住别墅了。

胡玲微信里，所有群的提示音都是关的，只有"事儿妈"群消息提醒是开着的。

"亲爱的，我大概知道你说的这个人，不算破破烂烂，但特颓，50多岁的样子。"

"没错，是这人。"元俪说。

"我觉得之前他就在观察咱们，今天逮住机会了。你说这人，不去Tim Hortons（加拿大咖啡连锁店），跑星巴克来干吗？"胡玲说。

星巴克一杯咖啡最少要3加元，Tim Hortons只要1加元。

"因为你们去星巴克啊。"小莫接上话，"这流浪汉不是简单的流浪汉，还是有点儿水平的，知道到哪儿去找有钱人……"

"说真的，加拿大这几年真是不像话了，十年前哪里会遇上这种事。"胡玲说，"咱以后还是小心点儿，别再引起这种人注意了。俗话说，不怕贼偷，就怕贼惦记，遇上个狠的，指不定有什么危险。"

"是的，说的没错。"

"亲爱的，我们几个，好像只有你手上没戴戒指，老外认为你是未婚。"杰奎琳在群里@元俪。

"我是嫌戴着碍事，做家务不方便。首饰都留在上海家里了。好的，买个戒指戴上，明天就去买。"

"行啊，明天一起吧……"杰奎琳说，"胡玲你明天怎样，回来吗？"

"明天是打算回来，但是去购物估计来不及，我回家还要收拾收拾……"

"一起去吧，只要身体可以……"元俪说。

"对啊，去吧，也算是庆祝一下你这次有惊无险。"杰奎琳说。

"对，去吧，明天中午我们去Pickle Barrel（餐厅）或者芝乐坊（Cheesecake Factory）聚个餐，然后回来接孩子。"小莫说，"也是犒劳一下自己，每天忙孩子做家务。"

"好，就这样，明天我开车，你们送了孩子把车停社区中心。"杰奎琳说。

"好好好，明天去，我也看看买点儿什么。去哪家，先想好了，逛是来不及的。"胡玲说，"总共也就几个小时，吃饭可是要花时间的。"

"去蒂芙尼，简单的选择。"元俪说。

"行，就这么说好了……这真是的，所有的事情最后都能成为购物的理由……"胡玲说。

"愉快！"小莫说。

第二天，作为Yorkdale开门的第一批顾客，四个人从地下停车场经电梯径直到购物中心内。外套都放在杰奎琳的车内，免得逛的时候，人手一件大外套。

"多久没来了，这大半年都忙什么了，尽忙着孩子的私校了。"小莫有点儿兴奋。

私校的话题，除了小莫，不能聊。

三人都没接话。

杰奎琳说："元俪，大概买个啥样的？有没有去蒂芙尼网站看一下？"

"没有，昨晚回家后，时间都花在和我妈妈聊天儿上了。"元俪说，"就买简单的，没什么装饰的，戴着不碍事的。"

蒂芙尼的专卖店在偌大的奢侈品区域比较显著的位置，类似丁字路口的拐角，专属的蒂芙尼蓝的外观很悦目。

"欢迎光临！有什么需要，我带你们看看。"说中文的柜姐，笑容亲切地迎上来。

现在各大品牌专卖店，都有说中文的销售。

"我们随便看看，有没有什么推荐？"杰奎琳说。

"戒指、项链、手链？请问要带钻的还是不带钻的？"

"看看戒指。"元俪说，"不要钻。"

很快，元俪选了阿特拉斯罗马数字的戒指，18K玫瑰金，尺寸合适，比普通婚戒多了变化，直接买了。

胡玲买了一条金色的珠串手链，花了3000多加元，"这下舒坦了，呵呵。"胡玲直接让柜姐给戴上，"压压惊。"

"漂亮耶。"柜姐赞道，今天真是开门红啊。

柜姐看看其他两位，显然是没有要买的意思，笑吟吟地说，"我是杰西卡，我们加个微信吧，以后有什么需要联系我。"她先扫了杰奎琳的微信二维码，接着又扫了小莫的，"谢谢啊！有需要直接找我，拜拜！"

四个人从蒂芙尼出来，已经过11点，一家家店，也没时间进去了，只是走过路过。

芝乐坊餐厅门口已经排起了队，这家网红餐厅吸引了不少年轻人。"凑热闹的人真不少。"杰奎琳感叹道。

"去Pickle Barrel。"小莫说。

顺着扶梯来到负一层的Pickle Barrel，还不错，没有等位，餐厅内人也不多，安静。Pickle Barrel是一家有年代感的老餐厅，现在老店比不过网红店。

四个人跟着侍应生，来到偏里面的包厢座，一人一份餐单。

"我要西班牙海鲜饭。"元俪没打开餐单，直接点了。这家店她和贝拉来过多次，餐单很熟悉了。

小莫点了三分熟的牛排。杰奎琳点了意面，她吃不了多少，打包回去威廉姆可以吃，胡玲点了田园沙拉。

服务生端来了全麦面包。元俪对胡玲说："吃点儿碳水有好处，人体主要就是碳构成的，不多吃就行。"

"对，想通了，现在是健康第一，身材要好，但没有健康啥都没了。"胡玲说着，拿起了一个小餐包。

小莫吃了一个小餐包，杰奎琳和元俪分了一个。

很快，四个人的主食都上了，老外的餐厅，通常会一桌人的餐都准备好了一起上。

说实在的，这家餐厅，元俪觉得最好吃的就是海鲜饭和意面，大大的一份，可以两个人吃。

"麻烦给我们两个盘子。"元俪对侍应生说。

侍应生点了头，很快就返回了送上两个盘子放桌上。

元俪把海鲜饭拌好，用勺子取了部分到盘子里。

杰奎琳分享了意面。

小莫三分熟的牛排，其他几位吃不了，也就只有自己吃了。

她们几个一起吃饭时，点的不一样就分一部分出来分享，大家尝尝不同的味道。

第二十六章　春假

/ 杰奎琳的纽约行

/ 广场酒店

多伦多公立学校，每年的3月份有一周的春假。杰奎琳去年年底就定好了去欧洲，因为丈夫去布鲁塞尔公务。不过，计划赶不上变化，威廉姆爸爸上个月说，改去纽约开会。所以，杰奎琳和儿子春假改去纽约。

多伦多和纽约，同属美洲大陆东部，同一个时区。

从多伦多去往美国，美国方面的入境设在多伦多的机场内，登机前办好入境手续，美国境内落地直接入境，不再有任何手续。因此搭乘去美国航班，要比正常去其他地方提前半小时甚至一小时，办理入境美国的乘客人数多，排队时间长。皮尔森国际机场，看见排了一溜儿的长队，基本就是去美国的没错。

美国已经去了很多次。入境美国，持加拿大护照非常简单，海关官员直接盖个章。

杰奎琳和儿子飞机一个半小时就到达了纽约，威廉姆爸爸和司机在纽约拉瓜迪亚机场接机。

儿子威廉姆现在像个大孩子了，在机场，杰奎琳去洗手间时，他会看着行李，可以当个大人用了。

"你儿子啊，现在不黏我了，一路上玩自己的。"杰奎琳看见老公，嗔道。

"想要人黏，好啊，再添个妹妹。"老公笑道。

"别没正经的，儿子听着呢。"杰奎琳胳膊撞了一下老公。

"不要妹妹，太烦了。"儿子头也没抬，接了一句。

"哈，你小子，现在行啊……"爸爸一脸的满意，好儿子啊，去年暑假到现在，半年不见，确实长大了不少。

杰奎琳向老公使了个眼色，让他别打趣儿子了。

"这纽约也没什么变化啊，还是这样。"离开机场，走了一段高速，然后车拐下普通道路，经法拉盛，往曼哈顿方向驶去。威廉姆爸爸说："按你的意思，广场酒店（The Plaza），我去看过房间了，一会儿到酒店，别嫌弃，五星级，电梯又老又慢。"

"谁会嫌弃啊，是你吧，国内来的，看美国啥都觉得破，楼也老了，高速公路也旧，连个高铁都没有，啥都没有国内好……也不想想，人家几十年前就这样了……"杰奎琳说。

"爸爸，我喜欢。"儿子坐在前排副驾驶位，回了头，说，"是我选的这家酒店。"

"对呀，儿子选的，我也喜欢，中央公园边上，这春天，一早去中央公园走走，多方便啊。"杰奎琳说。确实，纽约比多伦多春天来得早一些，树上的叶子已经长出嫩芽。

"好好好，没意见，你们说好就行……"威廉姆爸爸乐呵呵的。威廉姆爸爸很帅气，看得出当年还是很配杰奎琳的。

车驶过法拉盛，看上去街道两侧市容、建筑物是有点儿破，有点像中国二十几年前的二三线城市。但是，跨过了布鲁克林大桥，车子驶入曼哈顿，再顺着第五十七街往第五大道方向，两边的街景就大不同了。道路不宽，路段窄窄的，但两侧是极富历史感的建筑，鳞次栉比。杰奎琳和老公坐在后排，手在老公手里被攥着，她透过车窗往外看去，不仅赞叹道："曼哈顿，真好啊，看到这种街道，真想再折腾一次……"杰奎琳转脸，对老公莞尔，"说说的，别当真，太喜欢曼哈顿了。"杰奎琳的回眸一笑，顾盼生辉。

杰奎琳偶尔说起老公，年轻时也是因为他帅而一眼相中，现在老公被岁月，主要是被工作打磨得沧桑了，头顶的头发开始稀疏了。不过，老公还是当年的热情和温暖，而且更持重。

"老婆你说什么我都当真，想再挪一次，挪呗，别担心我，不嫌烦。"杰奎琳丈夫笑着说。

"说了不是了，喜欢多来几次就得了，不想搬了。不过儿子如果以后来美国读书，上哥大（哥伦比亚大学）什么的，我再考虑。威廉姆，是不是？"杰奎琳问右前方坐着的儿子。

"妈妈……"儿子用略嫌弃的口吻，头也没抬看手机，"你想多了。"

"呵呵。"威廉姆爸爸哈哈大笑，以前不曾见过儿子这样的表情和态度。

"明早8点出发。"车到酒店，威廉姆爸爸对司机说。

广场酒店，和电影《小鬼当家》中看到的一样，只是没有电影中的圣诞节气氛，也没有那么多人。威廉姆到底是孩子，兴奋得很，《小鬼当家》第二部，从小到大不知道看了多少遍，尤其是每年的圣诞节必看影片。

"房间怎么样？"威廉姆问爸爸，他有一种强烈的代入感。

"比麦考利的多一间。"爸爸回答说。

"呵，都说让你别太过分了……"杰奎琳说，"哪能什么都依着他……"

"我也陪儿子看过不少遍，也想体验一下。"威廉姆爸爸笑呵呵的。

房门打开，威廉姆第一个进屋，"哇塞！"映入眼帘的是酒店最好的套房。

幸福的家庭是相似的，春假的第一夜，杰奎琳一家，比暑假回北京还美满。

春假期间，小莫给俩儿子报了一周的网球课，早上送过去，下午4点接回来。小莫想到，下半年进了私校，私校的春假比公立学校多了一倍，两周时间，旅行是少不了，今年春假就算了吧，不折腾了，打打球，行了。

第二十七章　小莫的领悟

/ 纽马克的马术营

/ 各奔东西的春假

　　春假一周，元俪带贝拉去骑马了。马术学校在北边的纽马克，从家里过去有45公里，以元俪这种开车速度，单程要一个多小时，实在是太远。去年暑假贝拉爸爸来，让贝拉参加了三周夏令营，每天接送，两趟往返，早上送去返回，下午再去一趟接回。

　　贝拉喜欢骑马，元俪想如果长时间不骑，担心生疏而忘了。所以这个春假干脆就报了一周春假营，花费275加元。元俪和贝拉都很喜欢这个马术学校，刚进入马术学校的路口，就能闻到干草和马粪的气味，这气味元俪能接受，还有点儿好闻。贝拉简直就是喜欢死了这个气味，每天骑完马，放回马鞍，给马清洗、刷马，清理马蹄，和马说说话，甚至给马清理刚刚排出的热腾腾的马粪，满心喜欢，心甘情愿，干得非常愉快。

　　"不脏的，妈妈。"贝拉这样对元俪说。

　　元俪一天跑一个往返，差不多100公里。上午把贝拉送去，然后去附近的社区图书馆待上几小时，看美剧、看书，再写点儿什么，最近她时常写一些加拿大移民生活的日常，不粉饰、不评价、不提炼。一群特定的人，一个特定的人生阶段的一段生活记录。

　　杰奎琳说3月份纽约已经绿意盎然了，但多伦多还是一片黑白，多伦多春天来得晚，基本上5月之前都是冷的。元俪在纽马克的大农村里开车，道路两边是一眼望不到边的覆盖着积雪的广袤大地，天气回暖，有的地方露出了草地，紧挨着路边的马场只有木质的围栏，不见马儿。

一清早的，马术学校附近的社区图书馆也没什么人，元俪选了个靠窗户的座位坐下，喝一口自带的保温杯里的热茶，打开朋友圈。

胡玲在"事儿妈"群里发了几张照片，法式早餐，有熏肉三明治、吞拿鱼卷，其中的熏肉三明治，是蒙特利尔最著名的食物之一。

"蒙特利尔吃的比多伦多便宜，西餐比多伦多的好吃！"胡玲发语音说。

"选择蒙特利尔的华人也不错吧，生活成本比多伦多低多了。"胡玲继续说，"如果去学法语，政府还给钱……"

"如果重新选择，我觉得刚来的时候可以在魁北克待上三年，等孩子法语过关了，再到多伦多，有个两三年英语也过关了，这样法语、英语都解决了。"元俪说。

"是啊，如果孩子小，学前幼儿园到魁北克，小学3年级或4年级再搬到多伦多，中学之前英、法双语就都没问题了，大学再选修个西班牙语，基本上北美，甚至欧洲都可以了。"胡玲说，"回过头看看，我们还是有失策的地方，其实这样做很容易，大人、孩子都不为难。"

"是啊，我认识的朋友有这样的。"小莫说。

"杰奎琳呢，在度蜜月呢？"胡玲问。

"哈哈，别@她了……"元俪说。

过了一会儿，杰奎琳在"事儿妈"群里发话了："度啥蜜月啊，老公天天开会，难得见到人。我和儿子在大都会博物馆，刚连上Wi-Fi。现在门票三天有效。"

"现在多少钱？"小莫问。

"成人25美元，学生是12岁以下免费，当然，纽约居民还是像以前一样，愿付多少付多少。"

"哇塞，我得尽快带大宝、小宝去，12岁之前。"小莫笑着说，"占美国人的便宜。"

"对，暑假就来吧，这么方便。"杰奎琳对小莫说。

"好！美国签证还没有，先去办起来。"小莫拿的是中国护照。

"元俪你在干吗？"杰奎琳问。

元俪随手拍了一张图书馆外面的风景，说："在遥远的北方大农村，修身养性呢。"

"真有你的，在纽马克呢？"胡玲问。

"是啊，这周五天都是这样。"

"中国好妈妈！"杰奎琳说。

"呵呵。"元俪发了个笑脸。

"你们享受当下吧。"元俪说。

"好，再见，亲爱的！"杰奎琳说。

群里消息暂时告停，元俪打开下载到平板电脑的美剧《傲骨之战》第二季。

小莫送了两个儿子去网球春假营，返回时有意无意地将车开到了儿子9月份开学将要入读的学校。她把车停在学校外的访客停车位，沿着宽阔且悠长的黑色沙砾道路，走向校园。

圣劳伦斯学校是多伦多一所历史悠久的男校，小莫感觉到空气都是清新的。褐色的大楼门窗紧闭，偌大的校园操场空无一人。小莫可以想象这里的学生有多少丰富而有意思的活动，她的两个儿子将是他们中的一员，想到这里，她心里升出一种从未有过的，甚至是有点儿莫名其妙的激动。

小莫生长于江西偏僻小镇，很快，她的两个儿子将与多伦多精英阶层的孩子为伍。想想自己的命运，她应该感恩。她仰脸看向湛蓝的天空，知道自己不能再错走一步，庆幸自己年初春节前没有放任自己的欲望而犯下大错，若走了那条路，就走不了现在这条路，不光自己，孩子的人生也可能就拐弯了。

她做了一个长长的深呼吸，吐故纳新。

第二十八章　胡玲的蒙特利尔行

/ 圣母大教堂的震撼
/ 加拿大最好的美术馆

胡玲带艾玛来蒙特利尔，主要是看教堂和美术馆。

蒙特利尔是加拿大魁北克省的最大城市，离多伦多500多公里。蒙特利尔的官方语言是法语，蒙特利尔在中古法语里就是皇家山的意思。三十年前，蒙特利尔是加拿大最重要的经济大省，拥有最多的人口和最发达的经济，鼎盛时期，在1976年主办了夏季奥运会，从那以后，蒙特利尔渐渐地被安大略省的省会城市多伦多超越。

胡玲的蒙特利尔行程排得紧凑，早上8点前，胡玲带着小艾玛就从酒店打车到诺特丹圣母大教堂，这个北美最大、最古老的教堂，建于1829年。教堂前是蒙特利尔著名的德阿姆广场，广场上一早已经有人在兜售纪念品。

参观教堂，门票是成人8加元，7岁以上5加元，6岁及以下免费。胡玲准备好15加元零钱，她们前面排了十五六个人。哥特式教堂高高的双塔上不时有鸟群飞过，"啪啦啪啦"翅膀扇动的声音不断地在上空响起。

"宝贝，冷不冷？"胡玲问女儿。

"不冷，妈妈。蒙特利尔比多伦多漂亮，人也好看。"小艾玛说。

"闺女，你观察仔细，确实如此。蒙特利尔现在有点儿衰落了，政府没有钱，太穷了，早几十年，蒙特利尔可是被称为北美小巴黎，是加拿大最繁华的城市，现在，最繁华的城市是多伦多了。你说街上的人比多伦多的漂亮，可不是嘛，蒙特利尔有加拿大最多的法裔，欧洲来的移民比较多，或者说是白人比较多，所以整体看上去漂亮。等你再大点儿，我们和姐姐一起，去巴黎，看看卢浮宫、埃菲尔铁塔、巴黎歌剧院，还有法国其他美丽的宫殿、花园，吃吃法国的美食……"胡玲对艾玛说着设想，连自己都心动了。不过，去欧洲，还是要叫上老大凯特（Kate），自己一人恐怕搞不定。

8点钟，教堂开了一扇小门，排队的人依次迈进小门，左手边是一个售票小窗口，轮到胡玲，她递上15加元，说不要找零了。

这里与其说是个教堂，不如说是个艺术宫殿，整体较暗的环境中，宝蓝色穹顶上熠熠闪亮的亮灯，人被引领着，走向璀璨的星空……整个教堂，在至蓝的光辉映照下，正前方弧形穹顶层层向上，哥特式的尖顶鳞次栉比引升向上，仿佛圣天的光辉洒向人间，所有人，无一不沐浴在这一光照中……

胡玲和艾玛都被惊艳到了，好一会儿没说话。

"妈妈，太美了……"艾玛说。

"真是没想到啊，美轮美奂，这是我见过的最美的教堂。"胡玲赞叹道。

离开圣母大教堂，胡玲带艾玛沿着教堂后面的蒙特利尔老城的街道走了一段，街上悠闲的人，各色漂亮小店，充满了法式风情。艾玛买了一只亮晶晶的来自法国的五彩棒棒糖，拿在手上，美美的。胡玲深深感到，法语区的文化，相较于多伦多的朴素实用，不是一回事。

走上了大街，胡玲叫了出租车，去今天的第二个景点，蒙特利尔美术馆。

蒙特利尔美术馆可能是全加拿大最好的美术馆，不是藏品有多好，而是建筑和美术馆本身。进入美术馆，是长且宽阔的楼梯，两侧是镂空的花式栏杆，大红的地毯铺在楼梯的中间向上延伸，高高的大理石廊柱，极高的屋顶悬挂而下的是两幅对称的红色条幅，是进行中的美术特展。

"妈妈，我们在走红毯。"小艾玛找到走红毯的感觉了。

"对，这楼梯的感觉比好莱坞的杜比剧院好。"胡玲有同感。上次和两个女儿去洛杉矶，参观了奥斯卡每年的颁奖典礼现场，那个中国戏院旁边的杜比剧院，看了好失望。

红毯迈上二层，是一个弧形的平台，灰色的墙壁上方有一行白色的法文和英文，"帝国的艺术与宫廷生活"，这是蒙特利尔美术馆的年度特展。视平线所及之处是一条镶嵌在较暗光线下的灰色弧形墙，墙内有一排明亮玻璃橱窗，是中世纪欧洲城市的全景图片。

　　"这是我们今天可以看的特展，来得真是巧呀，宝贝。"胡玲对女儿说，"明年，我们争取和姐姐一起去欧洲玩，你可以先看看欧洲的绘画和艺术，大概了解一下欧洲。欧洲和北美完全不同。"

　　"帝国的艺术与宫廷生活"展区内有些拥挤，无论是墙上的画，还是放置在展区内的中古钢琴、家具，参观者也比较多。欧洲人的艺术才华是抑制不住地要宣泄，所以涌现了那么多的大艺术家，留下了那么多的艺术作品。

　　美术馆的西餐厅是一种非常明亮的灰白风格，胡玲和小艾玛坐下后，服务员先给艾玛送来了画画用的一套六色的彩铅和几张不大却很有艺术设计感的画画纸张，让小朋友打发等餐的时间。

　　艾玛在画画。胡玲点完餐，挑了几张刚才拍的美术馆的外景和馆内的一些图片，发到微信朋友圈："蒙特利尔美术馆，或许是加拿大最好的美术馆，不虚此行。"然后，又发了几张图片到"事儿妈"群，说："推荐来看看，帝国的艺术与宫廷生活。蒙特利尔不远，元俪，你要带贝拉来，她喜欢画画，更应该来看，机会难得。"

　　不一会儿，元俪回复："好的，我看看哪个周末来一趟。"

　　杰奎琳@了胡玲，说："这个春假净接受艺术熏陶了，回去有得聊了。"

　　"我们可以结伴去。"小莫说，可是这也只是她的希望而已。来美术馆，孩子们还真不能结伴，不光喧哗，还会满场跑，尤其是男孩子。

　　看完了最好的特展，胡玲带着艾玛再去美术馆其他两层，感觉就比较一般了，风格偏现代，不过雕塑作品很不错，她们俩走马观花看了一圈，然后按计划去蒙特利尔的制高点皇家山，那里有著名的圣约瑟大教堂可看，黄昏之前，可以俯瞰蒙特利尔的全城风景。

第二十九章　思路与出路

/ 联合国的中国女孩

/ 被鼓励的小宝

"事儿妈"群里各位的春假，各自都在活动进行中。

在纽约的杰奎琳，在蒙特利尔的胡玲，还有在多伦多的元俪、小莫会把当天的一些见闻发到群里，大家分享。

"今天去联合国了，儿子还很喜欢。"杰奎琳发语音说，"我今天真是被惊艳到了，现在的中国留学生真是了不起。今天我们一拨参观者参观联合国总部，领队的中文解说员，居然是山西来的大学生，武汉大学毕业，直接申请到了这个中文解说员的职位，她现在拿的是联合国总部发的工作签证，并且已经收到哥伦比亚大学国际教育发展的研究生录取通知书……是不是很厉害？"

"这个角度刁钻啊。"胡玲说。

"对啊，想都没想到，还有这种思路。待在加拿大，信息不灵通啊。"杰奎琳说。

"我们还真是要与时俱进，开拓思路。"胡玲说。

"对呀，不时地要转换一下思路，不能华山一条路，只是学习、文体、社会服务，然后申请大学。平常的思路行，但不是绝对的，这女孩的路走得太好了，深受启发。"

"多个思路，今天我是豁然开朗。"杰奎琳说，"时间过得也快，明天打算买买买，后天就回多伦多了，他爸爸明天找老同学陪威廉姆去看自由女神，我以前去过，明天就逛第五大道。"

"可不，后天我们也回了。"胡玲说。

"春假就这么结束了，就干了一件事。"元俪说，"贝拉喜欢骑马，说暑假还要来。"

"骑马的小孩，不会抑郁。在哪儿看到的，鼓励继续。"杰奎琳说。

"我们家两个干什么就那样，都愿意，谈不上喜欢。不过小宝喜欢网球。"小莫说，她给两个儿子还加了一小时私课，"就是为了消耗消耗体能，精力太旺盛，不然的话，回家吵到要掀翻房顶。"

这次儿子的私课老师很不错，两个儿子反映也好。这位老师刚刚从国内来加拿大，最好成绩是全国第二。小莫觉得运动项目就得找中国教练，教的得法，出效果。不像老外教练，玩玩玩，玩到最后，教一点点，几年都只学个皮毛，没有什么实质性专业的东西。

"妈咪……"二宝跑过来，这小的不过比大宝晚了两三分钟，可感觉上就是比大宝小不少，奶声奶气的。"明天我们网球最后一天，以后阿伦还教我们吗？"阿伦是新的私教。

"这个……妈妈还要和教练确认才知道，你是想继续还是不想继续？"小莫有点儿好奇，小宝为什么要特意来问。

"妈咪，我可喜欢阿伦了……我想阿伦一直当我的教练，他可好了……"

"说给妈妈听听，他怎么好了？"小莫来兴趣了，基本上是她会问两个儿子对老师的评价，这小宝主动说，还是第一次。

"阿伦他一直招呼着我，累不累，要不要休息一下，喝口水……就是这样了。还有跑动时脚怎么移动，怎么发球、挥拍，他都仔细教我，不像以前的课，教练都不怎么叫到我，都是叫凯文凯文（大宝）的……"

"噢……"小莫明白了，看来是这个阿伦比较关注小宝。"好吧，明天我来问问，看看后面怎么上。"小莫捏了一下小宝嘟嘟的脸，"原来我们小宝喜欢这样的教练啊……"小宝被捏得跑开了，小莫也乐了，心里也给自己提了醒，双胞胎儿子，不能只关注大宝，小宝的心理上已经有这种感觉了。

小莫想了一下，觉得应该谢谢教练，她拿起手机给教练发了信息："教练你好，今天贾斯汀说这周训练得到了教练的很多指导，很开心，后面我们想继续上，看看教练后面有什么时间可以安排。谢谢！"小莫还做不到像加拿大孩子那样和教练直呼其名，通常还是会称呼老师或是教练。

过了一会儿，小莫收到了教练回复的信息："不用谢，应该的。凯文各方面都做得很好，跟上进度就可以了，不需要多关注。贾斯汀有些方面稍弱一些，所以给了更多帮助。后面的上课时间我们明天定。谢谢！"

"呵⋯⋯"小莫想，这教练行啊，还真是个好教练。确实，好学生是不需要关注的，自己就会很好，老师该关注的是相对差的学生。好老师还真是不容易遇上，她立刻回复："明天见！"

贝拉每天下午骑完马，要牵马到规定位置，卸下马鞍送到专门存放马鞍的房间，再给马洗刷、清理，和马儿说说话，结束了一天的马术课程，还要在马场玩一会儿。现在，贝拉逐个儿叫得出一溜儿长的各个马厩里的马的名字，谁是Lizzie，谁是Scanner，还有Dash，哪天她骑的是哪一匹，让元俪跟着她挨个儿打招呼，摸摸马儿的脸⋯⋯总之就是不想走。

都说马儿通人性，每次元俪和马儿对视，看着马儿的眼睛，有一种能感觉到的悲伤，也不知这种感觉对不对，看别的动物就没有这种感觉。

"今天骑的是哪一匹？"元俪问。

"今天又是Lizzie。"贝拉说，每天学员是轮换马儿骑的，"妈妈，我觉得Lizzie喜欢我，它今天很听话，今天我骑得可好了⋯⋯"贝拉说，昨天是另一个小朋友骑的，说它很不乖。Lizzie是一匹高大的白色的母马，很漂亮。

"呵呵，马儿也有脾气的，也有不高兴和心情不好的时候。"元俪说，"不过，你说的也有一定的道理，人和人有缘分，有时候就是没理由地喜欢或者不喜欢，人和马儿也是吧，你好好对它，它也会好好对你的。"

"嗯，我对它们每个都好，都喜欢！"贝拉很认真地说。

元俪拍拍贝拉的肩膀，"不早了，我们回去吧，明天还来呢"。

"好的。"贝拉已经换下了马靴，她和马儿说再见，挨个儿问候路过的每一匹马儿。

元俪照例拎着贝拉的大马术专用包，里面有骑马用的帽子、靴子，够沉的。"还要开45公里才能到家，总算坚持下来了。"元俪心里想，"明天还有一天。春假的一个星期，真是快，好像什么也没做就结束了。"

第三十章　早茶

/ 名门金宴

/ 初见伊丽莎白

元俪和贝拉天黑了才到家，春假一周都是早出晚归。

每天这往返的100公里，唯一感到还不错的是车好开，多伦多越是往北车越少。元俪的往返，正好和大多数的往返是反方向的。元俪早上由南往北，恰是大量住在北边的人往南边去上班，到了傍晚也是同样，南边工作的人返回北边的家，车辆很多，元俪离开北边马术学校，回城市的南边。

多伦多除了市区，中城以北，天黑以后的道路没有所谓华灯初上，这方面和上海完全不一样。有些路段是一望无际的原生态，冬天白雪茫茫，春夏草木茂盛，有的路段完全没有路灯。车子开进北约克市区后，街道上的路灯早早地就亮了。

元俪把车开进地下停车场，在自家的停车位停好车，和贝拉经电梯到自己家的楼层。

在多伦多，说到居住成本，如果像元俪这样住公寓，最大的成本是公寓的管理费，1500尺（约150平方米）左右的一套公寓，管理费每月在1000加元上下。偏旧的公寓楼维护成本高，自然管理费就高。管理费用的高低还取决于所包含的项目，比如水电费、网络费，元俪所住的楼就是。这几年，多伦多的新公寓越来越多，不过管理费和老楼比起来也不算低，几百尺的两卧两卫，管理费500加元左右，水电费、取暖费、燃气费，还有有线电视费、网络费，需要另付。

元俪喜欢现在的这套公寓，起居室和两间卧室朝南，冬天如果晴好有阳光，不开暖气，室内温度都差不多20℃。另有一间10平方米的储物间，多伦多称呼没有窗户的房间为"旦"，主要是放书和其他杂物。元俪和贝拉都喜欢在客厅里，近3米的长条饭桌，也是工作台，宽敞，摊得开。

元俪到家，第一件事是换了衣服开始做晚饭，贝拉到家后，先去洗澡。贝拉刚才在车上就吃了水果，喝了水，还睡了一觉，元俪这周把飞机上用的颈枕放到车上，给贝拉在车上打盹儿用。

"妈妈，今天吃什么？"贝拉换上了白色插肩袖的T恤，她的肤色不算白，但眼睛大，脖子长长的，所以算是蛮漂亮的。虽然只骑了几天马，但看上去好像瘦了，甚至元俪觉得这几天女儿又长高了。

"排骨萝卜汤，好不好？"排骨昨晚提前炖好了，回来加入萝卜就可以吃了，简单又快。

"好啊，我喜欢……"贝拉几乎就没有什么是不喜欢吃的，不挑食，南、北口味都行，这是因为她小时候由几个不同的保姆带过。

元俪给贝拉盛了一碗排骨萝卜汤、一碗米饭端到桌上。

贝拉刚吃上，元俪还没开始吃，电话响了。

"元俪，你好！好长时间没联系了……"是凯瑟琳，真是有段时间没听到她的声音了。

元俪让贝拉先吃，自己和凯瑟琳先讲电话。

上次接到凯瑟琳电话，元俪记得是春节前一天，她从超市采购出来，后来就没联系过。

"我回了上海一段时间，临时决定的，带女儿一起回国，过了年，又休息了一段时间，昨天晚上到的……"凯瑟琳说。

"是吗，欢迎回来！"元俪说，"女儿也回来了吗？"

"是的，休息几天，正好倒倒时差，春假完了可以去学校了。春假她们学校是两周。"凯瑟琳的声音听上去很愉悦。

"你呢，好吗？"凯瑟琳问。

"我，还行吧，就一个常态。"元俪说。

"明天我们一起吃个饭，两个孩子一起，让她们认识一下吧。"凯瑟琳说。

"明天我们要骑马……"

"那就后天？周六，中午。"凯瑟琳说，"地点我定了告诉你，就这么说定了！"

"好的好的。谢谢。"元俪说。

"那就一起吃饭再聊……"凯瑟琳挂了电话。

元俪突然觉得不饿了，勉强喝了一碗清汤。

第二天，元俪一早出门，送贝拉到了马场，不到上午10点，就接到凯瑟琳的电话。

凯瑟琳说，在名门金宴喝早茶，"本来想约你们去四季酒店喝下午茶，但是，我们都在倒时差，过了中午，就得去睡了，所以，这次我们先喝个早茶，下次去四季。"凯瑟琳说起话来还是那么慢条斯理，抑扬顿挫。

"好的，都行。谢谢。"元俪说。

按照约定的时间，元俪带贝拉来早茶餐厅。元俪穿的是藏蓝色小圆领衬衫配一件黑色薄款的加拿大鹅羽绒服，贝拉穿的是一件北面的防寒服，里面是一件浅色Polo衫。

凯瑟琳和女儿已经就座，看见元俪和贝拉进门，立刻站起来招呼。

伊丽莎白彬彬有礼地站起身，瘦高的个子，长发，一袭薄羊毛、彼得潘领的黑色七分袖修身连衣裙，黑色的皮靴，肤白唇红，美丽高冷，元俪的心头不禁一震。

第三十一章　伊丽莎白

/ 高处不胜寒
/ 中国式寒暄

元俪被凯瑟琳的女儿伊丽莎白惊艳到了，这是她第一次在多伦多见到这样气质的中国女生，外形像20世纪中期好莱坞电影里的淑女，端庄优雅。只是她更超然物外，沉静得像这个世界只有她自己……

伊丽莎白眉眼黑黑亮亮，很正的鼻子和嘴巴，薄薄的瘦高身材，精致克制的衣着，黑色修身裙质地厚糯，如今已经少见的彼得潘领，脖颈上隐约可见铂金的细链，恰到好处的七分袖，露出白皙纤细的手腕，仿佛从20世纪60年代穿越而来，可是又带着现在国际一线大牌的奢侈意味。凯瑟琳引以为傲的女儿，或者说，凯瑟琳的女儿应该是这样的。

"嗨，伊丽莎白，很高兴见到你！"元俪和凯瑟琳母女打招呼，说，"这是贝拉。贝拉，打招呼啊……"

贝拉爽朗地喊道："阿姨好，姐姐好！"

伊丽莎白微微点头，嘴巴抿得紧紧的不语。

"我们叫她小名栗子，也算是伊丽莎白的缩写Liz。"凯瑟琳穿着黑白相间的花呢外套，配饰是珍珠耳饰和珍珠项链，精致的妆容，精神饱满。

多伦多广式早茶经常见到的场景是讲究的老香港人，描红戴金，身上至少有一两件奢侈品，很显眼的大牌商标。今天，凯瑟琳和女儿伊丽莎白，没有一个看得见的大牌商标，却让茶餐厅有点儿相形见绌。

元俪喜欢凯瑟琳和伊丽莎白这样的装束，她算是对时尚很敏感的人，瞬间有点儿想念上海了，想念那种经常性的锦衣玉食的场合。北美的女孩子穿的随意、松弛，夏天一件T恤，冬天T恤外面加件羽绒服，人人一条紧身裤，或者拉垮的运动裤，还有常年一双运动鞋，贝拉现在就是这样，一年四季短袖T恤，不同的只是外套的厚薄。除了一年几次合唱团演出要求穿黑皮鞋。其实，元俪自己也是，几乎每天运动服傍身，已经忘了自己穿裙子是什么样子了，至于包包，最常用的也只是尼龙绗缝单肩包、双肩包、斜挎包，实用就行。

"元俪，见到你们很高兴，多伦多真是冷啊，和1月份离开时变化不大。"

"是啊，多伦多真正暖和要5月份以后，不过，已经3月了，天气总是向着暖和去了。"

凯瑟琳拿了餐单，说："你们爱吃什么？我已经点了一些，看看你们还有什么喜欢的，再加一些……贝拉，你好，喜欢吃什么？告诉阿姨……"

凯瑟琳已经在来之前，网上看了名门金宴的餐单，也了解了这家餐厅的相关信息，和其他一些餐厅比较了之后差不多，但这家店名寓意好。如果是在国内，请客这种事，凯瑟琳必须要先去查看餐厅内外环境，看过厨房，试吃了才行，在多伦多只能将就了。

"谢谢阿姨！我喜欢吃蛋挞。"贝拉说。

元俪说："我喝粥就行，呵呵，平时不太做，因为贝拉不吃，自己一个人吃就不想做了。"

"对，我也喜欢喝粥，咱们俩一样，已经点了。"凯瑟琳接上话，说，"栗子，元俪阿姨在上海是做传媒的，学习上有什么需要，比如创意想法、拍摄编辑等方面的问题，可以问问元俪阿姨。"

"现在孩子做得比我们好……"元俪笑道，"不过，任何需要，随时联系我，很愿意参与。"

伊丽莎白点点头。

"贝拉，平时喜欢什么？"凯瑟琳问贝拉。

"我喜欢画画。"贝拉如实说。

"是吗？真好！你知道阿姨年轻的时候也喜欢画画。什么时候可以让你看看阿姨以前的画作。"凯瑟琳说得很认真，她解释说，"我以前画工笔画。"

贝拉一脸懵。

"厉害啊。"元俪称赞说，"照片拍得好是有渊源的啊！"元俪转而对伊丽莎白说，"我和你妈妈，就是因为拍照片才认识的"。她大概和伊丽莎白说了一下，在安省美术馆遇见凯瑟琳的事情，说得凯瑟琳哈哈笑了，伊丽莎白不动声色。

这样的寒暄，元俪突然发现仿佛在国内，自然而然的就这样了，没办法。

早茶点心一笼一笼地端上来，凯瑟琳给元俪盛了一碗粥，招呼大家一起吃。

元俪想借这个机会和伊丽莎白聊聊，了解一下她，以后也可以在凯瑟琳想谈女儿的时候，多少说些看法。

"栗子，回上海有没有见老同学？"元俪问。

伊丽莎白摇了一下头，没说话。

"嗯，我们也是。"元俪顺着说，"贝拉是读了一年级以后来多伦多的，现在回去，当时的同学都不认识了。有几个幼儿园的小朋友，因为大人间还有联系，互相还知道一些彼此的情况，但是这几个小朋友已经没法儿玩在一起了。"

伊丽莎白看了一眼元俪，"嗯"了一声。

元俪看着伊丽莎白说话，明显感受到她的回避。

可以想象伊丽莎白可能会感到孤独，上海的中学朋友已经不来往了，这里学校如果没有关系紧密的朋友，爸爸在国内，妈妈要求又很高，那么这个年纪的女孩子，该有多孤独。元俪看看凯瑟琳，她对女儿的要求可想而知，没有最好只有更好……真是容易出问题。

加拿大，不是一个很励志的地方。

元俪想起在哪儿看到过的观点，很多抑郁或者内心有状况的人，是因为太努力，对自己要求太高所致。太认真面对一切，而生活中的一切又往往不是所想的那样，太多事情令人失望和无能为力。

元俪希望凯瑟琳能够想到这一点，不要苛求完美。伊丽莎白的问题或许正是这样，得放松，把端着的架子放下来。

第三十二章　IB课程

/ "事儿妈"的暑假计划
/ 压力之下的自杀事件

　　春假结束，一切很快就恢复了常态。

　　元俪、胡玲、杰奎琳和小莫四个妈妈中，胡玲最先说，暑假早点儿回国，9月去私校了，这最后一个学期可以请几周假，6月的第二周或者第三周就回国，早点儿买机票。

　　"我们还定不下来什么时候回去。我们今年是毕业班，还有个小学毕业典礼。贝拉想骑马，参加马术夏令营，还没决定是回去之前两周，还是提前回来上两周。"元俪在群里发语音说，"贝拉爸爸暑假之前来，要参加女儿的毕业典礼，然后再回国。"

　　"我和威廉姆打算去伦敦，然后从伦敦回北京。现在是这么计划，如果不去的话再说，还没定。"杰奎琳说。

　　"我们不回去，爷爷奶奶都在这里，老公也说会来一个月。"小莫的安排就是各种运动安排上，全家开车在加拿大玩玩，首都渥太华都还没去过。

　　"定下来的话，现在机票可以买了。"胡玲说。

　　从多伦多到上海，暑假期间经济舱往返机票普通的价格两个人大约3500加元，6月月底和9月开学的前后几天，价格高些，晚一周或提前一周，价格就便宜不少。平时不是暑假或是假期，单人经济舱有时价格低到1000加元以下，不因为孩子放假时间受限的人会选在这个时候往返。一年中机票价格最贵的时候是圣诞节期间，价格上万加元。

"这么多年，净给加拿大航空公司做贡献了。"胡玲说。

"我现在是东航优先，服务更好。"元俪说。

"我去北京只有加拿大航空公司，时间也好。没得选。"胡玲说，"元俪，我们今年会去上海，艾玛去迪士尼，到时去找你。"胡玲说。

"必须的，来上海告诉我。"元俪说，"我们今年估计也会去。不过，要有思想准备，人多，天热。"元俪一家已经去了香港和东京的迪士尼，最远的佛罗里达和最近的上海两家迪士尼还没去过。

"今年老大不回了，真想带老大和艾玛一起回去看看姥姥，没办法，老大暑假要继续上课，功课很紧，加拿大的大学不好读。"胡玲说。

"你们家凯特学习那么好，还会觉得紧张？"小莫说。

"可不是吗，压力山大……"胡玲说。

"今年好像已经有一个自杀的了吧？"杰奎琳说，"唉……"

"不止一个，学校也尽量不曝光这种事。"

加拿大的滑铁卢大学，不堪压力而自杀的学生时有耳闻。滑大位于安大略省的西南部，距多伦多100多公里。它是加拿大大学毕业生就业率最高的大学，虽然本地华人戏称它为"南翔学院"，但其实是大多数本地人的首选，毕业就会有不错的工作。国内来的留学生喜欢多伦多大学，世界排名在前二十上下。但是，有的专业毕业后就业情况不如滑铁卢大学，如果读完回国发展，多大的名气更响一些，滑铁卢大学可能多数人不知道是什么大学。但是，如果在加拿大乃至美国，滑铁卢大学的毕业生很受大公司青睐。

"现在竞争激烈，不仅仅在大学，以后工作也是，不会那么轻松的。"元俪说。

"家庭是一方面，孩子性格也是一方面，咱家威廉姆，即使遇上挂科的事，也压根儿不会当回事，理由多着呢，才不会自找压力……"杰奎琳说，"看人吧，所谓性格即命运。"

"嗯，人生长着呢，可能性也多着呢……"元俪说。

"对，想不开的，高中IB的就有自杀的，能怪谁呢？"小莫说了一句。

……众人都没有说话。

说到IB，这又是一个大的一言难尽的话题。

IB课程，即国际文凭组织（IBO）为全球学生开设的从幼儿园到大学预科的课程。多伦多有的私校开设IB课程，凯瑟琳女儿伊丽莎白所读的学校就是这一种。大多数华人家庭非常看重的IB特长班，就是公校教育局、天主教教育局在其下属的普通高中学校里专门开设的IB班。这种IB班的高中四年（9年级至12年级）中，9年级、10年级学完高中四年的全部课程，11年级、12年级学习大学预科课程，这个阶段获得的学分大多数大学会承认，而且IB的毕业生很受大学欢迎，申请大学有优势。进入这种IB班是要考试的，所以重视教育的华人家庭，还有印度人的孩子，趋之若鹜。每年8年级第二学期，申请考这种IB班的，华人占绝对多数。

四年的IB班，9年级、10年级是预备，11年级、12年级是正式的IB课程。有的学生在预备阶段就承受不了比较重的学业压力，10年级就退出了，退回普通班。这个阶段也比较考验学生的心理承受能力，无所谓心态，或者钻牛角尖，想不开的。

当然，好的例子就比较鼓舞人心，IB的好学生，有的被藤校录取，普林斯顿大学不仅录取了多伦多一所学校的IB的毕业生，还给了7万美元的奖学金。所以，只要孩子学习好，或者还不错，或者还能坚持下去，华人家长都会考虑让孩子上IB班。

"IB是好，但是也要合适，像我们家贝拉，就不合适。"元俪说。

"咱家的也是，小子整天时间不够玩的，没把学习放在心上。"杰奎琳说，"不开窍。"

"现在的问题是，不学理工科将来干什么？我以前也是一直跟老大说这个。找工作很难。"胡玲说，"艺术只能是爱好。"

元俪同意胡玲的话，但是，每个孩子不一样。

杰奎琳想，现在想这个问题还早。

小莫心里比较笃定。

第三十三章 礼物

/ 化妆品销售

/ 元俪的闪购

元俪一家决定这个暑假贝拉爸爸先来多伦多，参加两周骑马夏令营，然后全家再回国。

贝拉爸爸负责买往返的机票，元俪接送贝拉上学、放学，正在进行中的课外班，每天的三餐，偶尔逛个街，和朋友喝个早茶。就这样，寻常的日子一天天过得很快，不知不觉，可以看到树枝抽芽，春风扑面了。

多伦多的春天，是元俪最喜欢的季节，看着看着，黑白的世界在眼前变成了五彩斑斓的世界。加拿大的日照时间长，树叶生成的速度惊人，几乎能听到"唰唰"的生长声。几天时间，刚刚冒出的嫩芽，就长成了手掌大的叶子，天气一天天暖和起来，而且每年这个时候，回国过暑假指日可待了，心里充满了喜悦和期待，自己回国的夏装，送好友的礼物，都可以准备起来了！

美国的著名诺德斯特龙百货公司的销售，发了信息过来："姐，祖马龙（Jo Malone）这两天免费刻字，有空就过来吧，自用或送朋友都是美美的。"这几年元俪回国送好朋友的礼物，买得最多的就是变色护唇膏，由此认识了销售乔伊。

乔伊学的商科，他说来加拿大留学时做梦也没想到，自己居然卖起了化妆品。现在他做得有声有色，每个月的业绩都进前三，大批的回头客，自己也开始做代购。

诺德斯特龙百货公司在多伦多有两家店，一家在Yorkdale内，另一家在市中心的伊顿中心，相比之下，元俪更喜欢伊顿中心，地铁一号线直达，不用出站就是。

事先联系好了乔伊，选他上班的时间去。早上元俪送了贝拉去学校后，收拾了家里就出发了。

元俪穿着一件黑色的中长外套，在多伦多，穿黑色最安全，瞬间融入人群，其他颜色都会突兀。她戴了一条浅灰色暗花的薄羊毛围巾，烟灰色的合身运动裤。小号尼龙包斜挎在肩上。元俪戴着黑色的轻软的摇粒绒手套，地铁入口刷了卡，乘地铁去市中心。

多伦多的地铁老旧、朴实，地铁一号线在20世纪60年代就有了，基本上在多伦多南北方向走了一个U字形。

过了早高峰时段，地铁上人不多。元俪从北约克中心站上车，到伊顿中心有十几站，她找了个靠中间的位置坐下，戴上耳机听梁文道的《一千零一夜》。

多伦多地铁基本全线无手机信号，个别站点，火车在路面行驶时才会有信号，一早元俪就和贝拉说了今天去市中心，坐地铁，所以有一段时间会联系不上，以防贝拉有事情会从学校打电话。

地铁离市中心越近，带着多伦多猛龙队帽子的球迷就越多，球迷们的手里拿着各种条幅，"We The North"（我们是北方），或者穿着花里胡哨的东西，一路叽叽喳喳直到伊顿中心站。元俪到站，顺着人流，走在兴高采烈的球迷后面。

诺德斯特龙百货的化妆品区，乔伊很显眼，好找。化妆品销售女性为多，乔伊高高的个子，皮肤比女孩子的还要白皙，打扮得也是越来越精致。

"元俪姐，您来了。您要的护唇膏给您留好了，今年新出了07号色，也很不错，要不要试试？"乔伊很热情地说。

"好啊。"元俪接过乔伊递过来粉色护唇膏，看了一下颜色，说，"不试了，这个要两只，其他的都要02号色。"

"好的，要不要试试我们的花蜜系列……"

"不试了，谢谢。"元俪说。

"行，我给你点儿试用装，用了好再来买。"

乔伊拿个小瓶子，装了一小瓶花蜜系列的面霜给元俪，"谢谢姐，多给我介绍朋友。"他把东西包装好，拎在手里，说："我带你去祖马龙。"

"好的。那个白色的迪奥小拎袋给我几个，护唇膏回去送朋友的，有包装好一点儿。"

"好的，没问题，我再给您拿几个。"

元俪买了两瓶祖马龙香水蓝风铃（Wild bluebell），这是元俪喜欢的一款，在加拿大香水用得很少，很多地方，尤其是学校考虑到有的孩子过敏，禁止任何香水、坚果，所以基本平时也就不用了。

元俪买了两瓶100毫升正装的，雕刻师在玻璃瓶身上刻上了漂亮的使用者的英文名字和摇曳的小花草和风信子，精致、好看，有意义。元俪自己一瓶，另一瓶送闺密艾玲。

买完事先计划好的礼品，元俪乘扶梯上二楼，去看看童装，再上三楼看女装。

诺德斯特龙的童装真是漂亮，可惜贝拉已经穿不了了，个子长得太高。选来选去，元俪找到了一条大尺码贝拉可以穿的，一条浅蓝色的连衣裙。元俪想贝拉回国，不能像在这里一样天天穿T恤，总会有些场合应该穿得漂亮一些。贝拉爸爸的衣服，基本上来多伦多去趟奥特莱斯就可以完全搞定。

三楼女装没有看到合适的，元俪看看时间已经中午，得考虑返回了。通常元俪出门给自己定了时间，下午1点钟左右，必须开始返回，3点钟接孩子。

再返回到一楼，元俪边往外走，边浏览了一下箱包和鞋，没什么特别需要的，就出了诺德斯特龙，迅速走进优衣库。快夏天了，贝拉的内衣裤、袜子要换新了。

第三十四章　停车场

/ 多伦多猛龙队

/ 整装待发的胡玲

元俪买了东西回家，吃了点儿东西，就开车到学校接贝拉放学。

社区停车场，胡玲的车已经在老位置上了，紧挨着出口的第一个位置，这车位就像胡玲的专属车位，她每天差不多提前半小时到这里，等女儿放学，然后接上女儿直奔课外班。

元俪停好车，胡玲向她招手。

"来得巧啊，最后一个停车位，再晚一点儿就没处停了。"胡玲说元俪，"今天忙啥了？"

胡玲脸上画了淡妆，穿了条呢裙，外面一件长的藏蓝色羊绒长大衣。

"我们今晚钢琴比赛，完了演出。"胡玲说。

"嗯，看你这样子就知道。"元俪笑道。这样的比赛和音乐会主要是华人，大多数人衣着不讲究，除了上台表演的小孩子穿着正式，女孩子是比较正式的连衣裙，男孩子至少是长袖衬衫、领结和西裤，至于观众，穿什么的都有。元俪第一次去贝拉参加表演的音乐会特别正式了一下，结果发现不用，现在也基本随意，稍稍注意一下，在正装和休闲之间就可以。不过，胡玲一定是正装出席。胡玲即使平时也很少穿休闲装，穿正经了才是她的风格。

胡玲让元俪上车，两个人坐在胡玲的大奔驰里。

"还不到时间。"胡玲说。

"我今天去伊顿中心，买了些回国的小礼品，还给贝拉买了一条连衣裙。"元俪说。

"行啊你，什么连衣裙，晚上发个图给我看看。"胡玲说。

"好啊，晚上发你看看。贝拉个子高了，童装已经买不到。"元俪看到车后座艾玛的演出裙，说："漂亮啊。"

胡玲说："短了，今年暑假回去多买几条带回来，冬天的、夏天的，国内女孩子漂亮的裙子多。"

"对啦，今天市中心热闹吧。"胡玲说。

"是啊，太热闹了，伊顿中心外喧嚣不已，加拿大人像过节似的。"元俪说。

多伦多猛龙队现在是全城的最热点。猛龙队如果夺得美国NBA总冠军，对加拿大人来说意义重大。很长一段时间，加拿大都没有什么激动人心的事件了，所以他们太渴望这个冠军了！现在全加拿大人，不仅仅是球迷，所有人都在等猛龙队获胜，最终能成为总冠军。猛龙队1995年加入NBA，这是第一次打入总决赛，如果能夺冠，这将是多伦多猛龙队第一个总冠军，同时也是NBA历史上第一支不是美国球队的球队获得总冠军！

杰奎琳敲车窗玻璃。

胡玲开了车门，杰奎琳坐到后排，"天哪，这裙子好漂亮，今天又演出啊。"杰奎琳说起话来神采飞扬的，"可惜我们家是个小子……"

"再生一个。"胡玲说。

三人哈哈大笑。

"说的是啊，没个女儿，以后我那些包包、首饰什么的，全便宜媳妇了，哈哈哈……"杰奎琳自嘲道。

哈哈哈……三人一起乐。

"今天怎么会来？威廉姆不是自己回家吗？"胡玲问。

"今天有个预约，约了牙医，威廉姆洗牙。放学就带他直接去。"杰奎琳回答道。

加拿大孩子通常每半年洗一次牙，洗牙费用一次大约100加元。牙医是自费，不包括在全民免费医疗里的，除了有能涵盖牙医的保险。

"贝拉每年6月份，回国前把牙洗了。"元俪说。

"一年一次吗？"杰奎琳问。

"嗯，没有问题，只要好好刷牙就行。去年洗牙师还表扬了贝拉，刷牙刷得好，很少有这么大小孩子把牙刷这么好的，四周都刷到了。"元俪也觉得这点贝拉特别好。牙齿不好好保护，是个找自己麻烦的事，这一点从小就跟贝拉反复讲。

"太省心了，我们威廉姆不行，刷牙就是糊弄一下，得盯着。"杰奎琳大眼睛看着元俪，又看看胡玲，"你们呢，什么时候回去？机票买了吗？"

"我6月17日回，票买了。"胡玲说。

元俪："估计7月20日左右。"

"好的，我去上海找你。"胡玲说。

"一定，说好了。"元俪笑着说。

"感觉像是明天就要回似的，每年都是你最急。"杰奎琳说胡玲。

"可不，这回家的心一旦起了，就觉得这里待不住了。"胡玲说，"每年这时候都这样。今年更是，下学期要换学校了，更待不住了。我们提前一周回来，倒时差，再做做准备……我都开始收拾行李了……"

"太早了吧，差不多还有一个月呢……"杰奎琳说。

"不然，也没什么事做呀。"胡玲说，"元俪今天也买回国的礼物了……"

"是吗，只有我像没事的人似的。"杰奎琳说，"可也是，也就这个时间可以去逛逛，后面没准儿又有什么事，会忙起来。"

"该忙起来了。你最近气色好看啊，是不是有点儿胖了？"胡玲问杰奎琳。

"是啊，所以也得出门走走，我也要安排安排时间出去逛逛。"杰奎琳问，"市中心球迷多吧？"

"可不是吗，刚才还和胡玲在说呢，邓达斯广场（Yonge-Dundas Square）像过节一样，全是球迷。"

"可以想象，咱家威廉姆也是，每天听他说猛龙队……"杰奎琳说，"加拿大人，总算有个事情兴奋了。"

"是，热闹热闹也好。不早了，我们去学校吧。"元俪看看说。

三个妈妈下了车，向学校操场走去。现在是4月份，风吹在脸上，没有了冻脸的感觉。

"这天气，好啊！下学期，咱们都不在这里了。"杰奎琳说。

"是啊，刚才我也想到。"元俪附和。

下学期，贝拉、威廉姆升入6年级，去不同的中学，因为居住地点不同，中学学区的划分正好以元俪和杰奎琳相隔的那条街为限，道路的南、北，分别去不同的中学。小艾玛升4年级，去私校。小莫两个儿子5年级，也是去私校。

元俪心里有点儿伤感，杰奎琳没有想太多。胡玲的内心里，充满了对新学校的渴望和期待。

第三十五章　小提琴比赛

/ 老师的水平

/ 多伦多韩餐

每年的5月前后是多伦多各种活动最多的时候，各种组织、团体主办的音乐节名目繁多，贝拉所在的多伦多儿童合唱团的春季音乐会也是在5月举行。

贝拉的小提琴老师推荐了一个算是历史比较悠久的香港实业家赞助的邵氏音乐节，让贝拉去比赛。

邵氏音乐节，今年已是第22届，规模不大，但包罗万象，小提琴算是其中比较大的一个项目，参赛人数也多，分各个级别和年龄段。

贝拉3年级已经考出了多伦多皇家音乐学院的五级，当时的小提琴水平，算是超过大多数同年龄学小提琴的孩子。

音乐节比赛的考场，设在北边万锦市的一个音乐学校里，多伦多的音乐学校大多数面积比较大，有很多小的隔间，作为上课的琴房。规模大的音乐学校还会有一个小剧场，用于汇报演出，规模小点儿的音乐学校是进门一个前台，前台后是一个较大的空场地，放置着一些折叠椅，平时用于家长等候区，演出时就是演出场地，靠墙搭个台子，观看的观众主要是琴童的家长。

贝拉这次的比赛场地设在比较大的音乐学校，舞台上有一台斯坦威钢琴，台下侧面是一字排开坐着的三个评委，观众席在舞台正下方。

元俪带着贝拉稍微提前到了，登记花了一些时间，将组委会发的比赛通知、已交比赛费用的通知等打印出来的文件交给工作人员核对。同一级别组只有五个人，贝拉第三个上场。这周末小提琴加了一次课，和老师又练了一个小时的比赛曲子，每一段该如何表现，老师逐段做了分析和要求。

"妈妈，好紧张啊。"贝拉说。

"不用紧张，正常拉就行了。"元俪安慰贝拉，她心里有数，贝拉是关键时刻能表现好的小孩，嘴上唠唠叨叨，其实上了台，会表现很好。

前面的两位小朋友表演完，元俪和贝拉心里都有了底，无论是持琴、持弓的姿势，还是音准节奏，实事求是地讲，和贝拉不在一个层次上。拉琴孩子的水平，其实反映的是教琴老师的水平。贝拉在国内的启蒙老师太好了，来加拿大后的第一个老师更是演奏家级别的，可惜后来老师病了不能继续教。现在新换的帅气十足的新老师也是科班出身，皇家音乐学院小提琴专业研究生毕业。学音乐，老师太重要了，即使只学一点儿，也要学得货真价实。

元俪给贝拉穿了一条白色中等厚度面料的无袖连衣裙，腰部装饰有一圈蓝色花瓣，典型的演出服，白色短袜配黑色皮鞋，头上戴了一个有深蓝色丝绒蝴蝶结的发卡。

贝拉上台，先是鞠了一躬，小提琴老师给贝拉做钢琴伴奏。贝拉和钢琴伴奏对音后，给伴奏老师一个开始的提示。

曲子比较长，练习时，总是会有一两个地方卡壳，事实上，只要上了台，贝拉的精神高度集中，完整地拉了下来，而且各个部分基本上完美呈现。

贝拉的老师特别满意，元俪心里也踏踏实实，完美！

五位小朋友比赛完，当时就出了结果，贝拉第一名。

"贝拉，很棒！"元俪从来不吝啬夸奖，"想吃什么，我们去。"已经过了午饭时间。

多伦多的中餐非常丰富，南北菜系，其他如泰国菜、日韩料理，想吃什么都有。

元俪已经给贝拉换上了日常穿的衣服，T恤，加上薄羽绒外套和运动裤，还有运动鞋。

贝拉说："我们去吃猪骨汤饭吧。"

元俪开车去往万锦第一广场，那里有众多的餐饮，其中包括她们常去的上海石库门，还有今天贝拉要去的韩国人开的猫头鹰餐厅。

猫头鹰餐厅是多伦多著名的韩国餐厅，已经开成了连锁店。比较著名的是央街上的那家，距离元俪家大约千米的路程。

餐厅里人不多，虽然是周末，但已经过了饭点。元俪和贝拉坐下后，直接点了猪骨汤饭。韩国餐的特点是先上好多小碟子的韩式小菜，服务员推着餐车过来，泡菜、白萝卜、胡萝卜丝、粉丝、海带、小鱼干等等，一碟碟端到桌上，有的元俪她们不吃的，元俪直接就告诉服务员不要上了，免得浪费。

这家店好吃的是韩式的猪骨汤。猪脊骨、土豆、泡菜，里面还有几块豆腐，砂锅热腾腾的，汤微辣，骨头炖得很烂，猪骨和肉用筷子一拨就分离，大块的土豆入味，还有一些配菜炖得也很熟。不锈钢小碗装的白米饭，是很黏的白米做的，口感特别好。

元俪自己点的是石锅饭，米饭是用石锅现做的，起锅时饭上面铺上半熟的豆芽、胡萝卜丝、海带、芝麻，还有很嫩的荷包蛋等，再加上一勺韩式微甜的辣椒酱，趁着石锅烧烫的吱吱声，用勺子拌了，也很不错。

元俪向服务员要了一个小碗，给贝拉装了一小碗拌饭，自己也从贝拉的砂锅里夹了一块猪骨。

元俪端起大麦茶，对贝拉说："乖女儿，碰个杯，庆祝一下。恭喜，又是一个第一名！继续加油！"

贝拉4年级时参加了全美（主要是美西）儿童绘画比赛，油画《春到社区》获得了4—6年级组的第一名，当时这个结果她们都很意外和惊喜。后来元俪专门带贝拉去洛杉矶领奖，主办方更是诧异，贝拉竟然是来自加拿大多伦多的小学生。

"耶！"贝拉端起杯子，"不过，妈妈，他们拉得好差……"

"所以呀，妈妈一直说，学音乐要找好老师，开始学歪了，后面就不像样了，改起来也很麻烦。不过，我们以后不参加这样的比赛了。"元俪说，"可以去水平合适的乐队。"

多伦多教乐器的老师，确实差别比较大，有30加元一小时的，也有75加元一小时的，价格低的老师课时费比照看孩子的费用，所以最多也就是带着孩子玩。

"对了，贝拉，你们5年级还有一件大事，学校发邮件了，三天两晚的EOEC①。老师已经说了吧？"

---

① EOEC 是 Etobicoke Outdoor Education Centre 的简称，多伦多公立小学的5年级毕业班的户外教育基地，距离多伦多两小时车程。基本上算是在野外建立了一些教学和生活设施，对5年级学生进行户外教学和训练。

第三十六章　EOEC

/ 学校清单
/ 贝拉的离家综合征

两晚三天，大多数5年级的孩子是第一次离开家。学校邮件有家长需要签字的文件，还有一页需要带的东西的清单。

学校清单有：

> 睡袋（或带枕头的毯子）
>
> 牙刷、毛巾
>
> 外套
>
> 多带一双袜子
>
> 第一天中午的午餐（少扔垃圾）
>
> 一本书
>
> 小手提箱或行李
>
> 室内鞋和室外鞋
>
> 不允许带的有：
>
> 糖果（口香糖、软糖等）
>
> 电子产品

贝拉跟随合唱团，之前已经在外活动过两次，第一次是两天一晚，还有一次是两晚三天。所以元俪不担心贝拉出门的问题，所有的注意事项已经交代过两遍了，而且贝拉也有集体在外过夜的经历，相对于其他从未参加过这类活动的同学有点儿经验。

元俪烦的是出门前的一晚，贝拉就是哭哭啼啼地这个那个的，磨人，每次都是。其实第二天早上，拖着小行李箱，去了也兴高采烈的。

"妈妈，明天我会想你的……我要是想你了怎么办？"

"妈妈，东西不好吃怎么办？"

"妈妈，我和老师走丢了怎么办……"

"妈妈，我能不能不去？"

同样的问题，同样的哭哭啼啼，其实，什么事也没有。

元俪也是重复同样的话："妈妈也会想你的呀，没关系，实在有话要跟妈妈说，就告诉老师，让老师给妈妈打电话。"其实，压根儿就是没影儿的事，这种活动，每天行程满满的，晚上累到倒头就睡，哪有时间想妈妈。

"不喜欢吃的东西，那也要吃饱，不然就要饿肚子，不过，那些都是你喜欢吃的东西吧？"平时元俪限制贝拉吃所有热量高的比萨、薯条、炸鸡、热巧克力，那里都管饱。在外面就管不了，西方人的餐饮就是这些，喜欢吃就吃，吃饱了不想家。

"你不会走丢的，妈妈相信你可以。前两次就没事，好得很，还交了新朋友。不会丢的，记住了，紧紧地跟着老师。"贝拉胆子小，在外面尤其如此，元俪也教育了多次，和妈妈出门，万一走丢了，怎么办？站在原地，妈妈会来找你的。

"当然要去了，怎么可以不去呢？集体活动，户外也有必须要学会的知识和技能，一定要去啊……再说，有什么理由不去呢？你说说，如果能说服妈妈，那就去说给老师听听，听听老师怎么说。"

临睡前，元俪和贝拉躺在床上，贝拉说一会儿，哭一会儿，总之就是情绪释放，后面几天就没事了。

白天，胡玲几个还说，元俪和杰奎琳，三天自由时间，有什么计划？要不要帮你们策划一下？

杰奎琳说："我都跟儿子混了两年了，也不在乎这几天了，没什么计划，再说，想干个什么，满眼看过去，也没什么目标啊。"

元俪说："做几天自由人，真是不容易，天天和孩子在一起，完全没有自己的时间。干什么呢，我来想想。"

贝拉已经睡着了，脸上还挂着泪。元俪把薄被给她往上拉了拉，盖好被子。在多伦多，室内常年恒温21℃，一条可机洗的薄被就够了，无印良品的那种，也不需要国内那样每天家里的摆床，隔一两周把床单、被子扔进洗衣机里洗洗，烘干机烘干接着用，特别省事。

"确实，明天后天，干吗呢？"元俪躺在床上想。

早上，吃了早餐，元俪送贝拉到学校操场。小朋友其实是很兴奋的，贝拉自己拖着小号的浅蓝色行李箱，特别带感觉地走在妈妈前面，在操场门口，贝拉和妈妈挥挥手，元俪看到她进了校园到了指定的集合地点。

整个5年级学生分两批EOEC，一次三个班，上一批三个班在去年11月，天气已经很冷，这次的三个班时间比较好，不过户外的晚上还是比较冷。

操场外站着的都是今天去EOEC的孩子家长，不看现场，简直想不到有的老外有多省心，有孩子背着双肩包，拎着两个布包，胳膊下夹着枕头，手里还提着一个午餐包，总之花样还很多，大致操场上排队大巴的学生，行李收拾整齐的以亚洲孩子居多。

"嗨，元俪！"杰奎琳也是送了儿子，看到元俪在操场外，走过来。"终于可以轻松了，享受一下单身生活。"

"就是啊。"元俪笑道，"还没想好干什么。你呢，有计划了？"

"没有，今天休整一下，要是明天没什么事，咱们俩约一下，去喝个咖啡，或者找个地方去逛逛？"

"行啊，也可以刷个剧。其实也快，后天下午就回了。"元俪说。

两晚三天就是今天去，明天一天，后天就回了。

从学校回到家，元俪就感到家里空荡荡的，收拾好门口贝拉的拖鞋，想着先把家里卫生搞一下。

元俪拨通贝拉爸爸的微信视频。

贝拉爸爸还在外面吃饭，国内就是这样，吃饭也是工作。"快结束了，我回去打给你。"贝拉爸爸说。

"好。喝酒了就别开车。"元俪嘱咐了一句，挂了视频电话。

突然感觉好安静，平时送完贝拉去学校也没这种感觉。

元俪取出一次性拖地纸，打算先清洁台面，再拖地。这种拖地板的纸，一面是绒性的，静电除尘，用来擦灰尘，清洁地面非常好用，干净。

"杰奎琳，晚上是不是要去狂欢呀？"胡玲在"事儿妈"群里留言。

"想去呀，去酒吧喝个酒什么的，得有个接送的。"杰奎琳也开玩笑地说。

"我也想去。"小莫说。

"你们去喝吧，我接送你们，尽管去喝醉……"元俪说。杰奎琳和小莫凑成一对去，没问题。

"真的？那我们就去了？"杰奎琳还是半真半假。

"嗯，我没问题，负责接送。"元俪一边说，一边给贝拉收拾书桌，贝拉的文具多到可以开文具店了，太多了，不能再买了，得告诉她爸爸。

"元俪你在干什么？"胡玲问。

"收拾屋子，贝拉这孩子太乱了，一点儿不像女孩子，唉……"元俪答复道。

"像我们家老大，凯特就是。"胡玲接话道。

"怎么转移话题了？"小莫说。

"没转移，你俩商量好，告诉我们结果，你可以把儿子送我这儿。"胡玲回答小莫。

"小莫，亲爱的，刚才我开玩笑呢，下午我去密西沙加朋友家吃晚饭。呵呵，胡玲是逗乐呢……"杰奎琳对小莫解释。

"真是的，我当真了。"

"没事的，亲爱的，什么时候去酒吧，一定约上你。"杰奎琳补了一句。

第三十七章 央街事件

/ 片刻闲暇

/ 谁还不是个宝宝

杰奎琳到家，歇了一会儿，想下午去不去密西沙加。开车到朋友家得差不多一个小时，聊天儿、吃饭，再开回，还不能喝酒，突然觉得没意思了。

她拨通北京妈妈的微信视频。老公这个时间肯定是不在家的。响铃好长时间，没接，自动挂断了，再打一遍，终于接通了。

"妈妈，没睡吧，在干啥呢？"

"我刚才在洗澡，听到电话，急急忙忙就出来了。你呢，还好吧，威廉姆上学去了？"80岁的人，能把微信用这么好，也只有老妈了。

"威廉姆学校集体活动，今晚不回来……我一切都好。您呢？"

"我没事，一切正常。昨天威廉姆爸爸还过来了，送了鸡蛋、米和面，我让他别送了，小区外面买也方便。我总要下楼的。"杰奎琳老妈说，从视频上看精神还不错。

"你就让他送吧，就这么点儿事，他该做的。你下你的楼，遇见熟人该聊天儿聊天儿。"

杰奎琳妈妈现在一个人独居，既不愿意和儿子住，也不愿意和女婿住，女婿那里更不方便，有专门安保。自己住在原来老全国总工会文工团的宿舍大院里，有老同事老朋友，每天下楼拿个报纸，还可以聊半天。只是，这几年，老朋友也越来越少，陆陆续续地走了。老妈越来越没人聊了。

"有事吗？"老妈问。

"没事儿，就是看看您怎么样，一切都好吧？"杰奎琳说。

"都好，挺好的，放心吧。"

"那行，我挂了，您早点儿休息，多保重，有事随时找威廉姆爸爸。"

"行，知道了。挂吧。"

杰奎琳和老妈说完视频后到厨房，往意式浓缩咖啡机里放了一只带栗色花纹的榛子味咖啡胶囊，在奶泡机里倒了点儿牛奶，很快，伴随着机器声，榛子咖啡的香味在屋子里弥漫开来。威廉姆昨天自己整理的东西装箱，她一早不放心还是坚持要看一下。儿子已经长大了，不要她管太多。杰奎琳也是有意识地放手，大人管得越多，孩子的能力越弱，她可不要让自己成为那种妈妈。

杰奎琳端着咖啡，从厨房出来。厨房通往客厅走道的墙上有面镜子，她停了一下，在镜子前仔细打量了一下自己，说实话还是很满意的，45岁了，眼睛依然大而明亮，顾盼生辉，皮肤也依旧白皙饱满，没有暗淡松懈，这是她每天一张面膜的功效，下巴，脖子也没有垮掉，没有明显的法令纹、颈纹和双下巴，总之还是美美的，不错！

杰奎琳这套三加一的公寓，自己和儿子各睡一房，儿子的球类、乐器、摄影器材等占了一间，儿子对什么有兴趣她都买来让他玩，需要的话也去找个老师教，不过威廉姆自学能力很强，现在无论什么，中等水平以下，YouTube上都有视频教学，完全可以跟着学。她说儿子的乐器可以凑成一个乐队了，萨克斯、小号、长笛、吉他、贝斯、鼓等等，乱七八糟，说实话，儿子功课没有大多数华人孩子好，数学更是不行，都是玩这些东西花了太多时间，不过，杰奎琳从内心也不担心，这么男孩子要没点儿爱好，那才担心呢。还有一间没窗户的"旦"，杰奎琳放着自己喜爱的各种东西，也是够多的，随便一个也价值不菲，现在有钱也不一定买得到。

杰奎琳在家里踱了一圈，各个房间看看，客厅踱了两圈，比较满意，意大利的家具和沙发，当时在多伦多挑的是最好的，现在这个质量，估计加拿大已经没有了。

杰奎琳在窗边的华丽墨绿丝绒面的单人沙发上坐下，沙发扶手上雕着花，她把咖啡杯搁到手边的小几上，脚放在前方和沙发同样丝绒面的脚凳上，俯视看向玻璃窗下。公寓的外墙玻璃每年春天都有公司专门清洗，今年刚刚清洗过，现在是透亮的，一尘不染。

繁忙的央街尽收眼底，这是北约克的中心，也是央街在北约克最热闹的一个路段，车流不断，两侧路边行人也多，走路的，遛狗的，发呆的，喝咖啡聊天儿的……因为楼层高，22楼，完全没有噪声。

杰奎琳往下发呆地看了一会儿，突然被震惊到了，被强烈地惊吓到了！

短短一瞬间，杰奎琳目睹了震惊加拿大的多伦多央街恶意开车撞人事件。据事后新闻报道，凶犯驾驶一辆租来的白色厢式货车，从北约克央街的芬奇大道（Finch Avenue）向南，直至北约克最繁华的路段，北约克广场附近，疯狂冲撞碾压行人，近一千米路段，十余人死伤。

杰奎琳看到的是北约克广场前和劳伯劳斯（Loblaws）超市门口这一路段。

惊叫的路人，四处逃窜的路人，被撞倒的路人，被碾压的路人……鲜血、散落的物品、鞋子……

杰奎琳脸贴着玻璃，她感到自己在发抖，她拼命控制，克制自己所有的身体反应，终于，眼泪止不住往下流，抽泣，失声大哭……

活生生、血淋淋的暴力，从来没有想过会在眼前发生，她吓坏了，大哭里包含着太多太多的情绪。

…………

邮件提示音响了两声。

杰奎琳被拉回现实，从窗前转回室内，手机屏幕亮了一下又熄灭了。

她发现自己的手是颤抖的，拿起手机，威廉姆学校的邮件：5年级EOEC同学已经顺利到达营地。

几乎是同时，楼下传来刺耳的警车、救护车警笛声，"事儿妈"群里信息的叮咚声，一起发作了。

"央街出事了。"小莫几乎是在叫，"快打开CP24！"

CP24是多伦多一个全天24小时新闻滚动播出的电视频道。

"天哪，太恐怖了，这加拿大也太闹心了！"胡玲喊道。

"我们刚到家没多久，就发生这种事……"元俪也刚看到朋友圈。

"我看见了……亲眼，在我楼下……"杰奎琳的声音听上去有点儿不同寻常。

"什么？"这几乎是胡玲、小莫、元俪三个人同时发出的反应。

"怎么回事？"这也几乎是三个人同时想要问的。

杰奎琳稍稍平静了一点点，说："……我现在手还在发颤……别提有多吓人了。"

平时一群骄傲的、忙碌的、独当一面的妈妈们，心底里也不过是一个受不了惊吓的弱女子，这种面临恐惧的时刻，需要被拥抱、被安慰和呵护……此刻，她们也只有彼此。

第三十八章　胡玲的心思

/ 央街事件第二天

/ 价值观

元俪一早就看到了学校发来的邮件，邮件里有学生们在EOEC活动的照片，还有说将在明天上午告知家长，孩子们将在下午几点返回学校。

明天就回来了！

元俪端了杯咖啡，坐到沙发上，打开电视。客厅的窗帘已经拉开，阳光照进客厅，明亮而温暖。她昨天和其他人一样，经历了惊吓。几个人都达成了共识，以后走在街上，得逆行，也就是迎着车流方向，这样至少可以看见可疑的车。

胡玲送完孩子到家，家里CP24新闻频道出门时就开着没关。

元俪、杰奎琳、小莫，看的也是同一频道。

今天央街这段封闭，商店关门，地铁北约克站也关闭，警车一路停了不少，警察在这一路段进行地毯式搜查。

"事儿妈"群里，继续昨天的话题。

胡玲要小莫小心，住独立屋的，与外面的世界只隔一扇门。

公寓到底还是安全，其他几位再一次认同了这一点。

不过，胡玲说："暑假后，9月份回来，还是考虑看看独立屋，虽然我刚才这么提醒小莫，但该买还得买，需要住还得住。"

"为啥呢？突然考虑买独立屋？"杰奎琳说。

元俪没插话，不爱聊买房子话题，这和她在国内做过房地产项目推广有关，看房子看疲了。

"春节老大凯特带男朋友回家了，上海人，和元俪是老乡。平时不觉得，可家里多了老霍加上他，两个一米八的，到处都觉得堵得厉害。我这个三室的公寓，怎么着也小了一点儿，现在我和艾玛住还挺宽敞，老霍在国内，要是全家到齐，家里就显得太小了。虽然凯特这八字也还没一撇，但是，这方面要考虑了，我这个当妈的也不能只考虑自己方便、省事。再说了，这所谓的门当户对，咱这房子也是一个重要方面。还有，我寻思着，下半年艾玛进私校了，也该换个好点儿的房子，不仅仅是虚荣心，事实上就是搞个生日派对，邀请小朋友们来也得有地方……"

元俪觉得也是，胡玲到了考虑这些事的阶段了，也确实有需求。

"你这丈母娘对女婿满意不？"杰奎琳笑着问道。

"什么丈母娘，早着呢……老大才没上心，她无所谓，整天让这男孩干这干那，看得出这男孩喜欢凯特。可是我得想着这些，和老霍也说了，独立屋早就该买的。"胡玲说。

"就是啊。"小莫说，"公寓不够闹腾的。你家老大有对象了，早就该买了，这么有钱的人，在公寓里住着，不合适。除非，湖边买个大平层，呵呵，我开玩笑……"小莫也知道比喻不恰当，市中心的湖边顶层，得1000多万加元，这话说得过分了。赶紧解释，"别墅是更好一些。"

大家都停顿了一会儿，没说话。

"元俪，明天孩子们就回来了，我们这单身了两天，啥也没干。"杰奎琳说。

"是呀。今天邮件里，有EOEC的几张照片，没看到贝拉和威廉姆。"元俪说。

"是的，没有。"杰奎琳说。

加拿大在隐私这方面是很注意的，尤其是孩子的照片，不能轻易发在社交媒体上。每年学校都需要家长在文件上签字，同意或不同意学校把孩子的照片用于社交媒体，其实即使签了，学校也不会发几张。曾经有从国内来加拿大参加夏令营的孩子家长，要求夏令营每天发照片给家长看，能直播更好，直接被拒绝了。有时学校班级活动，看见有学生带了相机拍照，老师也会让那个学生把相机收起来，不可以拍班里的同学。

"估计央街这事，搞得你们也没心思出去玩了吧？"胡玲说。

"可不是嘛，平平安安就是最好的。在家里待着吧，别没事找事了。"杰奎琳说，"本来和元俪打算今天去星巴克坐坐，没想到出这事，今天对面星巴克都关门停业了。"

"媒体上都是慰问受害者和家人的新闻，芬奇大街和央街路口，有个小广场，专门用来让人们纪念受害者，现在堆满了花、蜡烛，还有哀悼的话语条幅和一些受害者家人放出的照片。"胡玲说。

"央街这个事，还没定论……加拿大的法律也是够宽泛的，最后不知怎么样。"胡玲说，"元俪你在干吗呢？不说话……"

元俪不想参与这类话题，尤其在网络上，也算是她秘书性格的一部分吧。"没干吗，沙发上看电视。"元俪其实早上睡衣都还没换呢。元俪环顾一下客厅，家里干净整齐，不是贝拉在家的样子，"彻底休息一天，明天这时候，就要烧饭烧菜，下午估计不到3点，孩子们就回到学校了。"元俪说。

"明天做什么给贝拉吃？"胡玲问。

"想好了，卤肉饭，加西红柿鸡蛋汤，吃了几天西餐，估计想吃中餐了。"元俪说。

元俪现在的台式卤肉饭做得可好了，不比多伦多的台湾同胞开的太平香的店里的差，洋葱丝用油炸成金黄的，香菇切丁，鸡蛋煮好，等红烧肉丁到七成熟，加入洋葱丝、香菇丁、白煮蛋，口味完美。

"天哪，真是好吃。"杰奎琳说。

"其实你也不吃吧？"元俪知道杰奎琳平时吃得很少，说，"明天我装一盒带给你，给威廉姆换换口味。"

"太好了，亲爱的，谢谢啦！"

"呵呵，不客气。"元俪说。

"大美女，嘴够甜的。"胡玲说。

"那是当然啊，必须的。"杰奎琳呵呵笑道，昨天受了惊吓和刺激，现在好多了。无论怎样，生活还要继续。

第三十九章　二宝的课外活动

/ 万锦第一广场

/ 网球教练

春假后，小莫家的双胞胎儿子凯文和贾斯汀网球私教课继续进行，时间改成了周日下午4点，每次课一个小时，一对二，学费130加元。

大宝和二宝和教练阿伦已经混得很熟悉了，尤其是小宝贾斯汀。小莫从来就没见过他这么喜欢过老师或教练，大多数时候，贾斯汀就是跟在大宝后面的小跟班，风头都是哥哥的。小莫也觉得这个教练很不错，技术很厉害，教一招是一招，想想也是，能在国内熬出头的，一定有过人之处。

周日上午没课，是两个儿子一周唯一的空闲时间，乱乱糟糟的一个上午，随便他们干吗，自由活动时间，直到中午11点准时出发，去北边万锦的爷爷奶奶家吃午饭，然后2点画画课，学习一个半小时，然后赶去网球课。

时间安排得好好的，小莫趁两个儿子画画的时候，去准备点儿吃的，通常爷爷奶奶会给准备好，今天没有点心，太荤了，打球前吃不合适，所以小莫开车到万锦第一广场，自己想喝珍珠奶茶，干脆买了三杯，一会儿去打球的路上，二宝可以在车上喝，稍许补充一点儿能量。

多伦多吃的东西明显比前几年贵了不少，三杯奶茶，加税要二十多加元，而且是只有300毫升的小杯。不知道现在国内奶茶多少钱，但肯定不用一百多块。没准儿就是二十几块人民币。多伦多的物价，经常是这种感觉，实际使用时的汇率是1比1，银行汇率是1比5点几。小莫把两儿子的奶茶放进车里，看看时间还早，干脆逛一会儿。

天气越来越暖和了，今天就是春天的感觉，虽然路边还有未完全融化的积雪，但春风拂面，阳光和煦，特别舒服。

万锦第一广场想逛的话，基本一应俱全，就是二十年前广东小城市供销社的样子。很多中国餐馆，天南地北口味都有，有美食广场，里面广式烧腊、东北饺子、四川担担面、韩式砂锅、比萨、汉堡等样样都有，买了直接就近坐下堂食。这里还有超市、家居店、书店等等。

小莫看到一个很不错的家居用品店在大甩卖，就走了进去。厨房用的盘子、碟子、碗，各种家里的小摆设，非常精致漂亮，但即使打了折的价格，也不便宜。"难怪要关门歇业。"小莫心想，挑来挑去，也没什么可买的，不过，这种明媚的天气里，就是想买东西，结果最后挑了一个玻璃的榨汁器，晶莹透亮好看，打算用来榨柠檬汁，冲水喝，花了7块钱。家里有一个不锈钢的，国内带来的，用了不少年了，也该换了。

看看时间差不多了，小莫开车去画画班，10分钟就到了。

大宝、小宝一人手里拎着一张今天刚画的丙烯画，从画室里出来。兄弟俩画的不一样的东西，一个是运动鞋，一个是椅子。但明显就是大宝的更好一些。

"妈咪，我们走吧，网球要迟到了。"小莫想和老师聊几句，小宝拉着她，催她走。

小莫和老师挥挥手，拉着小宝的手离开美术学校，大宝早已奔到自家车门前。

两个宝贝欢呼着，开始喝珍珠奶茶，小莫发动车，去上网球课。

这个时候，小莫会觉得很享受这种生活，没有什么压力，每天按部就班，平平常常。生活中，大多数时间，只有她和两个儿子。下半年，如果顺利，国内老家的弟弟会来加拿大读书，爸妈坚决要让儿子出国，首选当然是加拿大。二宝爸爸也说了，就和他们住一起，小莫也多个帮手。

网球俱乐部在北约克，与万锦一街之隔，开车十几分钟就到了。小莫在停车位上停好车，打开后备箱，两兄弟就下车自己去取运动包。大宝先把弟弟的包拿出来，再拿自己的，然后像往常一样，不用等妈妈，两个人自己跑着进俱乐部，先去换鞋。

小莫打开后面的车门，收拾车上的垃圾，装进垃圾袋。

小莫单手拎着黑色耐克双肩包，走进网球俱乐部，将垃圾袋径直扔进垃圾桶。她在运动场地的边上坐下时，二宝的网球课已经开始了。

小莫和教练阿伦点了个头。小莫瘦小的身躯，穿着一字领的白T恤，露出锁骨，又多又茂密的长发今天没有扎成马尾，在肩部倾泻下来。

二宝确实比以前有进步，打起来上心，对球的方向的判断好像动了脑子。阿伦在讲脚步移动，很耐心，小宝模仿起来也很带劲。

小莫拿出手机，拍了几张，回去可以发给二宝爸爸看看。向投资人汇报，她常常这么开玩笑，"大宝、二宝，快过来，向投资人汇报一下，这周都干了什么……"今天早上，和二宝爸爸视频时，就是这样喊他们过来见爸爸的。

"莫小姐……"阿伦第一次就是这样称呼小莫，后来就这样叫下来了。中场休息5分钟，小莫走近场地，阿伦说："贾斯汀的球拍线有点儿松了，凯文的也是。最好把两个拍子重新穿个线。"

"好啊，这里可以穿线吗？"小莫问。走近阿伦，发现他真是高，超过一米八吧，笔直，有肌肉，修长的四肢，端正干净的五官，短短的头发竖着，汗湿了。

"有。但是拍子要放在这里。如果平时还想在社区球场打的话，也可以去其他地方，立等可取。"多伦多的每个社区都有免费网球场，两个宝贝开春后已经打过两次了。

"好啊，在哪里？我去。"小莫问。

"Yorkdale 的 Sporting life（运动用品连锁店）就有，上午早点儿去，不用等。"阿伦说。

"好的，谢谢啊！"小莫打算下周去。

"嗯，有问题随时打我电话。"阿伦说完，向小莫点个头，就去招呼两个孩子，继续练习了。

第四十章　看房

/ 加拿大免费医疗
/ 多伦多中城

胡玲自从上次因颈椎痛导致双臂失去知觉的事情之后，心里考虑了很多事情，那晚的意外，咨询了国内的医生朋友，虽然现在还没有做任何检查，但朋友说，当晚她的处理方式是不对的，紧急情况应该拨打911，而不是等朋友来。如果是心血管方面的问题，找朋友就耽误了，后果可想而知。

这次幸好没事，不过，人不会每次都幸运的，胡玲想想都后怕。

从小到大，胡玲也不生什么病，感冒发烧都很少，已经不记得上一次发烧是什么时候的事了，这次，颈椎痛给她提了醒，她也不是什么事都没有的，健康应该是她现在不能忽略的问题。

老大凯特不是黏黏糊糊的小女生的个性，可能是因为有个小的，她的注意力都在小的艾玛身上，很多事都不太管她，造成了她相对独立，做什么事也不会和她商量。这有好的一面，也有不好的一面。比如，今年春节带回来的男朋友，事先也没和她商量，就带回来了。胡玲看小伙子不错，不仅帅气，还有教养，但凯特不太上心，得找时间跟她谈谈。还有小艾玛，什么都好，将来不会比姐姐差，但这一切的前提是她自己好好的，两个女儿，还有老霍，这一大家人的将来，她可是要负责的。

胡玲去看家庭医生，家庭医生也说不出所以然，抬抬胳膊、握拳、转动转动脖子，好像也没什么问题，连给她开个单子、做X射线拍个片子的理由都没有，这就是加拿大的全民免费医疗，不能浪费医疗资源，更不可能过度治疗。想在加拿大做全身检查是不可能了，这个国家没有私立医院，想自费付钱检查也不可能。所以，最重要的事，是暑假回国做一次全面的身体检查。以后健康放在首位，是要切实做到才行。50岁的人就是这样吧，不服不行。

加拿大的医疗也好也不好。胡玲记得刚来的时候，老大凯特学校有个同学爸爸重病住院，有一天一堆人来学校门口等着这位同学，全是她爸爸家的亲戚，要求她去和医院求情。了解了情况以后才知道，这生病的爸爸很有钱，亲戚不相信同学的妈妈，认为她舍不得花钱，要让这孩子自己去和医院说，希望医生给他用最好的药，那种国内医院价格昂贵的能延缓生命的针剂，结果被医院拒绝了。当时学校的中国家长都特别讨厌这群人，把国内的陋习带到这里，以为有钱什么事都能办得到。加拿大医院不理这一套，有钱也不行。

胡玲上午约了房产中介看房，早上送了艾玛去学校后，收拾完家里，东想西想，自己站在阳台内的落地门内，望着外面的街景，一边做着简易的颈椎操，一边等中介电话。总之就是一方面保重身体，另一方面未雨绸缪，该做的事情做起来。

很快，中介简妮来电话说到楼下了，"好好，稍等我一下。马上下来。"胡玲结束了颈椎操，回房间换衣服准备出门。

胡玲穿着轻便的驼色羊绒外套，黑色西裤，为了看房方便，特地穿了黑色乐福鞋。

简妮说："今天我们看劳伦斯大街以南的几套，位置都好，算是你要求的最适合的地段了，靠近北约克和401（多伦多市区的高速公路），有好的私校，社区中产以上人群，家庭年收入都在20万加元以上……"

简妮一边介绍，一边将车子开上央街。

胡玲拿着简妮给她打印出来的几座房子的信息，粗略地看着说："得看了房子才有感觉。"

"我们先去最远的，然后往回看。不过这几座房子都不算远，挨着。"简妮自我介绍，当年她武汉大学毕业，做房产中介十几年了，不过主要是在北边，胡玲担心她对多伦多中城这一带不熟悉，因为是肖姐介绍的，不好意思。从北约克中心往南不过10分钟车程，她们进入了多伦多中城，市容看上去比北约克陈旧，但有点儿历史感的街道和建筑，明显好看很多。车右转进入一条小街道，双向两车道，街道两边的房子每一家都不雷同，胡玲一下子就喜欢上这条街了。

路边一栋竖立有出售的牌子，简妮看了门牌号，知道这是今天要看的其中一栋，把车拐上屋前车道。

"就是56号这家。"简妮告诉胡玲手上的资料是哪一张。

门上挂着的密码锁，简妮对着手机上对方中介发给她的密码，打开盒子，取出钥匙。

脱鞋进到室内，第一印象，很温馨，很热爱生活的氛围，胡玲喜欢。

室内暖洋洋的，明媚的阳光从后院照射进来，右手后方近马路是小起居室，临街的窗下是沙发和小圆桌，一些精心设计的装饰物配合着家具，可以喝茶，可以看书。然后依次是客厅、饭厅、厨房直通后院。

厨房转出来是楼梯通向地下室，从楼梯到地下室，铺着厚厚的白色地毯，踩在脚下非常享受。地下室布置也非常合理，孩子的活动区、大人的视听室，还有一部分区域放置运动用的各种装备，滑雪的，冰球的，棒球的等等。胡玲再上二楼，三间卧房井然有序，只是胡玲觉得楼上小了，她拉开过道柜子的门，是放置毛巾的柜子，每条毛巾卷起，按颜色排放，这家人确实干净讲究。

"这房子好，就是太小了，我们家至少得四间卧室，不然不够住。"胡玲说，"我和老公一间，老大和艾玛各一间，还要考虑我爸妈，老人们来了要有一间住……"胡玲看了卫生间，"楼上两个卫生间也不够。"这套房子是主人房里有一个卫生间，另一个在另两间卧室中间，共用。"这么舒适的家，估计房主也是不够住了才要卖吧。"

"这一带，房子都不大，除非是新建的。"简妮说，"我们去看另一座。"

胡玲又欣赏了一圈，换了鞋走出门，这才发现这房子没车库，车只能停在自家的车道上。"不行啊。"胡玲说，"冬天下起冰雨，车子放外面不行。"她看了一下单子上的信息，要价250万加元，说："好房子，但是没车库，三间卧室，有点儿贵。适合三口之家的年轻人，我们家，根本不够住。"

第四十一章　老妈的碎碎念有道理

/ EOEC趣事

/ 荒野求生技能

"EOEC学生返程了，大约两点一刻到学校。"学校邮件通知了。元俪在群里和杰奎琳说，"吃了午饭就往回走了，一会儿我们操场见"。

元俪用小饭盒装了卤肉和卤蛋，一会儿带去操场给杰奎琳。

通过这三天两晚，元俪发现自己真能打发时间，或者说浪费时间。想想以前可是一天十八件事啊，马不停蹄高效率，现在怎么成了这样！

两天时间，什么也没干，连家里的卫生也只搞了一次。春假时开始写的文章，有关移民加拿大后的生活，没续写上一个字。每天电视开着CP24，偶尔瞄一眼，基本上就是一个背景。昨天胡玲问她要不要一起去看房，她也不愿意去，看房子确实是她嫌烦的事情，以前看得太多了。但是，无论如何，这几天就是不想出门。曾几何时，她哪里是在家待得住的人。

这应该是加拿大这几年的生活带来的变化。每天围着孩子转，孩子不在家，自己就没事了，或者说是没有了孩子以外的自己的事。这显然是不对的。

来加拿大之前，元俪整天不着家，老妈经常打电话给她，多大的人了，还整天不着家。来了加拿大，成了全职陪读妈妈，老妈在微信里聊天儿说，人总要有点儿自己的事做，整天弄孩子怎么行，你和你哥小的时候，我和你爸照样上班，你们不也长大了？小孩子不能照顾得太好，她会越来越没能力。老妈说得对，以后不能再这样下去了。贝拉明年6年级，进中学了，她是应该考虑自己找个事做了。

学校操场上，几个5年级班的小朋友已经在操场上了。按班级分开，由班主任老师陪着，等家长来接走自家的孩子。

元俪和老师打了招呼，签了字，贝拉一手牵着妈妈，一手自己拉着行李箱，往校园外走去。

正好，杰奎琳进校园，元俪把手上卤肉盒子交给她，"快去接儿子吧。"元俪说。

"谢谢啊……贝拉好可爱，又长高了……"杰奎琳一边向儿子的班级走去，一边和贝拉挥挥手。

"怎么样，这几天好不好？"元俪和贝拉高兴地走向停车场。

"妈妈，第一个晚上，我和阿曼达，我们都没睡，我们聊天儿……"

"EOEC晚上很冷，我和阿曼达挤在一张床上，就不冷了。"

"EOEC的饭太好吃了，每天都吃很多！"

贝拉小嘴巴说个不停。一句一句的，想起太多的事情，都要告诉妈妈。

"你都吃什么了？"元俪问。

"比萨，鸡蛋，牛奶麦片，水果，还有沙拉。"

"是吗，你还吃了沙拉？"元俪知道贝拉不爱吃。

"吃了，一大盘。阿曼达知道一种沙拉酱，加进去好好吃！妈妈，我们可不可以买那种酱？"

"嗯，就知道是这样，不然你怎么会喜欢吃沙拉。"元俪说。平时贝拉是不吃蔬菜沙拉的。吃沙拉本来就是为了蔬果的原味。沙拉酱使沙拉不健康了。

"这两天，每天都干什么啦？"元俪问。

"我们每天都分小组，老师让我们进森林，要完成一些任务……老师不跟着，就我们三个人。我，阿曼达，还有凯文。"贝拉说。凯文是她班上的一个男同学。

"完成什么任务呢？"

"好多任务。我们自己生火，用一把刀和石块摩擦，点着一个黑布条，黑布条下面有几根干草，然后我们烤棉花糖吃，还可以用饼干夹住棉花糖吃……"

"哇,好有意思!哪来的饼干和棉花糖?"元俪赞道。

"老师发的。"

"我们还晚上两个人到森林里去,走进去很远很远,是那种没有路的野路……看得到星星……然后再自己找着出来。我现在在森林里不会害怕了……没什么可怕的。"

"看来这EOEC还真是学了不少东西啊。"元俪说,"可惜小学阶段只去了一次。下学期进了中学,还会有这样的户外活动。"

"嗯。"贝拉点点头,看得出还是挺喜欢的。

"贝拉,有没有想妈妈?"元俪笑着问。

贝拉丢掉箱子,一把抱住妈妈的腰,"当然想啊,想妈妈……老师说,要让我们忙起来,没时间想妈妈。我们每天都很忙的,晚上也有活动。累了就睡觉"。

"好办法!"小孩子累狠了,真是倒头就呼呼睡了。

"还有啊,告诉你,好好笑……"贝拉笑起来,说,"你知道在森林里想小便,又没带纸,怎么办吗?"

这还真难倒了元俪:"怎么办?"

"第一天,老师带我们去森林,说,树上干(枯)了的叶子是最干净的,越干的,越干净,可以用来小便后擦屁股。小便了不擦屁股是会发炎生病的。不过,从树上掉下来的叶子就不能用了,因为已经在地上被污染了。后来,阿曼达在树林里真的要小便了,没有纸,就找了片树叶用了。我在旁边帮她看着,看有没有人过来……"贝拉说,"好好笑,哈哈哈……"

"是的,长知识,呵呵。"元俪没听说过,还有这招儿。荒野求生技能,实用。

元俪和女儿到了家,家里有了贝拉的叽叽喳喳,一下子恢复了正常,之前的几天,真冷清啊,一对比,这才是常态。

"妈妈，好香啊，卤肉饭？"

"是啊，不过你现在也不饿，是不是？中午吃饱了。"

"我吃得下，妈妈！"贝拉语调又上扬了几度，"我喜欢吃卤肉饭。"

"行，去洗洗吧，把衣服换下来，然后来吃饭。"

杰奎琳发了一张威廉姆吃饭的照片到"事儿妈"群里，说："元俪，谢谢啊，儿子说好吃！"

"这次EOEC不错啊，贝拉唠唠叨叨，说了好多事，学了不少野外的生存本领。"元俪说。

"是嘛，小子都不和我说。"杰奎琳说，"女儿是小棉袄啊。"

第四十二章　凯瑟琳的邀请

/ 回了一趟上海
/ 教授对伊丽莎白的分析

凯瑟琳自从年初春节后从国内回来，一转眼几个月过去了，依然是以前的作息状态，上午处理国内公司的事，下午散步走路，偶尔和来多伦多的上海朋友喝茶、吃饭。她在看似一如常态中，心里暗暗地、不松懈地关注着女儿。

伊丽莎白看不出有什么变化，在学校老师问一句答一句，和同学、室友从不多说一句话。每个周末回家，和凯瑟琳的话也不多，吃完饭就待在自己房间里，关着门。凯瑟琳的感觉是，栗子是在用意志和理性应对着学校、家里的一切，心里不情愿，但拒绝和你们说。

"栗子，星期天，请元俪和女儿来玩，好不好？就是上次一起喝早茶的。"周五晚上，凯瑟琳煮了白粥，配了几个小菜，和女儿一起在家里吃晚饭，想找个机会让女儿多和人接触，她感觉女儿不排斥元俪母女俩。于是试探性地问问，看看女儿愿不愿意，不能勉强，搞僵了不好办。

"好。"

"我让元俪给贝拉带上游泳衣，你们俩一起游个泳，我和她妈妈聊会儿天儿？"凯瑟琳其实早就想好了方案，既然没有合适的同龄人玩，和小一点儿的孩子能玩起来也行。

"好。"伊丽莎白还是一个字。

凯瑟琳心里还真是很高兴，说："这样游完泳，你洗澡换衣服，傍晚可以返校。"

"好。"伊丽莎白说完，也吃完了，起身把碗放进水池，就上楼回房间了。

从去年12月圣诞节到今年春节，凯瑟琳带女儿回国待了两个月，处理一些国内的事情，更重要的是女儿的健康，她托熟人介绍，找到了上海医科大学心理学的张明教授，张教授也是大学附属医院的主任，他们一起吃了饭，又找了个会所，请主任和女儿单独见面，她就想知道，女儿是不是得了学校老师所认为的抑郁症。

事后，张教授和凯瑟琳夫妻俩重新约了时间，面谈了一次。

归纳起来就是，伊丽莎白在情绪上、思维上、人际交往上及学业上的具体症状没有达到抑郁症的确诊要求，至少是国内不会这样诊断。虽然据你们介绍，她和以前不一样。

伊丽莎白没有明显的思觉失调症状，通常的说法就是情绪上并不是低落、伤感、自责，或者敏感易怒、孤独无助等等。思维上也正常，没有抑郁症的典型特征。学习上，从全7分（IB课程最高分7分），到现在的6分，甚至再低一点儿，也没有什么不正常，只是没有以前好了。女孩子进入青春期，性格等方面会发生变化，没有什么要紧，不要看得太重，而是要帮助她度过这个时期。这个阶段要理解她，多给她一点宽容，说不定后面她还会回来。太严苛，会适得其反，最坏的结果是走向病态的抑郁。不过，随时要注意她的情况，多关注她。

凯瑟琳当时听了张教授的话，表面上面色不改，维持优雅端庄，心里简直是感恩涕零，谢天谢地……太好了，松了一大口气。不过，事后还是悄悄地和伊丽莎白爸爸统一了看法，先放下他们夫妻之间出现的问题，女儿的事优先，顺其自然，观察一段时间，实在不行，再换个环境试试。

"只要女儿好好的，只要她开开心心。"伊丽莎白爸爸如是说。

"是……"凯瑟琳口头敷衍，但是，什么是开开心心？什么都不是，开心什么？哪来的开心？她心里一下就生出对老公的鄙夷，当然，眼下必须帮助栗子过了这个阶段，其他的事情以后再说。

过完春节，凯瑟琳在上海带女儿四处逛逛，美术馆看画展，外滩热门的餐厅吃饭，逛街买衣服等等。凯瑟琳就像什么事都没有发生一样，带女儿出门，然后，3月份前带女儿回到了多伦多。

学校不到两个月假，伊丽莎白的功课也没问题，学校告诉了凯瑟琳一些相关性问题，凯瑟琳在一系列文件上签了字，事情就暂时恢复正常了。

凯瑟琳提前在市中心的上海石库门分店订了午餐，周日到店里取回，然后重新用家里的英国餐具装盘，用银耳、枸杞、桂圆、苹果和山楂煮了糖水。

不是谁都可以来她家的，在上海也是，仅仅有限的几位。在多伦多，元俪是第一个。

11点多，凯瑟琳通过监控看到元俪的车驶上了自己家的车道，前院的大门开着。

"准时！"凯瑟琳心里给元俪一个赞赏。她通过厨房大理石台面上的监控，可以360度看到家里的各个方位。她看了一眼元俪的车，望了一眼已经摆好的餐食和一楼大厅的其他状况，感觉完美。她穿着一件驼色的圆领羊绒开衫，黑色小羊皮拖鞋，神采奕奕地去开车库旁边的小门，迎接元俪母女。

"欢迎欢迎！好找吧？"凯瑟琳热情地说。

"好找好找，谢谢了，请我们来。"元俪客气道。她买了一盆非常精美的白色蝴蝶兰，送给凯瑟琳。普通蝴蝶兰价格在16—20加元不等，这盆蝴蝶兰50多加元，花盆精美，花瓣饱满，大而鲜活，白色的花瓣犹如高级的瓷器，有密致感。

"谢谢啊，元俪，这花真漂亮！"凯瑟琳接过花盆，放在厨房岛台的正中间，白色的大理石暗纹的台面与白色的蝴蝶兰非常相称。

伊丽莎白不声不响地下来了，她穿着袖子上和裤子侧缝有金色条纹的丝绒休闲衣裤，一双白色的绒面软底鞋，肤白唇红，剪了密密的有层次的短发，刘海儿齐眉，眼睛黑亮有神，静静地站在凯瑟琳的身后。

贝拉说："阿姨好，姐姐好。"

元俪今天给贝拉穿了墨绿色的背心裙，里面配了件白色的长袖Polo。比较正式，但很舒适。

伊丽莎白嘴角上扬了一下，算是打招呼。

仅仅是女儿主动下楼打招呼，凯瑟琳就已经觉得今天这事做得太对了。

第四十三章　家宴

/ 伊丽莎白和贝拉

/ 东方剑桥

贝拉跟着伊丽莎白来到地下室。

"你，这是校服吗？"伊丽莎白先开了口，和一个小朋友说英语，她感觉好多了。

在加拿大，小朋友无论在家里说哪种语言，在校内或是校外，自然而然开口就是英语，反倒是大人们之间，如果互相知道来自同一个国家，比如中国人之间，说中文当然舒服。

"呵呵……"贝拉开口笑了，一副小姑娘大大咧咧的样子。"你不是第一个这么说的，我去合唱团，也有人这么问。不是，是我妈妈在上海给我买的，我们学校不穿校服。"

"噢，是，我们的校服就是墨绿色的，和这个很像。"伊丽莎白点点头，说。

"姐姐你想看看我的画吗？"这是元俪教的，说如果和姐姐没话说，就聊聊画画的事。她从双肩包里取出平板电脑。

"你喜欢画画吗？好，我看看……"

伊丽莎白和贝拉在地下负一层的活动室里，就这么聊开了。

…………

午饭的气氛不算尴尬，算是和睦，伊丽莎白虽然没说话，但有礼貌，知道该做什么。凯瑟琳和元俪故意有的没的聊着，活跃一下气氛。

开始凯瑟琳还很担心的，担心出什么差错，伊丽莎白就又回到之前的状态，连人都不想见了。

凯瑟琳基本把上海石库门的主要特色菜都点了，桂花糯米藕、五香本帮熏鱼、四喜烤麸、龙井虾仁、招牌红烧肉、清炒豆苗、腌笃鲜……

"来来来，在多伦多，也能吃到上海的本帮菜，多好啊！"凯瑟琳说，"不要客气，贝拉，喜欢就多吃点儿。"

凯瑟琳给贝拉和女儿准备了橙汁，自己和元俪喝气泡水。

"丰盛啊，谢谢！"元俪客气道，上海石库门，是她和贝拉的食堂二。

伊丽莎白用勺子装了浅浅一勺虾仁，放到贝拉的盘子里。

"谢谢姐姐！"贝拉真诚又响亮地说了一句。

凯瑟琳心里真是高兴，女儿知道要照顾小贝拉，真是好事啊！也说明自己女儿家教还是很不错，今天的这个安排是正确的。

元俪也笑盈盈地看向伊丽莎白，表示谢意。

凯瑟琳给贝拉盘子里夹了一个生煎包，也给女儿夹了一个。几乎同时，两个人都把生煎包吃了，但都没说话。

"贝拉，好吃吗？"凯瑟琳问。

"嗯，好吃！"贝拉点点头。

"元俪，你们上海家在哪里？"凯瑟琳问。

"静安寺，东方剑桥。"元俪说。

"太巧了，我有过东方剑桥的房子，卖了，一直没住过。"

东方剑桥是香港前特首董建华家族的企业在上海开发的高档住宅小区，属于比较早的高档商品房，毗邻上海最好的地段静安寺，那里有久光百货。2000年，元俪当时买的是新房，花了100万元人民币，当时上海的房价不便宜但还不算离谱儿，父母支持了一部分。谁也没想到，后来的二十年上海的房价简直了！

"我们有缘分。"凯瑟琳端起气泡水，和元俪碰了一下，说："喝一口。"

"我在东方剑桥买了一套两居室，当时刚建好，一手的，小了点儿，后来700多万元卖掉的，真是好地段好房子，也是卖早了。"凯瑟琳有了兴致。

"嗯。"元俪知道现在的价格远不止于此。

聊完上海的房产，她们又聊起了上海的变化，以及上海新发生的事……

元俪说："现在我们回到上海后，觉得上海真是方便，而且只要有一段时间不回上海，就会有一种要落伍的感觉。多伦多，基本上一年年没有太大的变化。"

她到看两个小朋友已经不吃了，坐在桌前，元俪征求凯瑟琳意见："我们有话题聊，让小朋友去玩吧。"

"对，如果你们吃好了，栗子带妹妹去地下室，活动室有好玩的。"凯瑟琳说。

伊丽莎白和贝拉起身离开餐桌，贝拉跟着伊丽莎白，绕过客厅，下楼梯去地下室了。

"不错啊。"元俪看小朋友下去后，说。

"是啊，元俪，谢谢！你们一来，我和女儿的僵局打破了……我和栗子聊不起来，问什么就嗯一下，有时连嗯也没有。"

元俪想，这么大的房子，一人待在一边，确实没事的话可以不用沟通。

上次一起喝早茶见到伊丽莎白，还是很明白她的那种沉静，遗世独立的性格。相当程度上，元俪觉得自己曾经也是那样的人，心里有一定的共鸣。元俪少女时代基本就是一种不与人为伍的性格，这种处事的态度直到参加了工作才有所改善，真正改变是自己开了公司以后，不说话不行，不和人打交道不行，渐渐变成了现在这个样子，而这种改变使她获益良多，人不再端着，放松了。所以，她相信，过了这个阶段伊丽莎白会好起来。当然，自己的个性问题和伊丽莎白不是一回事，但元俪多少能理解，希望对孩子能有帮助。

她来之前就和贝拉说了："这个姐姐不太爱说话，你可以多和姐姐说说话，有什么事也可以问问姐姐，实在没话说，让姐姐看你的猫武士连环画，让姐姐也知道小朋友在干什么。"

凯瑟琳收拾了桌子，把甜品端上桌，对元俪说："元俪你在这坐坐，我把甜品给他们送下去。"

元俪想接过她手里的托盘去送，但凯瑟琳不让："我去看看她们怎么样了……你坐，先吃，看看外面的风景。"

凯瑟琳悄悄下楼，到了地下室，看到贝拉正一口英语在向女儿叽里呱啦地说着什么，伊丽莎白脸上有笑容，表情是放松的，估计是听小妹妹聊，没压力吧。

"来来来，两个小公主，吃点儿甜品。游泳去吗？不想游，下次也行，看你们的兴致。"凯瑟琳语气特别和蔼，面带微笑。

说完，她看到伊丽莎白一下就没有了刚才的放松，脸上的笑容也不见了，恢复了常态。

凯瑟琳假装没看见，上楼了。

第四十四章　敏越的新创业

/ 家庭厨房

/ 西安美食群

　　严敏卓相安无事的日子已经有一段时间了，姐姐敏越的身体已经痊愈了，除了定期去医院检查。老大杰瑞和小的吉莉安也是按部就班，该上学的上学，该打球的打球。她和老公也是，至少有一个人可以接送孩子上学、放学。所以，这段时间和楼上的元俪没有多少联系。她和元俪之间就是这样的邻里关系，没事的时候悄然无声，谁发了什么到微信朋友圈，不用顺手点赞，但若有事情寻求帮助，另一方也是在所不辞。

　　中午，敏卓接到妈妈的电话，说关于姐姐敏越的事。

　　"你姐昨天正式决定，要做家庭厨房了！前面在微信群里做代购，从保健品到护肤品、服装、鞋、包，说是卖给北京会所的客人，这不到一个月，说没啥意思，让你姐夫去店里把剩下的货给退了……你说你姐姐，这病刚好，怎么就这么闲不住呢，她这折腾的个性随了谁呢？"妈妈也只有向敏卓抱怨。

　　"像舅舅呗……"敏卓说，舅舅就是不间断地换各种行业，现在也不知道在干什么，每次听到他的消息，就是又有新动作了。"舅舅现在在干吗？"

　　"谁知道他在捣鼓什么，成天没个准儿的……"老妈电话里说，心里也同意，可不就是像舅舅，这一家就这两个特别能折腾的人。自己的弟弟真是没让她少操心，一辈子不安生，一会儿做生意，一会儿开工厂的，赚到的那点儿钱还不够赔的。

　　"姐就是个闲不住的人，而且只有做事情，才能找到存在感，你看看家里面，有什么她能插上手的？没有。"敏卓理解姐姐，长时间不和儿子、女儿在一起，能和他们说的话就是不能这样、不能那样，或者你要这样、你要那样。孩子哪能听呢，躲着她，避免冲突。自从生了病，像以前那样长时间回国也不可能了，在加拿大医疗是免费的，这次癌症住院、开刀、化疗，没花一分钱。回国的话，不光是看病花钱的问题，去医院身边连个陪同的家人都没有。爸妈、老公、儿女，家人都在多伦多，所以现状下，只有待在这里了。

"妈，你就随她吧，不找点儿事做她难受，对身体也不好，就当转移一下注意力吧。"敏卓劝妈妈，"再说，家庭厨房做得好不好，没什么风险，大不了自己吃呗，代购还有一些后续的不确定因素。"敏卓明白，以姐姐这样的年纪，在加拿大，要想工作，是没有什么选择的，年龄大了，想融入本地社会不容易，不仅仅是语言问题，还有专业问题，最好的出路就是自己干。况且，一大家子人要生活，虽然之前是赚了钱，有积蓄，也买了好几套房子，但是全家人都不干事情吃老本，不正常，对孩子的影响也不好。

"是是是，就这个，我也能帮个忙。说是打算建个微信群，卖我们西安人的肉夹馍、酿皮，还有饺子、烙饼这些面食……"老妈说。

"嗯，你就支持她吧，不过别累着。"

"嗯，说的是。"老妈聊了后也认同了。

知道姐姐要做家庭厨房，敏卓心里反倒感觉松了一口气，因为敏越如果一直没事干，就是个不正常的状态，现在，如果干得好，或者她以后再干别的，或许会安定下来。而且，有妈妈帮着，东西的口味也不会差，能行。

敏卓和妈妈讲完电话，时间也差不多了，午休半小时，她得回到电脑前。在家办公，公司那边也是有监控的，知道她是不是在工作。

很快，敏越就发语音来了。"敏卓，我做家庭厨房了，刚从Costco采购出来，在回家的路上。一会儿我加你入群，你把你们北约克的朋友都拉进来，如果有认识的留学生就更好了，他们是我的主要客户群。"

敏卓看了一下手机微信："敏越邀你加入群聊【家乡的味道——西安美食群】。

@所有人 西安美食群新开张,每周三和周六限量预定,所有食材都采购自Costco和大统华,保证吃的健康、安心! 预定满40元,20公里内免费配送,支持上门自取,地址请私信群主,谢谢!

下周三预订的美食品种有:

1.西安肉夹馍 3.5元/个(请注明牛肉、猪肉、羊肉)

2.香辣素菜馍 2.8元/个

3.白馍 1.5元/个

4.大肉包 2元/个

5.大烧卖 2元/个

6.香菇素菜包 2元/个

7.酿皮 7元/份

8.金钱牛腱 12元/份

9.传统肉皮冻 8元/份

10.红烧狮子头 11元/份

11.韭菜盒子(4只/8.5元)

12.速冻白菜三鲜饺子 30个/7元

13.速冻白菜肉饺 30个/9元

14.速冻韭菜三鲜饺 30个/9元

15.速冻韭菜白菜肉饺 30个/9元

⋯⋯⋯⋯⋯

需要请在下面接龙:

1.

3.

3.

⋯⋯⋯⋯⋯

"不错啊，刚开始像样啊，我先订吧。"敏卓说。

"好啊，不跟你算钱，也不给你送货，你上门自取。"敏越说，听上去热情高涨，"制造人气啊。"

"好，我一会儿下了班，晚上拉附近的朋友入群，现在不聊了，我上班呢。"敏卓说，然后放下手机，回到电脑前。

敏卓替姐姐高兴。敏越有事情忙起来，就像个正常人啦。

她把元俪拉进了群，告诉了元俪是怎么回事。

"真好啊。"元俪说，"这么久没消息，一来就是好消息啊，太好了，而且我也需要呢，不用买超市的饺子吃了，直接订……我也转发给朋友吧，拉她们进群，有需要就订。"元俪随即把熟悉的胡玲、杰奎琳、小莫，还有见欣和远一点儿北边的宁洁，她认为有这方面需求的，拉进了群。

晚上睡觉前，敏卓再看微信，发现这个西安美食群人数已经300多了，看来吃的方面需求就是比较大。她也接龙，已经是第七位接龙者，订了两份牛腱、6个大肉包和60个饺子。

第四十五章　边走边聊

/ 走峡谷

/ 华人超市

　　天气越来越暖和，春天里，走在路上，环顾四周，绿意盎然，确实感觉心情都在变好。而且，多伦多的白天一天比一天长，现在，晚上8点多了还是大白天。元俪放学后带贝拉上了补习班回家，一路开车可以看着街景，路上的车，街上的人，跑步的、遛狗的，心里感觉美美的。每年的这个时候，元俪觉得是一年中最好的时候，天暖和了，白天时间也长了，最重要的是快回国了。

　　贝拉今天放学上画画课，3个小时。贝拉从3年级开始，在这个美术学校学画画，3年不到的时间，不仅没有感到厌烦，还越来越喜欢。老师是当年天津美院的高才生，在多伦多开办美术学校已经很多年。

　　美术老师姓韩，50多岁，在多伦多的各类补习老师中，算是比较严格的，每节课后都有作业。贝拉的几个同学都来这个学校学过，但都没能坚持下了，加拿大的孩子喜欢友善的老师。

　　贝拉喜欢这个美术学校，3年级就每次连续上两节课，一共三个小时。几年画下来，确实眼、手上的基本功比其他同年龄的孩子扎实。画画不用太早学，孩子的想象力应该要保护好，但是，三、四年级以后，画画是必须要学的技术了，因为随着孩子的长大，想法也会越来越多，如果手上的技术跟不上心里想要表达的内容，我手画不了我心，那么慢慢就会对画画失去了兴趣。其实，元俪认为即使是不喜欢画画，作为一种实用的技能，从完成学校的各种作业，甚至工作后的各种需要出发，画画也必须要学，它和数学、科学等其他科目一样重要。

元俪到附近华人超市买菜。多伦多华人超市除了大统华，还有福建人开办的大大小小的超市，规模比不上大统华，但中国人爱吃的各种蔬菜、肉类、活鱼等基本不缺，价格上还相对便宜一点儿。

离美术学校近的这家华人超市，设在北约克中餐馆聚集的一个广场上，这里有西北风的烤全羊、麻辣烫、稻香春，也有广式的粥粉面。

元俪买了上海小青菜，这个是家里基本上不断的，多年的习惯，要吃绿叶菜。还买了上海素鸡，小西瓜是贝拉点名要的。买了一条白鱼，师傅现杀，洗干净后清蒸，蒸8分钟关火，然后把李锦记蒸鱼豉油淋上去就完成了。这个蒸鱼的方法是广东朋友教的，简单好做。

前后不到40分钟，元俪买完东西，把车开到附近峡谷入口的停车场，按计划走峡谷，完成今天的运动量。

多伦多有数不清的大大小小的峡谷，即使是比较繁华的地段也会有某个入口。自然、原生态，只要天气好，峡谷里总是有人在走路、骑车，或者跑步、遛狗。

元俪带上耳机，边走边听，刚听了几分钟，想起了胡玲，今天一天，怎么没看到她的消息，还没到她回国的日子呢。于是拿掉耳机，边走边给胡玲发语音。

"胡玲，在忙吗？今天怎么没消息啊……"

"我啊，又看了一天的房。"不一会儿，胡玲回复了，"看来往南的可能性不大了，房子要么太小要么太大，不行。本来想回去之前搞定的，只有等回来再说了。"

"暑假回来再看吧。"胡玲接着说，"北边的房子大小最合适，都是比较新的房子，但是不打算去北边，所以回来以后还是锁定我们现在住的附近……"

"在我家的附近找找？我们做邻居。"小莫说。

"我和中介说了，回来再看，现在不看了。看房子太累人了。"胡玲说，"东西我还没买，这都要回国了，那么多亲戚、朋友要带礼物，明天去买，还要收拾行李，真是要忙了。"

"嗯，事情多，你小心颈椎，出体力找我们帮忙。"元俪说。

"好，先谢谢啦。"

"其实有个东西我这几年都带回去，就是水杯，体积不大，还挺轻，又不怕压坏摔坏，而且人人都用得着。"元俪建议。

"好啊，我也买几个带着，送人方便。"胡玲回应。

元俪就这样边走边聊，已经走了20分钟，转身返回，往回走。

"对了，元俪，你们贝拉是不是还有个渥太华音乐节要去啊？"胡玲问。

"是啊，今年是无论如何也不能早回了。"合唱团贝拉这个级别，7月份一开始就要去为期四天的渥太华音乐节，行程已经发下来，在音乐节上表演的曲目也已经在排练。"你下半年不打算让艾玛参加了是吗？"元俪问胡玲。

"是，换了新学校，还不知怎样，总要有个适应期，学校也有各种社团，后面看看再说。"胡玲早就考虑到了。

"嗯，是的，学校优先吧。"元俪回应说。

"其实啊，元俪，我真的很喜欢你们贝拉的那个合唱团，可惜我们是个男孩，快变声了，不能去了。"杰奎琳说。

"你拉倒吧，你完全可以办个合唱团，团长兼老师。"胡玲笑道。

"呵呵呵，去体验一下别人怎么玩的……华人合唱团多伦多还少呢，但不是那么回事。"杰奎琳说的也有道理。

"这么一说，突然想问，有没有人找你去当老师？咱华人的合唱团？"小莫说。

"那是当然啊。"杰奎琳说，"我没这个打算。"

"那倒也是，即使重操旧业，也得自己另立山头。"胡玲说，她太了解杰奎琳了，国内来的歌唱人才很多办了音乐学校，什么唱法的都有，合唱团也有儿童的、老年人的，杰奎琳不会跟着她们一起。

"我还操什么旧业啊，没那个能力……"杰奎琳笑得乐呵呵的。

"元俪你在干吗呢，说话呼哧呼哧的，走路呢？"

"是啊，贝拉上课，我抓紧时间运动一下。"元俪说。

第四十六章　大采购

/ 回国礼物

/ "事儿妈"围观

胡玲每次回国，行李都很多。一人免费两件大行李，和艾玛两个人可以免费带四个大行李箱，从来都是装到限额。

胡玲的大家庭在东北，七大姑八大姨，平时他们都照顾着自己的父母，每个人都得带点儿礼物，比如老人保健品、孩子们吃的零食，还有一些国内朋友比较喜欢的品牌。

听了元俪的推荐，今年又添加了水杯，一套3个，胡玲一买就是4套，走过去后想想不够，又返回，再加了一套放购物车里。还拍了一张购物车照片发到"事儿妈"群，说："怎么样，多不多？"

杰奎琳说："就你这买东西的魄力，仓储国货呢。"

"我这魄力不行，比代购差远了，代购用平板货车拖鱼油，还不刷卡，付现金。收银员都要崩溃了，数学不行啊，一沓子钞票数不过来，几遍数下来都不一样，呼叫主管了。"

"那倒是。"杰奎琳哈哈大笑。

这种场景，经常出现在Costco，做代购的中国人买起来，那数量是够吓人的，一次拿空整层货架。

"今年巧克力少买一些，天太热，不太受欢迎。"胡玲说，"行了，你们忙你们的，我继续。"

胡玲每年暑假回国，先到北京家，老霍在北京，休整后去哈尔滨住几个星期，然后再回到北京的家里，最后从北京飞多伦多。今年还要去上海迪士尼，票已经买了。

周二的上午，Costco人不算多，胡玲推着购物车，看得仔细，老家还有弟弟、弟媳和孩子们，他们的礼物得花点儿心思，什么东西买给谁，合适才行，和其他亲戚不一样。

给弟媳妇买了雅诗兰黛的套装，抗衰老系列的，日霜晚霜，还送了眼霜精华胶囊。给弟弟买了一只不锈钢的草绿色军用水瓶，保温，还是全不锈钢的，老弟开车出门可以放车上，泡茶续水，质量好也有档次。给俩侄子买的是耐克运动鞋，几十加元一双，和国内七八百一双的差不多。

给爸妈买了最好的蜂蜜，新西兰的，UMF 10+，这个数字越大越好。老爸的欧米伽3加Q10，对心血管好，买足了一年的量。坚果类的杏仁、腰果、开心果、杞果干、无花果干，这些都是老妈经常喜欢吃的零食。

胡玲看到有韩国产的高丽参口服液，美容养颜，还补充精力，觉得自己合适，袋装的，携带方便，拿了两箱。老霍倒是啥也不缺，可以多带一个不锈钢水瓶，和朋友钓个鱼什么的，可以喝个健康的水。

就这样一边走，一边拿，购物车已经放不下了。胡玲自己和艾玛回国吃的、用的还没买。她打算明天再去趟Yorkdale，那里品牌全。胡玲已经想到，自己可以买两件巴宝莉的T恤，回国日常穿得着，多伦多的价格还是比国内便宜多了。

胡玲来加拿大10多年了，每年回国都是这样，每次看着满满的行李箱都抱怨自己东西带太多，可是，下一年还是这样重复。在外一整年，回家哪能不带点儿礼物呢。

胡玲在熟食部转了一圈，最后什么也没买，分量大，回国之前她和小艾玛吃不了。看看时间，已经是中午，往回走。

中国人确实特别喜欢Costco，基本上是回国前来买，买了带回去；回来后又来买，把食物、零食等塞满冰箱、储物柜。

胡玲把东西一件件搬上车，在后备箱和后排座放好，送回购物车，开车回家。路上，她看到一路都有人短袖短裤地在跑步，开车经过大桥，两侧是宽阔而深远的大峡谷，真是美啊，壮丽无比。她想到自己每年都是在多伦多最好的季节回国了，有点儿感到可惜。可是，有什么办法呢，只有暑假的时间长，可以回国足足待上两个月。

买了这么多东西，胡玲要先到一楼大堂的大楼管理处，取和超市一样的购物车，装上东西，经电梯送回家。大楼的购物车小，得跑两趟才行。

"胡玲，你回来了吗？买的东西拍个照片，发群里看看，做个参考。"元俪在微信群里说，"省得我动脑筋了。"

胡玲打了几个字："刚回来，在电梯呢。"

"辛苦了，估计又是一大车。"元俪说。

"我们都等着看呢。"杰奎琳说。

胡玲乐了："这Costco有什么，还会新鲜？年年的变化有限得很，大美女，你真是凑热闹不嫌多的。"

"那是当然，看热闹哪会嫌多？"杰奎琳笑道，"谁让你第一个回国，当然要给我们参考参考……"

"我的胳膊、腿都要断了，从停车场要了推车，两趟才能拿回家。一清早到现在，连口水还没喝上。"胡玲抱怨道，"你就偷着乐吧。"

"哈哈，没事，好好歇会儿，然后慢慢发给我们看看。"杰奎琳说。玩笑也开完了，说正经的。

"知道了知道了。"胡玲说，"等着啊你们，等我收拾好了，吃点儿东西，然后慢慢发给你们看。"

胡玲早就在家里放好了两个已经打开的行李箱，她把推车上的东西卸下来，还了车，然后将东西一件一件大致分了类。带回哈尔滨的和北京要用的分开放，这样回北京后，哈尔滨的箱子就不用打开了。

从胡玲的内心说，每年这样忙，不光累，还花钱，但是胡玲心里还是很愉快的，毕竟这是回家，回家能见到那么多亲戚、朋友，在生活了半辈子的熟悉的地方，和亲人们、朋友们唠嗑、喝茶、喝咖啡，还有去喝酒，那种快乐，是多伦多没有的，也是多伦多不能给的。这种快乐，是她人生的一部分，不可或缺。

第四十七章　不同的回国姿态

/ 安娜买房了

/ 胡玲的自我管理

和胡玲不一样，杰奎琳没有那种对回国归心似箭的感觉，在北京，论朋友、熟人，她有很多，不过，没有啥非要见或不见。她内心世界丰富，自己一个人也很快乐。

杰奎琳在北京的圈子有两个，一个是和老公有关的，老公同事、同学、太太圈，这个圈子不一般，吃个饭也不是随便的事，况且她没事相求，能不见就不见，见了也要和颜以对，客套连篇。另一个圈子是自己以前的同学、同事，比较随便，关系也简单，有什么聊什么，女生们在一起，交流一下永葆青春的秘诀，或者时间合适的话，三两个一起去哪儿玩几天。

每年回国，杰奎琳都不带什么礼物。除了儿子爱吃的东西买一点儿备着。她是走到哪儿买到哪儿的人，衣服、护肤品，去年回北京期间，和朋友去了趟日本，穿了、用了就丢在北京家里了，也没带回多伦多。老妈退休日子丰富得很，整天比上班还忙，各种活动，不用她操心。老公自然是忙，也不用她照顾。儿子回了北京，去哪儿运动、学什么新玩意儿，有老公安排，司机接送，她也可以去看看，也可不去。所以，现阶段，她一切随意，不强求，也不追求什么。

想起儿子的毕业典礼，她给元俪发了语音。

"元俪，你说咱孩子们的毕业典礼重要吗，得参加？"

"嗯，我觉得应该参加。加拿大学校就这么点儿正经事，平时上学都像玩一样。而且这种仪式，也让孩子们有个概念，小学毕业了。"元俪说了自己的看法。

"这么一说，也是，我们家小子整天当自己小呢，天天就是玩。好吧，我和他说说，哈利·波特是不是换个时间去。"本来杰奎琳是想和儿子去伦敦的。

杰奎琳想起住在北边的安娜，前几天发信息来，说是在这附近看好了房子，8月份暑假回来就搬家了，和杰奎琳住在同一个社区了，到时，她儿子也上麦基小学，房子就是冲着这个学区买的。杰奎琳觉得这么年纪轻轻的安娜，挺能干的，短短时间，折腾了这么大的事。

"安娜，你房子定了？什么时候回北京？"杰奎琳电话打给安娜。

"您好！"安娜接了电话说，"我7月15日多伦多飞北京，8月15日回来。房子已经定了，还有20天交房。"

"是吗，够快的啊。"杰奎琳问了情况，也客气了一下，"见到英子代我问个好。"

"好的，得到了您很多指点，心里不知有多感激。"安娜在杰奎琳面前，姿态挺低的，不过也是实情，她和儿子像被空投一样来到多伦多，凡事有个人问问，真是太重要了。"谢谢您，那我就先挂了，再见！"安娜说她刚从LINC下课，马上去接儿子。

杰奎琳的同学英子，托杰奎琳关照一下安娜。

一面之缘，杰奎琳只觉得安娜漂亮能干，其他的了解不多，也没问。她还不知道安娜的房子，不光是和她在一个区，而且还是一栋大独立屋，花了300多万加元，一次付清全款。不过，她更不知道的是，英子和安娜的关系。总之回北京后，这件事，真是大大地让她出乎意料了。

…………

"事儿妈"群里，图片一张一张地发出来，发出"嗖嗖"的声音。胡玲把在Costco买的各种东西，一件件发上来。

"就这样，两个大箱子基本就满了。"胡玲说。

最后两张是打开的箱子，东西已经装了箱。

"天哪，真是多！"杰奎琳赞叹道。

"那个蜂蜜好吗？我看代购都推荐什么顶级白蜜。"元俪说。

"别相信那些推销，这个蜜，是分等级的。"胡玲说。

"对，Costco是大采购，它卖的东西，差不多就是同类商品中性价比最高的，质量最好，价格最低。所以，在Costco看到什么是需要的，直接拿就行，人家已经帮你选好了。"小莫说。

"小莫，你这是Costco的最佳广告啊。"胡玲说。

"事实就是啊。"小莫回答。

看着胡玲买了那么多东西，杰奎琳真的觉得什么都不想买了，她不愿意大包大箱，回个国，关谁什么事了，不用劳心劳力。

"时间不早了，该去接孩子了。"杰奎琳提醒说，快3点了。

"我已经在停车场。"胡玲说，"不然你以为呢？呵呵……"胡玲是家里收拾好了，到了停车场等艾玛放学，才发照片的。

"简直了，这自我管理，你真是时间观念太强了，算我没说。向你学习啊。"杰奎琳笑道，忘了胡玲是谁了，真是瞎操心。

元俪、小莫都没发声，估计是都出门了，开车去往学校的路上。

杰奎琳走进厨房，最近总感觉无力不想动，暑假要好好休整休整。她从厨房窗户远远看见央街上的车流，想着很快儿子就小学毕业了，换去另一所中学，走路得30分钟，以后天冷了，或是下雨下雪的，儿子上学要接送了。9月以后，如此悠闲的日子恐怕要告一段落了。

第四十八章　胡玲回国

/ 资深美剧迷
/ 元俪的失落

终于，胡玲回国了。

元俪到了社区停车场，看见胡玲天天停的停车位，寂寥地空着，有一种强烈的失落感。

这种感觉是她没想到的，后来再回想起这一瞬间的感受，她明白自己那一刻是这一页翻过去的感觉。

胡玲回国，是"事儿妈"群里的大事，她像是这个群里的主心骨，不是说其他几位对她有多依赖，而是在这个群里，胡玲就是老大的感觉。

一早，小莫就在群里说："今天回国一切顺利啊！"

元俪、杰奎琳也是，前一晚上就聊了她明天回国的事，路上啊，回国以后啊等等。

"一路平安！我们还可以上海见！"元俪说。

"是的，一路平安，回北京咱们俩可能还见得着。"杰奎琳说。

胡玲一并谢了，群里也就安静了下来。

元俪白天照常送贝拉去学校，上午收拾家里，做饭，今天做了虾饼，跟着视频学的，虾去壳去筋，剁成细粒，加盐和白胡椒粉，一个蛋清，少许生粉，搅拌至上浆，压成一个个小圆饼，两面煎成金黄就可以了。平时元俪在家做家务都会顺便看个视频或者听听音乐，今天不想听，就是静静地做事。

贝拉爸爸说，贝拉结束了合唱团的音乐节，他们全家去温哥华和班夫，从温哥华回上海，贝拉骑马的事下次假期再说，比如寒假，不然时间确实来不及。元俪觉得也是，两个人在这等着贝拉骑马两个星期实在没有必要，后面再找时间。这样，温哥华、班夫玩半个月，就可以回国了。

贝拉爸爸还有一个多星期就来了，参加女儿的小学毕业典礼。元俪和贝拉刚来多伦多的时候，贝拉爸爸往返上海和多伦多比较频繁，不仅仅是春节一定来，暑假前后也来，和她们一起回上海。五一、十一有时也会来，待几天再回去。现在没以前那么频繁了，安定了，或者已经习惯了一家人分两边这种生活模式。

今天是贝拉本学期合唱团训练的最后一次，7月2日至4日，合唱团再聚集去渥太华音乐节。往年也是这样，一学期的训练差不多在学校放假前提前两周结束。元俪把虾饼放在一个小盒子里，放学直接去合唱团，让贝拉路上吃几口。又用小袋子装了几块，一会儿出门接贝拉前，送给敏卓。敏卓姐姐的家庭厨房还挺受欢迎的，好像微信群里每次接龙，都能有十多人订购。

元俪看到胡玲回去了，心里也是希望能早一点儿回去。这也是她们新移民，和敏卓那样的年轻时来读大学，后来留下来的那一代中国的移民本质上的不同，敏卓觉得这里就是家，而元俪她们，心里认定的家还是在国内。

通常元俪午饭时间在下午2点左右，接贝拉放学前吃，这样即使贝拉上培训班晚一点儿也没关系。她做完家务，看看时间差不多了，该准备的也准备好了，沙发上休息一下，可以看两集剧。

元俪是资深美剧迷，多年来，无论是以前自己做公司，还是现在人在加拿大，她觉得看剧，尤其是美剧或英剧，基本上就是她生活的一个出口，一个暂时逃离现实的出口，剧里的人生是另一种人生，这种适当的逃离，是一种特别好的感受，至少是适合她的放松。而且，她从中获益匪浅，世界上最先进的国家，最聪明的一群人，写出了各个行业最具前瞻性的剧集，是拓展视野、丰富知识的好机会，现实中最前沿的电子科技、人工智能、医学、金融，在很多剧里早就有了预演。通过一些正能量的律政剧，不仅可以了解西方世界的五花八门，也可以帮助了解主流价值观，增长了知识。元俪也会经常找一些贝拉可以看的校园剧，收藏或者下载下来，假期陪她一起看。最近，她就发现了一个好看又有趣的校园剧《摇滚校园》(*School of Rock*)，对孩子没有不良影响，放着暑假备用。

元俪浏览了一下最新美剧，HBO的《切尔诺贝利》(*Chernobyl*)，豆瓣评分9.5，剧中对当年的灾难进行了还原和思考，看图片就很难过，元俪翻了过去。《血疫》(*plague*)，新上线的美剧，女主是《好老婆》(*Good Wife*)的主角，看了开头，关于埃博拉病毒，也放弃了。

《大小谎言》第二季(*big Little Lies*)，元俪正在追。之前这剧的第一季，元俪推荐给不少朋友，多伦多的，还有国内的。中年(青年)妈妈，孩子，家庭成员，朋友……虽然国情各不相同，但女人面临的问题几乎是一样的，第一季很精彩，元俪特地还找了小说原著来看，感觉是故事已完，但是时隔一年，今年又有了第二季。元俪看到没有更新，继续用电视遥控器翻页。

手机屏幕亮了。

"各位亲爱的，已经登机，马上起飞了，大家再见啊。"胡玲在"事儿妈"群里发了一条微信。

元俪拿起手机："一路平安！再见。"

"回去联系，一路平安！"杰奎琳。

"一路平安一切顺利，回国多吃多喝啊。"小莫说。

胡玲没有回复，估计已经关机。

在这个时刻，元俪、杰奎琳、小莫，包括胡玲，这几位联系紧密的妈妈，或多或少都觉得这个学年结束了，下一年，四个妈妈将面临新的学校和新的环境，有多少变化不知道，但一定不是现在这个样子。

所以，当元俪下午在社区停车场停好车，看到胡玲常停的停车位空着时，她心里深深地感到有点儿难过，来多伦多后还没有过这种感觉。人生这一页翻过去了，孩子大了，小学毕业了，大家都去了不同的新学校。她不会再每天去那个停车场，胡玲、杰奎琳、小莫，也不会再在这里相遇了。

第四十九章　小学毕业典礼

/ 朋友相聚

/ 告别

麦基小学5年级毕业班的毕业典礼终于开始了。

为了这天正式一点儿，元俪特地陪贝拉爸爸买了一件白色的衬衫和领带，自己穿了黑色的及膝裙配丝质的蓬蓬袖短外套。贝拉穿的是暗红格子连衣裙。

在加拿大，毕业典礼是大日子，要穿正式的礼服。有个小趣闻说，加拿大所有的商品都是可以退货的，贵的如奢侈品牌的珠宝首饰，便宜的如Costco超市吃剩了半袋的米，但是，礼服裙是不退的，都知道这只穿一次，如果能退，那么大概率99%会退货。

宁洁、见欣也结伴而来，参加贝拉的毕业典礼。

典礼设在学校的运动馆内，舞台是原来就有的，拉了横幅，现场重新摆了一排排椅子，一百多名毕业生和家长及亲友，坐满了。元俪一行人来到会场不算早，已经坐到了后排，她环顾四周，没看见杰奎琳。

校长先讲话，然后老师代表、学生代表讲话。学生代表是一个来自韩国的男同学，元俪感觉看上去面熟，好像是和他们住在同一幢公寓楼里的。

学生按班级，轮流上台领取毕业证书。叫到名字的上台，副校长把卷起来的系着红色缎带的毕业证交到班主任手上，再由班主任交到走上台的毕业学生手上，老师和学生握手，亮相拍照，然后学生和校长握手，校长和学生说了几句什么，亮相拍照。这样的场景，元俪不知在美剧中看到过多少次，此刻正在亲历。

听到叫贝拉的名字了，元俪看到贝拉从前排的学生区域站出来，走到前面的同学后面等着上台。贝拉爸爸走出座位，移到一侧的走道上，站着拍照。

贝拉上台了。说实话，元俪觉得贝拉气质还是胜过了大多数同学，步子稳当整齐，后背很直，非常大方。

贝拉和校长握手，和老师握手，然后转过身面向台下。

元俪、宁洁和见欣都笑着鼓掌，"不错啊，贝拉！"见欣说。

"是，我也觉得不错！"贝拉关键时候就是表现好于平时，元俪环顾左右说，"小学毕业了，向前推进了一大步。"

"可不是，下次中学毕业，就有舞会了。"宁洁说，"安吉拉当年的礼服裙可以借给贝拉。"

"好啊，先谢谢啦！"

典礼结束，学校在现场靠墙放置了一些台子，准备了点心和饮料，贝拉和同学们一起，端着盘子，吃点心，嘻嘻哈哈。宁洁给元俪一家拍了合影，贝拉一转眼就又和几个女同学热闹着跑开了。

"元俪，这几年不容易啊。"宁洁对贝拉爸爸说，"贝拉带得非常好！"

"是，一个人带着贝拉在这里，确实很辛苦。"贝拉爸爸说。

"谢谢啊，得到你们的肯定。"元俪笑道。

"可以想象。仅是每个星期，那么多培训班，我就做不到，光是听你说就头晕。"宁洁说。

"可不是，我们孩子那时没有这样，好像只顾着自己工作，孩子就长大了。"见欣说。

"是的。"宁洁说，"我们也是。不过现在的小孩竞争激烈，不是我们孩子小的时候了，情况不一样，所以元俪更辛苦。"

"我继续努力，再努力几年……"元俪说，"还有三年初中，四年高中，等贝拉上了大学就轻松了。"

"不用到那个时候，基本上高中了，你就好多了，她可以自我管理了。到时候我们一起去世界各地转转，享受享受人生。"

"好啊，说定了，从现在开始，就盼着了……"元俪说。

元俪、贝拉爸爸，还有宁洁和见欣，来到学校的操场上。多伦多的6月，天气实在是好，天空碧蓝碧蓝，明媚舒适。

"天气真好啊，你们几号回？"见欣问元俪。

"7月21日，贝拉有四天活动，我们先去温哥华和班夫玩一趟，然后回国。"元俪说。

"对，这个路还很顺，温哥华到上海9个小时，比多伦多回上海少了5个小时。"见欣说。

"是的，也是想看看温哥华究竟怎么样。我们当时来加拿大，是一步就到了多伦多，也没选择一下落地的城市。这次去看看温哥华，都说温哥华好，但是有不少人又从温哥华搬来多伦多……"元俪说。

"多伦多是个大城市，从温哥华搬来多伦多的，主要是孩子来多伦多上大学，多伦多大学世界排名还是不错的。多伦多大学的就业也好于温哥华的不列颠哥伦比亚大学。"宁洁说。

"其实温哥华的不列颠哥伦比亚大学也不错，世界排名前五十左右，关键是学校在风景优美的海边，再加上温哥华那么好的气候，也是不错的选择。"见欣说，"到了温哥华，去不列颠哥伦比亚大学看看。"

"好的，一定去。"元俪已经有点儿向往了。

"担心你去了温哥华不回来了，要留在那里。"宁洁笑道。

"有这个可能。"元俪说，"到那时，你们冬天就住到我那里吧。"元俪说。几位一起借助想象，愉快了一下。

"妈妈！"贝拉冷不防冲出来，一下抱住元俪。

"又这样，妈妈要站不稳了。好啦好啦，马上就中学生了……"元俪向后退了一下，"去抱你爸爸吧。"

几个人都笑了。

"还是和妈妈亲，爸爸来得太少了。"宁洁说。她老公和贝拉爸爸是大学同学，也是很少来多伦多，大部分时间在上海。

"是的，没办法。"贝拉爸爸说，"贝拉，谢谢阿姨们来参加你的毕业典礼。"

"谢谢阿姨！"贝拉对宁洁说，又转过脸对见欣说，"谢谢见欣阿姨！"

"嗨，元俪，贝拉，还是见到了。"杰奎琳和儿子威廉姆路过，"刚才会场人多，没看见你。"杰奎琳停下，笑着和几位点头打招呼。

"是啊，刚才没见到你。来吧，给我们拍个合影。"元俪递上手机。

"好啊！"杰奎琳接过手机，"大家看我，一、二、三茄子……"杰奎琳那悦耳且略带夸张的腔调，大家没法儿不笑。

杰奎琳挥挥手，告别大家，威廉姆已经拐弯儿不见影了。杰奎琳的背影曲线看上去更妖娆了。

杰奎琳回眸莞尔："拜拜了！"

第五十章　兄妹俩

/ 机灵的吉莉安

/ 井然有序的杰瑞

傍晚，敏卓从敏越家回来，让哥哥杰瑞拿了三个肉夹馍和一袋饺子，送到楼上元俪家。贝拉爸爸来了，让贝拉爸爸也尝尝西安美食，今天家庭厨房新做的。

敏卓刚微信告诉元俪，就看到儿子已经回来了。

"够快啊。送去了？"

"嗯。"杰瑞应了一声，"看到贝拉爸爸了"，就回房间了。

吉莉安正坐在客厅的大饭桌前，吃着一个肉包子。两条小腿在桌下前后晃着。

"吉莉安，不要晃腿。"

"好的。"吉莉安停住了，又说，"我是吃得高兴呢，妈妈。"

"吃得高兴，是摇头晃脑，没说是晃腿。"敏卓见缝插针，抓住机会就教一点儿中文。吉莉安已经把走近路，说成走短路。

"小姨做的包子好不好吃？"敏卓问小女儿。

"好吃，这就是外婆做的，不是小姨做的。外婆做的包子就是这个一模一样的味道。"吉莉安说，圆圆的脸上是满足和认真表情。

吉莉安还真是大实话，敏卓觉得好笑，小孩子的嘴巴诚实得很呢。

"妈妈，小姨现在挣钱吗？"

冷不防，吉莉安问了这么一句，敏卓想了一下说："嗯，应该是挣钱的吧，小姨能干，有人订餐，就会有收入。不会很多，但是还是挣钱的。"

"哦。"吉莉安继续吃,小脑袋里不知又想着什么。

"快吃吧,吃完去练琴。"

"老师说,吃饭要慢,对身体好,还不容易胖。"吉莉安也不看妈妈,果然是把吃的速度放慢了下来。

敏卓真是差点儿笑出来:"你这个聪明的小脑袋,放在学习上多好啊。"

"妈妈,我脑袋不小。"吉莉安很认真看着妈妈,"妈妈,我脑袋哪里小了?"

真是没法儿说了,就这个中文的理解程度,以后和吉莉安没有中文的玩笑可开,没乐趣了。

吉莉安已经快吃完包子了,手上还有一小块包子皮,往常早就放进嘴巴里了,今天为了不练琴,她就一直捏在手里。

"妈妈,你知道吗,我们班来了一个新同学,是中国来的,老师没让我做翻译。"吉莉安说,"是泰格尔(Tiger),老师让 Tiger 做翻译帮助她。Tiger 不是中国人。"

"Tiger 妈妈是中国人。说明 Tiger 的中文不错啊。所以,你是不是应该好好学习啊?吃完了去练琴吧,不然,下次老师需要谁做个伴奏,也找 Tiger 了。"

"妈妈……"吉莉安声音提高了,"妈妈,Tiger 没学钢琴。"

"去练琴吧,妈妈一会儿就来。"厨房和饭厅连在一起,开放空间,敏卓在厨房里准备晚饭。

今天晚饭好弄,简单几种菜,白菜、豆腐、粉丝,还有韩国超市买的鱼丸子,一锅煮,加上妈妈给的酱牛肉。

"妈妈,你说我脑袋小,是不是练起琴来就会困呢,我一练琴就想睡觉,还有,一看书就困了。"吉莉安站起来,很无辜地看着妈妈说。她比桌子也没高出多少,吉莉安个子不知怎么就是不长。

"你少来了。你困是吃多了……"敏卓又好笑,又得摆出一本正经,"脑袋里东西多装一点儿,就不会困了。快去吧。"这小不点儿的逻辑把自己都绕进去了。

老大杰瑞是块读书的材料，即使不监督他，他自己就可以学得很好，是个对自己有要求的孩子，9月份就11年级了，再眼看着，就要申请大学了。

敏卓和老公商量过老大上大学的事，基本想法还是在加拿大读，申请美国学校，如果没有奖学金，实在是一笔不少的费用，好的大学一年至少要7万美元，普通的美国大学就不如在加拿大了。加拿大的好大学好专业，毕业后收入也会不错，学费也便宜。毕业后也有机会去美国工作。大学的事还没和儿子谈过，儿子也知道，这11年级的成绩特别重要，好大学会看两年的高中成绩。所以，下一年很关键。

"杰瑞，你在干吗？"敏卓冲房间喊。

"在看书。有事吗？"杰瑞来到厨房。

"我想问问你暑假是怎么安排的？"敏卓说。一米八多的儿子站在面前，像一堵墙。

"暑假？我安排好了，原来给小朋友办的Python（一种计算机编程语言）小组继续，我们已经招生结束。还有就是我夏校再修两门课，早点儿拿到学分，再有，就是打球了……有事吗？"

"没事，就是问问，9月就是11年级了，不能耽误，要考虑大学的申请方向了。"

"嗯，放心吧，我知道。Python小组就是为了申请大学做的，当然也是做公益啦，我们运作得很好，我们还有一些经济效益，也捐给多伦多病童医院了。"

"那就好，妈妈就是提醒一下，有什么需要爸爸帮忙的，直接和爸爸说，看来你这是要子承父业了。"

"当然，不学计算机，学什么？我得天独厚啊。"杰瑞笑起来。

敏卓也笑了，推推儿子，把厨房路给堵了。"你去把垃圾倒了吧。"她对杰瑞说。

敏卓家里的房间格局和楼上元俪家是完全一样的，三间大房间朝南，客厅和两间卧室。主卧室带衣帽间和卫生间的，是他们夫妻住，紧挨着的另一间卧室是吉莉安住，哥哥住那间没有窗户的10平方米的小房间。这么安排也是有道理的，吉莉安是女孩子，挨着爸爸妈妈近好一点儿，而且她的房间还有一架钢琴，也占地方。哥哥住小房间也没意见，觉得挺好的。一张单人床，一个大写字桌靠着书柜，还有一个壁橱，放着他的私人用品。杰瑞的房间靠近大门，离两个卧室远一点儿，关起门就是他的天地，谁也不会打扰到他。

第五十一章　加拿大国庆日

/ 贝拉带着爸爸逛市政厅
/ 图书馆

7月1日是加拿大国庆日，贝拉第二天要随合唱团去渥太华参加音乐节，国庆节上午，全家人去市中心，打算去市政厅前广场，看看表演，然后在外面吃个饭。

广场上，很多人携家带口，一张大垫子铺在地上，席地而坐，头上戴的、手上拿的都是现场免费发放的国庆宣传物，枫叶图案的帽子、口哨、T恤、纸笔，或者是小国旗，这些免费的宣传品是免费派发的，还有免费的饮料、冰激凌。各类团体的演出什么样的都有，有唱有跳。更多的人是在广场上坐着，享受节日的气氛。

多伦多市政厅从外观看由两个错落的相对弧形的高楼与中间扁球形的会议厅构成，寓意含珠之蚌，如果从高空俯瞰，犹如一只睁开的大眼睛，这个建筑由芬兰建筑师设计，于1965年建成，是多伦多第四代市政厅。

市政厅广场外侧，有"Toronto"的大型字样竖立，也是多伦多的著名地标之一，当灯光亮起，这个"Toronto"会根据时间、事件，甚至季节，变换不同的颜色。

广场和市政厅周边人潮涌动。

"这里的人群密集度，赶上外滩了。"贝拉爸爸说，他是第一次体验加拿大的国庆节。

"爸爸，我们可以进去看看。"贝拉说，"我们学校去参观过。"

"可以进吗？"贝拉爸爸问。

"当然。"元俪微微一笑，不光是市政厅可以进去，工作日市长的办公室，也可以进去可以和秘书交谈，市长名片随便拿。市长就在其中一个房间办公，可以预约。

"走，去看看！"贝拉爸爸牵住女儿的手，三人穿过人群，往市政厅大楼走去。

和外面的喧嚣相比，进入市政厅大门，一片安静。迎面是圆形的会议厅，白色的墙和白色的圆顶，向下步入会场的楼梯和大厅地面，是蓝色的地毯。白色和蓝色，简单醒目。元俪说："今天没有开会，大多数的会议，市民可以旁听。很多会议也就是讨论市民提案。"

"爸爸，那边是图书馆。"一楼大厅右手，走进去设计一个公共图书馆，依然有人在里面看书、上网、读报。

"今天假日，怎么开门呢？"贝拉爸爸问。

"这种公共的地方，图书馆、博物馆，只有圣诞节当天关门休息，其他时间都是开放的。"元俪说，"这个图书馆比较小，我们家对面的北约克图书馆，可比这里大多了。"元俪说。

"妈妈，我想借本书。"

"去挑吧。"贝拉自己挑书去了，元俪看了老公一眼，知道他的疑问，"没事，在多伦多市，任意一家图书馆借的书，都可以在就近的图书馆还。贝拉借了，我们到家附近的图书馆去还就可以了。"

贝拉爸爸点点头："方便。"

多伦多市民凭ID可以办借书卡，图书馆遍布城市的各个社区，免费借阅。书刊可以借三周，CD等音像制品借阅时间为一周。借的书没看完可以在网上续借，如果是热门书，后面有人预订，就不能续借了。元俪觉得最方便的是在网上把书挑好了，三五本或更多，确认借阅，工作人员会将书备齐了放在图书馆指定的预订区，外包装上有借阅人姓名首字母加借书卡尾号的纸条，自己去取。当然，如果预订了不去取，又不取消，图书馆会收取一两加元的罚金，儿童卡不收罚金。

贝拉借了一本2020年的国家地理年鉴（*Almanac*），一本儿童看的国家地理杂志，每年都有。"妈妈，这是最新的，我带去渥太华看吧。"

"2020年都出来了？这本我们家确实没有。"每年元俪都会给贝拉买，"好吧，记得别丢了。我们回国前记得还掉。"

贝拉爸爸把书放进自己的双肩包，替贝拉背着。"喝不喝水？"贝拉爸爸还背着三个人的水杯。有贝拉爸爸在，元俪减负了。平时，她和贝拉出门，都是她背着这些。

"我要喝。"贝拉说。

三个人在图书馆外面的座椅上，小坐了一会儿。贝拉喝水，贝拉爸爸看看墙上展示的一些历史照片，都是关于多伦多城市演变的内容。

元俪一家人上了二楼，顺着弧形走道绕了一圈，基本没看到人，贝拉爸爸看到了多伦多市长的办公室，门口墙上有铭牌，说明是多伦多市长的办公室。透过玻璃门，可以看到外间有个秘书接待的前台，里面有两扇门，其中一间是市长用的。

"爸爸，我们走吧。"贝拉说，"去伊顿中心吧，那里通往红龙虾。"元俪计划全家在红龙虾吃午饭。

"红龙虾上海也有。"贝拉爸爸说。

"是吗？回上海也要去！"贝拉说。

市政厅外广场上人比之前更多了，晚上更热闹。

伊顿中心，距市政厅只一街之隔，元俪一家走在人头攒动的多伦多街头，充分体验了加拿大国庆节的热闹气氛。

商场里人不多，庆祝国庆的人都在外面热闹呢。贝拉给爸爸带路，她穿着T恤和中裤、运动鞋，长发让元俪扎成了马尾，三步一跑，两步一跳。伊顿中心内的书店，还有妈妈喜欢逛的是哪几家店，贝拉如数家珍，告诉爸爸分别在那里。

"贝拉，领着你爸爸，别走丢了。"元俪笑道。

第五十二章　医院陪护

/ 父爱

/ 倒时差中的胡玲

胡玲回到北京，几乎没逗留，第二天便和老霍带着艾玛启程回了哈尔滨。事先想好的检查身体，先放一放，老爸心梗住院了。

她白天睡觉，晚上11点，来接弟弟的班，就当是倒时差了。

医院条件比过去好，现在全是新盖的大楼，住院区大楼都是二十多层，病房、护士站、医生办公室俱全，硬件设施都不错，只是，胡玲觉得人还是那样，没变。

老爸几乎在睡着，装了两个心脏支架，胡玲心里别提有多不舒服，但不能说。因为老爸有心梗问题，平时她关注这类文章，支架的利与弊，知道装了支架之后会有副作用的。但是，在这种时候，医生建议装，她只能和老妈和弟弟一样，听医生的。

"玲子，闺女……"老爸在叫她。

"您醒了，爸，感觉好点儿吗？喝口水？"

老爸点点头，"扶我坐起来，说说话……我可以"。

胡玲把床头摇起来，多放了一个枕头在老爸身后。

"好点儿吗？"

"好，没事。白天医生说，情况不错，后天就可以出院了。"

"好的，没事。以后要多注意了。"胡玲说。胡玲端了水杯递给老爸。

"你不困哪？让你辛苦了。"老爸面带歉意。

"辛苦啥呀，我在家也睡不着，再说了，一年才孝敬您一回……"胡玲突然鼻子有点儿酸。以前那么生龙活虎的老爸，现在这么老了，真是不能接受。心里面总想着老爸是以前的样子，骑着自行车带着小凯特去肯德基买炸鸡。

"爸，这次以后您可得多注意了。"

"好好好，不担心了啊，我会多注意的。"老爸面露歉意，慈祥地拍拍胡玲的手，"两个姐都还好吧？"

"嗯，行，她们俩都挺好。艾玛在家呢。"

"玲子，听爸爸一句话，对孩子的要求不要太高了，自己也别累着，你也岁数不小了，放轻松，开开心心过日子……"

"爸，我知道，您放心，我现在没以前那么较劲了，明白。"胡玲因为自己的颈椎出事，再加上老爸的突然发病，心里也确实是这么想的。

"嗯。"老爸想去端水杯，胡玲赶紧从床头柜上端起递上，"一次少喝一点儿，多喝几次。"

"玲子，我攒了点儿钱，给两个姐的。"老爸做了一个制止的手势，不让胡玲说。"听我说完，我给孙子也留了一份，孙子孙女，一视同仁，一个孩子一份。这是我和你妈的心意，钱在你妈妈那里……"

胡玲眼泪滚出眼眶，"爸，您留那些做啥呢，自己用不好吗，真是的，您和妈，把钱都花掉，存那些做啥？"

"我们没啥地方要花钱，够用，花不了。"老爸说，"我和你妈，该有的都有，啥都不缺……"

"爸，您和妈，好好的，比什么都好。啥也别考虑，健健康康就好。"

"知道知道，放心吧，闺女。加拿大那么远，那么冷，再过些年，等孩子们都大了，回来吧……"

"嗯，我也是这么想的……"

"行，你放我下来，我们说说话，困了我就睡了。"

胡玲把老爸的床放平，还是在颈后多垫了一个枕头，"合适不？"

"行。"老爸回答。

老爸握住胡玲的手，聊聊儿子、孙子、老伴儿慢慢地睡了。胡玲关了灯，坐在陪护专用的有靠背的折叠椅上，让自己的情绪平静下来。病房外是灯光晦暗，偶尔听到传来的咳嗽声。

这会儿，是多伦多下午。

胡玲想起暑假后回多伦多，还有一大堆事要做，艾玛私校入学，买房子，再把公寓卖掉。

"简妮，在吗？"

"在呢，姐！"

"我在国内呢，8月月底回来。你帮我盯着我现在住的小区附近，有没有新一点儿的房子出来，有了赶紧联系我。另外，我现在住的房子，帮我估个价。"

"好的，姐。现在公寓不留着吗，你那套，好学区，好租。"

"卖了吧，不留了。"胡玲在市中心还有一套投资公寓，当初以为凯特至少会读多伦多大学，在多伦多大学边上买了一套公寓，谁知她去了滑铁卢大学，现正出租着，虽然留学生多，那套公寓也不愁租，但其实意思不大，操心，也不挣钱。

"好的，我弄完发信息给你。"

"谢谢……这房子现在还不能让人看，得在我买了新房子后，搬空了，再卖。"

"好的，姐，我知道了。"简妮说，"姐，谢谢啊！"

在多伦多，房产经纪正常的卖房，成交价的5%是房产经纪人的收入，所以，能有委托出售的房源，对经纪人来说就是有钱赚，即使是别的经纪人带客户买了，也可收获一半代理费。这几年，房价越来越高，成交价动辄几百万加元，经纪费也相应调低。也有经纪人会返点儿给卖家。

看看时间，才三点，胡玲全无睡意。老霍估计也早就睡了。

刷了一会儿朋友圈和关注的公众号，完了在"事儿妈"群里@了杰奎琳，

"大美女，啥时回？"

"你在啊，这个点。"杰奎琳倒是秒回，"明天，3号。"

"快啊，什么时候买的票？"胡玲说。

"正好，巧了，出了两张票，票务问我要不要，我就买了，及时。"两张头等舱的机票，这个时候可不便宜。

杰奎琳放松的腔调："我也不买什么了，没时间，昨天和威廉姆去了趟楼下的Loblaws，买了他平时吃的零食，箱子也是空的，没什么可收拾的。明天就出发了。"

杰奎琳自己有大事情回北京决定，她谁都没说。说实话，她自己也有点儿懵懵懂懂，不知道后面怎么办。

第五十三章　元俪一家出发

/ 贝拉送爸妈的第一份礼物
/ 音乐节和小朋友

加拿大作为世界上陆地面积第二大国家，从多伦多到温哥华，加东飞到加西，飞行时间需要五个多小时，也是从东边的大西洋一侧，飞到西面的太平洋一侧，横跨整个加拿大。

元俪一家，在贝拉从渥太华结束音乐节回来的第二天，启程去温哥华。贝拉爸爸仔细检查了家里的窗户、水、电是否关好，窗帘全部拉严实，该拔的插头拔下来。

"其实这些都不用拔。"元俪说，"电视盒子每年都因为暑假断电太久，回来要打电话请客服才能重启。"

"拔了安全。"贝拉爸爸说。元俪也就不再坚持了。

元俪把冰箱里剩余的鸡蛋、蔬菜、水果、葱姜等全部装进塑料袋，下楼送到敏卓家。离开近两个月，冰箱里冷藏冷冻的东西全部清理，这是每年回国临行前的惯例。

三个箱子，元俪挎着大号的尼龙包，里面是一些路上的零食，还有相机、手机等，拖一只行李箱。贝拉爸爸负责两只行李箱，双肩包里有元俪的笔记本电脑、两个平板电脑。贝拉背着她的双肩包。她一脸的兴奋，回中国了，可以见到外婆，很多好吃、好玩的。

三个人从大楼后门出来，过央街，乘34路巴士去多伦多皮尔逊国际机场。

这趟巴士高峰时间半小时一班，其他时间每小时一班，很多时候是空的，乘坐的人不多。巴士靠站停下，司机下车将三只行李箱放进车下行李舱。元俪刷了两张公交卡，又替贝拉买了一张儿童半票，花了6元。

贝拉有好多渥太华的事情，要与爸爸分享。

"爸爸，我们在湖里游泳了，是真的湖，一脚踩下去是泥，很深的鸭屎……"贝拉说，"第一天，我们还没到渥太华，在渥太华旁边的一个小镇住下了，晚上在那里有一场演出。中午一到，老师就让我们换游泳衣去游泳。"

"湖水凉不凉？不想游可以跟老师说。"贝拉爸爸说。

"当然凉，开始冷得发抖，嘴巴一直抖，阿齐泽（Azize）说我嘴巴是紫的，不过游起来就不冷了……没有人不去，大家都去，我怎么能不去。"贝拉说。Azize是来自土耳其的一个合唱团女孩。

"贝拉，你可以和老师说不想去，如果你不想的话。"元俪希望她可以放松一点儿，说了不少次。

"晚上演出完，老师带我们去树林了，围着篝火，玩游戏、唱歌、到很晚。"

"树林里有没有动物？"贝拉爸爸问。

"当然有！"贝拉说，"我们还听到狼叫了。"

说得元俪和老公都笑了。

"是真的，听到了，还有男生也学狼叫……"

"宁洁家后院就有过狼。"元俪肯定了贝拉的说法。

"是吧，那在外面要小心点儿，安全最重要。知不知道？"贝拉爸爸关照说。

"知道，当然知道。"贝拉说。"还有啊，渥太华的炸鸡太好吃了，我和Azize吃了好多。"

贝拉从渥太华回来，居然给爸爸和妈妈带了礼物。合唱团每天发10元零花钱给他们，元俪也给贝拉带了零花钱备用。贝拉说，礼物是和Azize午饭后在住的酒店商场买的，Azize给妈妈买了一个水杯。原来如此，贝拉是受朋友的影响，不然估计她想不到。贝拉给妈妈买了一个马克杯，给爸爸买了一个加拿大枫叶标志的钥匙扣。Azize是唯一担任一段独唱的5年级女孩，看来还很懂事，孩子间的相互影响就是很重要。

元俪的电话响了，是凯瑟琳。

"元俪啊，你好，我记得你开的是X3吧？怎么样？我在和朋友一起看车呢……"凯瑟琳说起话来还是那样不急不慢，特别优雅，不过今天元俪明显感觉到语气中多了些什么，不知是喜悦是还兴奋。

"是的，还不错，至少没什么毛病。"

"好的，谢谢啊，多联系。你在多伦多吗？"

"今天离开。"元俪说。

"好好好，那我们再联系，拜拜。"

"妈妈，是谁的电话？"贝拉问。

"伊丽莎白的妈妈。"元俪回答。

半个小时不到，已到机场。

加拿大境内的航班，一切办理都比较迅速。

"贝拉，飞机上没有餐点，你想吃什么，现在买好。飞机上只有水。"元俪提醒道。

早餐元俪做了菠菜鸡蛋面，一人一碗，配干切牛肉。三个人吃得足够饱，但是五个小时的飞机，还是需要再吃一顿，尤其是贝拉，不能少了吃。

"爸爸，我要汉堡！"

贝拉爸爸看看时间，刚刚上午11点，问元俪："你要不要？"

"不用，我带的有吃的，你们看着办。"

于是，贝拉拉着爸爸去买吃的，元俪在登机口坐着，刷刷微信。

元俪看到小莫发了一段视频到"事儿妈"群，大宝二宝的网球对打，确实打得不错，尤其是小宝，平时宝里宝气的，打起球来像那么回事，看来教练教得不错，下半年有可能的话，让贝拉也去学。

元俪发了几个赞，"打得好！"

小莫问："还在多伦多？"

"今天离开，在机场。"元俪回复。

"好啊好啊，一路平安，玩得愉快！"小莫说。

"好。谢谢！"

"二宝爸爸下个星期到！"

"多伦多夏天，祝玩得愉快！"元俪说。

"拜拜！"

第五十四章　温哥华

/ 布查德花园

/ 粤菜

温哥华，7月份的气温，比多伦多还低几度，需要穿件外套才行。这倒是元俪没想到的，温哥华长期名列世界最宜居城市的前几名，以前只知道温哥华的冬天不冷，原来夏天也不热。

有从温哥华来多伦多的人说，温哥华好比以前的苏州，多伦多类似北上广，小城市住得舒服，大城市就业机会多。现在，有住在温哥华的中国移民，在孩子读了大学之后搬来多伦多，也有孩子大了，大人们搬去温哥华的，不想那么辛苦，过点儿轻松日子。

"多伦多的冬天太长了，贝拉我们搬来温哥华好不好？"

"不要，温哥华没有多伦多好。"

玩了几天下来，元俪心里也是这么觉得，明显的，多伦多更大气。但是，元俪喜欢温哥华人的状态，比多伦多人放松，女孩子穿裙子的明显比多伦多要多。

元俪预订的酒店，在列治文，靠近火车站和温哥华的美食一条街，酒店还有去机场的班车。

不列颠哥伦比亚省的首府维多利亚，从温哥华去维多利亚要乘坐跨海的轮渡，元俪第一次坐在大巴里过轮渡。跨海的轮渡还真是够大，小车、厢式货车，还有旅游大巴，停在船舱里，数量之多一眼望不到头。

"哇，好有意思。"贝拉看着窗外，说。

"嗯，难以想象，万一有急事呢，没有了轮渡怎么办？小岛美丽，但是来去不自由。"元俪说。

"妈妈，不要来温哥华，就在多伦多。"

"知道，妈妈只是说说。"元俪其实脑子里在想将来，以后要是贝拉大学毕业能去美国，比如西雅图这种地方，那么她和贝拉爸爸当然会搬到温哥华，从温哥华开车到西雅图，200多公里，三个小时左右。

布查德花园距维多利亚市中心往北约20公里，公园以花园的主人珍妮·布查德而得名。公园原址是个采石场，属于珍妮·布查德的丈夫所有，在20世纪之初，矿场采伐殆尽，布查德夫人在此设立花园，并聘请了日本景观设计师建造了日本庭院，后来又建造了一个意大利花园和玫瑰园。现在花园已经被列为国家历史古迹。园内有700多种上百万花坛的植物花卉，可以从每年3月，一直不间断开到10月。

久闻其名，见过的图片也是非常精美。不过，走进了布查德花园之后，元俪和老公都有点儿失望。也许是期望太高，元俪感觉太拥挤了，美是很美，但没有想象中那么惊艳，空间实在不够开阔。贝拉爸爸喜欢自然风光，像阿岗昆，还有安省的那些完全没有人为养护的国家公园和峡谷。贝拉听说有意大利餐厅的比萨和冰激凌吃，开心地盼着，一路在前面跑跑跳跳。

"你说，什么样的人适合住维多利亚？"元俪问老公。

贝拉爸爸想了一下，说："作家。"

哈哈哈，两人都觉得好笑。元俪在没来加拿大之前，维多利亚还真是她考虑的地点之一，当时完全不了解加拿大，只记得在一本书里，读到过一段关于冬天在维多利亚海边看鱼的描写，当时还是很向往的。来加拿大选择多伦多登陆，是因为元俪有个老同学在多伦多，从一个老同学，到现在身边有了比较多的熟人和朋友，有时候在街上或者在超市、餐厅，一转身就会看到熟人。

她发了一张在布查德花园拍的花色满园的照片到"事儿妈"群，"布查德花园，美！"

晚饭，元俪一家选择了美食一条街上的粤菜馆，这家店，是他们第二次来了。贝拉说，在这里，她吃到了最好吃的蛋挞，别的地方没有，元俪吃到了最好吃的腊味煲仔饭，超过香港、广州甚至顺德。所以，有温哥华人自豪地说，温哥华有全世界最好吃的中餐。粤菜，温哥华确实地道，也完胜多伦多。台湾名嘴陈文茜曾在节目里说，厨子是跟着大官跑的，最好的厨子1949年都去了台湾。后来，大批的台湾人也移民加拿大，还有香港人，这些早期的中国移民，当年落地加拿大温哥华是首选。

很快，蟹腿、清蒸石斑、烤乳鸽、蛋挞、腊味煲仔饭，还有例汤，一份份端上桌，烤乳鸽和蛋挞是贝拉的，煲仔饭是元俪点的，贝拉爸爸有意多点了一些，海鲜是这里的好。

"事儿妈"群里，消息提示音不断响起。

"漂亮啊，好好玩吧。"杰奎琳在群里说，"什么时候回？"

"20号。还在倒时差？"元俪问。

"似睡非睡，看一会儿书，再睡一会儿。"国内现在是早上。

第五十五章　有喜

/ 杰奎琳回北京

/ 小艾玛的不适应

"大事情，我怀孕了。"

这是杰奎琳回到北京和老公说的第一句话，都没能等到回家再说。憋了太久了，终于说了出来。当时威廉姆正在把行李递给司机。

"天哪，真是给我个大惊喜！"威廉姆爸爸一脸的惊讶和喜悦，杰奎琳使了个眼色，让他暂时别在儿子面前说。

"儿子，又长高了，三个月不见……"威廉姆爸爸和儿子说话，眼睛却看向老婆。

杰奎琳确认自己怀孕是暑假前。因为发现自己身体不舒服，才想起自从春假纽约回来后，就没来过例假。她今年45岁，例假也不是很正常，自己去药房买来验孕棒，竟然是怀孕了。这个年纪怀孕，她想这事必须得回了北京再说。因为这个原因，她打消了暑假前和威廉姆去伦敦的计划，也决定等到威廉姆小学毕业典礼完成了再走。留这个孩子的话，威廉姆又得回北京再上几年学，所以这个毕业典礼重要了。她心里是倾向于要的，即使决定不要，也要回北京再决定。

一路没话。到了家，威廉姆去了自己的房间，杰奎琳和老公也去了卧室，两个人都着急要谈这个事。"太好了，老婆，该不会真是女儿吧？儿子也一样，也好！"

杰奎琳给老公一个鄙视的眼神，"那可没准儿……"其实，她心里也希望是个女儿。

"明天去医院吧，检查一下……"威廉姆爸爸说。

"嗯，要去医院，不能拖了。你想好和威廉姆怎么说了吗？"杰奎琳说。

"我们一起和他说……"威廉姆爸爸这才想到，这样一来，老婆、儿子是要在北京常住了，儿子回不了加拿大了，他们全家在一起才行。

"今天就和他说吧。"杰奎琳说。

杰奎琳已经准备好了衣服，阿姨放好洗澡水了，好好去放松一下，缓解长途飞行的疲乏。然后全家一起吃个晚饭。

"你去看看儿子吧。"杰奎琳说。

"大喜事，太好了！儿子的事会解决好的。"老公说。

"嗯，我去洗澡，换身衣服。"杰奎琳应道，这下好了，一下全放松了。

还是家里好啊，阿姨做的四菜一汤，全是杰奎琳喜欢的，可口，吃得舒舒服服。在多伦多，杰奎琳每天做的几餐，只是保证儿子的营养和长身体的需要，她也不会做什么好吃的，吃得也不多。

吃了饭，威廉姆爸爸让儿子来沙发上坐下，一起开个家庭会议。

儿子一听就哭了，一边哭一边说："妈妈，怎么可以这样？！我要回去上学……"

再说什么都听不进去了，威廉姆回自己房间，重重地关上了门。

杰奎琳和老公面面相觑，"怎么办，就知道是这个样子"。

"别担心，你去休息休息，我来解决……"

威廉姆爸爸不担心是不是能说服儿子，难度大的是学校，现在北京的国际学校已经很不容易进了，但儿子9月份是要上学的。他拿起电话安排："儿子回来了，北京国际学生的篮球、乐队，中学生的，12岁左右的，看看能不能加入……"先让儿子玩起来，儿子一旦有了能一起玩得来的朋友，就留住了。

杰奎琳在卧室里半躺着，刷微信，看到"事儿妈"群里胡玲刚发的语音。

"真是闹心啊，这边老爸心梗，装了支架才回家，那边艾玛哭得像什么似的，打电话来说，要回去。"

杰奎琳秒回："怎么啦？"

胡玲的声音都哽咽了："我们是天天想着回来，可孩子不愿意，这里不是他们熟悉的地方……昨天把内裤尿湿了，憋不住了……公共厕所，蹲坑，艾玛站上去了不敢蹲下，怕掉下去，又下来了。出来和她爸爸说要回家。艾玛说这个厕所不会上，会掉下去的……"

"小艾玛这是一下子突然太不适应了，平时都是你带着，男人哪会带孩子。"杰奎琳说，"平时也是你带得太好了，再适应几天就好了。"

"唉，是呢。你呢，刚到家吧？别听我唠叨了……歇着吧，陪陪老公。"胡玲说，"我这说完了，心里也舒服多了。好了，不说了，有时间再聊。"

"好，有时间再聊，你多保重，把心放下来。我们平时是日子过得简单，回来是一大家子人，确实是这样……好的啊，拜拜！"

杰奎琳想，人到中年确实不轻松，老妈也80多岁了，身体还行，能自己照顾自己，她是独生女，要对妈妈负责。所以，这几年，能在北京也好，也可以多陪伴妈妈。

第五十六章　小莫全家出行

/ 天伦之乐

/ 浮想联翩

小莫一早和老公去租车公司开回了七座丰田，一天租金200多加元。两个儿子，加上爷爷奶奶，全家六口人去渥太华。

吃的、用的已经备齐，大宝二宝也不用儿童安全座椅了。加拿大规定，8岁以下的孩子，不同的身高和体重，对使用安全座椅有不同的要求。8岁以上的孩子可以不坐安全座椅。驾驶人对16岁以下的乘客是否系好安全带等负有全责，如果车上16岁以下乘客没有系好安全带，驾驶人要承担罚款和扣分。小莫检查了一下两个儿子的安全带，没问题。

在"事儿妈"群里，小莫看到了昨晚胡玲和杰奎琳说的事情。深圳还是不错的，虽然几年没回去，但也关心着，政府的优惠政策和大手笔投入，大公司、大企业落地，这几年发展得特别快，二宝爸爸经常会发图片。

二宝爸爸开车，多伦多至渥太华大约450公里，差不多5个小时的车程。

小莫一年到头拖着两个儿子在学校和培训班之间来来去去，现在坐在副驾驶位上，舒服多了，还是坐车好啊。

车刚到爷爷奶奶家路口，小宝就叫起来："爷爷奶奶在门口了！"看得出，老人也很高兴，这还是他们全家的第一次出远门。

"妈，东西就放车上，用起来方便。"小莫下车，帮老人把大小三个包放在座位下面。放后备箱的话，没准儿一会儿想起用什么，还要停车。

"奶奶，我要和你坐一起。"小宝说。

"那就正好，大宝和爷爷坐一起，你们两个分开，也少了打打闹闹。"小莫把大宝挪到后排，安顿好四个人。

"出发啦？"二宝爸爸喊了一声。

"行了，出发吧。"小莫自己系上安全带，告诉老公开车。

从爷爷奶奶家出发开上高速，一路向东就可以了。迎着阳光，小莫和老公都戴着墨镜，小莫看了一眼身边的老公，说："不用开车真好，享受！这种壮阔，只有坐在副驾驶位上才能体会。"

"我也能体会。"老公说。

"你好好开车，看前面。"小莫说。

"对，注意安全。"奶奶也搂住小宝接了一句。

"你们也多看看窗外，对眼睛也好。大宝二宝，看看，多开阔……"小莫见大宝二宝没兴趣，也就回过头不说了。

"老婆，你自己欣赏就好，别管他们啦。"二宝爸爸笑道，"他们这个年纪，没有这种兴趣。"

"不说了，我享受我的吧。"

离开市区，车子奔驰在加拿大安大略省广袤无际的大地上。多伦多是安大略省的省会，多伦多的东北方向是加拿大首都渥太华。车窗外掠过的是大片大片的草地、树林。

"超超来了，第一件事安排他考驾照，开熟悉了，你可以省点儿心，节假日你们可以开车去周边玩玩。"二宝爸对小莫说。

超超是小莫的弟弟，下个月就来多伦多了。小莫替弟弟申请了塞内卡学院，这个学院的毕业生在社会上的认可度非常高，官方的数据就业率达99%。她给弟弟申请的是会计专业，数学优势，学这个专业顺利的话，两年就可以毕业。

"嗯。"小莫带两个儿子出远门不行。

二宝爸爸其实很佩服老婆的，老婆瘦小，但能量巨大。一个人带着两个生龙活虎的儿子，还安排儿子们学了那么多东西，现在又被很好的私校录取了，不容易。去年听到丈母娘说想让小舅子来读书，一口就答应了下来，小舅子可以多帮帮老婆，他也会安心很多。

车子开了不到一个小时，奶奶就在后面说，小宝要尿尿，有休息区停一下。

"妈妈我要坐前面来，和哥哥坐。"小宝喊道。

"好，休息区到了，换前面和哥哥坐。"小莫说。小孩子和爷爷奶奶能玩的时间很短，一会儿就觉得没意思了。而且，爷爷奶奶也吃不消。

加拿大高速公路休息区除了加油站、厕所、小卖品部，还有一个比萨店，基本上就这样了。

小莫给自己和老公买了咖啡，给爷爷奶奶的茶加了热水，买了两个甜甜圈，儿子们一人一个，十块钱不到，全部解决。

大家稍稍休整了一下，一家人坐上车，向渥太华方向继续进发。

第五十七章　雪山温泉

/ UBC 海滩

/ 西雅图的星巴克

班夫小镇，贝拉爸爸觉得有点儿意外好。从温哥华一路过来，走过很荒芜的地方，比如偏远的灰熊镇。来到更加偏远的班夫，竟然是这样一幅其乐融融的画面，抬头看雪山，环顾四周是汽车、自行车、行人、商店、饭店，热闹而不喧嚣，"真没想到，班夫这么好！"他对元俪说。

"如果没有机场，这里就是个世外桃源。"元俪说。

"今晚去泡温泉？"贝拉爸爸问。

"嗯，巴士一号线直达。"元俪说，"不急，24小时营业，晚点儿去，可以欣赏雪山夜景。"

元俪一家在温哥华待了5天，温哥华给元俪印象深刻的是史丹利公园，海堤的风景很美，人的疲劳感似乎随着海岸线蔓延放松下来，静静地发呆。

去不列颠哥伦比亚大学那天，遇上几个国内来的中学生游学团，每个团由老师加导游带领着。其中有一个游学团来自河北的一个小城市。

那个午后，元俪一家在校园餐厅吃了比萨，顺着校园往海边走，看到路边一个海滩入口便拾级而下。老旧的木质台阶，两侧是遮天蔽日的树林，有的树围得几个人才能合抱，树的枝叶高高地悬挂而下。

元俪走在前面，贝拉和爸爸在后边，嘴里说着关于植物的知识。偶尔有一两个人从楼梯快速而下，手里拎着或背着很多东西，像是打算在海滩烧烤、露宿。从公路到海滩，近百米的落差，走了二十几分钟，元俪在临海滩的最后一个台阶上停住了，眼前的景象让她愣了几秒钟，然后迅速转身往上，一口气小跑了四五十级台阶，向贝拉和贝拉爸爸挥手，要他们返回："回去回去！"裸体海滩，她刚才目睹的是一个裸体海滩。

温哥华离西雅图近，在贝拉和爸爸去动物园那天，元俪跟温哥华的旅游小团去了一次西雅图。

一天的自由活动，元俪带着米色的渔夫帽，身穿黄色T恤和浅蓝色牛仔裤轻松出行。第一个目标是星巴克全世界的第一家店，星巴克的发源地——派克市场1912号（1912 Pike Place），上午10点门口已经排队。

店面很小，不设座位，除了咖啡，还有纪念品。元俪在店里仔细看了一会儿，买了星巴克最早的咖啡色的搪瓷杯做纪念品，杯身上烧制着星巴克的第一家店地址及"始于1971"的字样，元俪买了五只，准备两只带回国，两只送宁洁和见欣。她又买了一杯星巴克美式。

元俪端着咖啡，在派克市场买了一个龙虾汉堡，然后在市场外面的露台上，边吃午餐，边眺望不远处的渔人码头。她感觉这杯美式咖啡的味道特别好。

西雅图是个出故事的城市。元俪从《西雅图未眠夜》知道了这个城市，美剧《实习医生格蕾》看了十多年，来到这个城市，隔了很多年。

这天晚上，元俪一家人乘上了去往温泉的公交巴士。

"妈妈，我泳帽没带！"贝拉突然喊道。

"你以为是游泳啊，是泡温泉，不用戴游泳帽。"

"那不行，我头发会湿的，我不要洗头！"贝拉急了。贝拉特别不愿意洗头。

"行啊，你试试看，不让头发弄湿……"

温泉在班夫镇的西南方向，巴士一路上风驰电掣，沿途车站没停，车上只有元俪一家人。接近终点站，上来两个年轻人，看样子也是去温泉的。这是加拿大海拔最高的地热温泉，雪山之畔的温泉池，在这里可以欣赏到落基山脉。

换好泳衣来到户外，硫黄泉蒸腾着水雾，空气中弥漫着浓浓的硫黄的味道。据说，班夫的硫黄泉中富含矿物质和硫化氢，对治疗风湿有奇效。温泉有泳衣和浴巾可以出租，不到2块钱。温泉价格成人7元多，3—17岁6元多，家庭票约20多元，包含两个大人和两个小孩，有更多的孩子每人3元。年票比较便宜，全年100多元。

元俪入水先是感觉温暖，泡了一会儿，感觉稍热，又出水坐在池边，前方是夜空幽蓝、星月辉映下的绵延的雪山，积雪反射出白光，美到极致……

夜色如水，陆续有人加入，大多是本地的上班一族，下了班来泡个温泉再回家，有的是约上朋友一起，算是班夫小镇的一种社交。

贝拉和爸爸从较浅区域过来，贝拉喜滋滋的，头发湿漉漉的，愉快得很。

"明天再来一次？真享受，班夫的人真有福，这温泉太好了。"元俪说。

"好！"贝拉和爸爸都赞成。

"贝拉，来，安静一下，好好看看这雪山。记在脑子里，以后你可以画出来……"

第五十八章 国会山

/ 和平塔

/ 渥太华观感

　　小莫一家的渥太华二日游，时间安排上有点儿紧张，到渥太华的第一天下午，全家参观了国会山。

　　国会山坐落在渥太华的中心位置，被渥太华河所环绕。参观国会山免费，门票在国会山对面的游客中心取。小莫一身T恤牛仔，长发扎成了马尾，像个大学生，取了票返回国会山广场。两个儿子正在偌大的广场上追逐，二宝爸爸陪着两个老人，在广场中心，看百年圣地。这百年圣火是加拿大建国百年时建的长明火台，从1967年点燃，一直燃烧到现在。火台的四周，雕刻着加拿大各个州的徽章。

　　加拿大议会是一组哥特式建筑。中央的钟楼是和平塔，为的是纪念在第一次世界大战中阵亡的加拿大军人。小莫一家进入和平塔一层，一下子感觉没有了外面的暑热，人流车声也被阻隔在了外面，宁静中还有点儿肃穆。右手有一间小的展示厅，玻璃笼罩的展示台上，有一本厚厚的姓名册，那上面是所有阵亡军人的名字。每一天，这本名册被翻一页，每一个名字都应该被看见。每一个人都应被尊重。

　　和平塔乘电梯而上，顶层是一个观景台，站在这里可以眺望被河流环绕的渥太华，秀美壮丽。大宝和二宝用望远镜轮流四处看，小莫挽着老公的胳膊，美美地享受难得的一家人一起出行。

　　离开国会山，两个老人在酒店休息。小莫和老公带着两个儿子去往加拿大国家美术馆和加拿大历史博物馆。小莫想让两个儿子在这里熏陶一下，马上要去私校了，脑子里要有点儿人文的东西。可是，大宝、二宝显然没有一点儿兴趣。

二宝的兴趣在吃上，晚上一家人去了日料店。二宝爸爸、两个儿子和爷爷奶奶每人点了一份拉面，小莫要了份味噌汤，还点了一个大份三文鱼刺身、什锦寿司，还有海藻丝、带子裙边，二宝爸爸还要了日本清酒。

一家人的食物很快就端上来，桌子很小，这些东西放了满满一桌。

"分量好像太少了，要不要再加点儿什么？"二宝爸爸问小莫。

大宝说："要烤鸡翅。"两兄弟点了三份烤鸡翅。"这两个宝，日料只能吃自助。"小莫和老公说。

"对，团长寿司好！"二宝喊起来。团长寿司是多伦多的一家日料自助餐厅，小莫隔段时间就会带他们俩去一次，两个儿子是儿童价，吃起来比她大人吃得都多。

第二天上午，小莫计划带儿子们去科技馆、航空博物馆，但时间上来不及了，干脆就由着他们去疯，两个小子出酒店沿河边的环形小路，一路跑上国会山的大草坪。小莫看到了河道边几个带着耳麦身着白衬衫黑裤的高大男子，拉拉老公T恤的袖子，"哎，这几个好像是穿便服的警察"。老公回头看了一眼，说，"有穿便服的警察也正常，毕竟这是首都"。夫妻二人快步跟上两个儿子，至少视线范围内要能够看见他们。

路上不时有行人擦肩而过，小莫感觉渥太华街头的行人比多伦多年轻，衣装更整齐，而且这里好像使用双语，耳边会听到有人说法语。加拿大是双语国家，不过在多伦多并不会有法语的体验，完全是英语的环境。

第五十九章　杰奎琳官宣

/ 难得松弛

/ 安娜的来历

胡玲在老爸出院以后，除了陪妈妈和女儿艾玛，自己的时间就多了，老同学、老朋友见面，一起吃饭、喝酒，放松很多，不急着回北京。

胡玲知道自己喜欢操心，心里有依靠，精神和身体才会放松。妈妈是退休教师，小艾玛和老妈在一起她放心，对艾玛也有好的言传身教。她自己的脾气太直了，说不好听，就是有点儿横，这多少也是被老霍这么多年给纵容的。每年待在老家她特开心，只要一回北京，她立马就变了一个人，担起家里所有责任。北京孩子有什么新鲜好玩的，学些什么，她可是一件也不能放过，这就好比在多伦多，只要想到有什么对艾玛好的，有什么是需要学的，丝毫不会拖拉，立马就去做。

哈尔滨年年回来。老同学、老朋友，只要是还在哈尔滨，大家相处起来大家感觉上还是对，胡玲要找的也就是以前的那种乡情乡音。

晚上11点，胡玲发了一张桌上的空酒瓶照片到"事儿妈"群，说："又喝多了。"照片上是酒吧的背景，灯光昏暗，人影绰绰。

"羡慕啊……"小莫第一个回复，多伦多的上午。

杰奎琳是下午睡了一觉，这会儿还不困。"又喝酒了？夜夜笙歌啊！"

"可不是吗，愉快啊，我这是一年等一回，再过两天，就回北京了……老霍已经回去了……"胡玲讲话都不利索了，这简直不是她的风格。

"真看不出来，胡玲，你还有这一面。"元俪乐了，"这样好，有亲和力了。"

"元俪啊，你在哪儿呢？"胡玲问，"啥时回？"

"快了，明天回温哥华，然后就回上海了。哈哈，尽兴啊……"元俪的时间是早上。

"怎么着，有点儿幸灾乐祸的意思？"胡玲不饶了。

"我是羡慕，没酒量。"元俪赶紧说明。

"什么没酒量，回多伦多我请你喝酒，看你有没有酒量……"

"好啊好啊，这就有意思啦，我作陪，哈哈……"小莫缺的就是这种热闹。

"杰奎琳，你呢，怎么说？"胡玲虽然喝多了，但也发现自从回国，就没有杰奎琳的任何消息。

"我吧……"杰奎琳迟疑了一下，说，"我短时间之内，不回多伦多了，我怀孕了。"

"事儿妈"群沉默了几秒钟，然后一下炸开了锅。

胡玲酒都醒了："什么？天哪，怎么着了……"她找不到词了，太突然了。

"真是大喜事啊，恭喜了！"元俪说。

"喜事啊，这，可不就是给我们天天念叨的；居然……"胡玲高兴坏了，"要有个闺女了，太好了啊。"

"瞧你说的，又是个小子怎么办，还不一定呢……"杰奎琳也喜滋滋的。她斜躺在卧室的贵妃榻上，一条又薄又软的淡粉色小毯子搭在腹部。老公还在书房，威廉姆已经忙乎了一天，这会儿睡了。

"儿子怎么办？威廉姆？"小莫一下子想到还有这事情。

"对啊，威廉姆呢？"元俪也想知道。

"这两天好了，刚知道时，哭着要回多伦多，现在有了一群玩的小伙伴，好像也没意见了。"杰奎琳说。她爸爸给威廉姆安排了几个男孩子的篮球、羽毛球的集训队，还有小乐队，现在天天不见人影，也愿意留在北京了。现在就只有学校没落实。

"你现在身体怎么样啊？反应大不大？"胡玲问。

"基本没什么大的反应，还行，就是个常态。本来都以为绝经了，谁知道……"杰奎琳说，"哈哈……"

"青春！"胡玲插了一句。45岁，也行，生孩子没问题，人家林青霞50多岁了不还是照样生。

"这一待下去，至少三五年都在北京了。"元俪说。

"那可不，一个人可没法儿带两个，尤其是你，比较矫情……"胡玲说，"好好待在老公身边，养个宝贝女儿，过几年再说吧。"

"谁矫情了？"杰奎琳说，"我不也是在多伦多一个人带着儿子好几年了吗？"

"行了吧你……好啦，我也该回家了。"胡玲酒劲也过了，"恭喜恭喜啊，这简直是大好消息！各位好友，拜拜了……"

"恭喜啊！"元俪也说，"时间很晚了，你们都早点儿休息！"

"这边有什么事，需要我们跑腿的，尽管说。"小莫说。

"好的好的，谢谢各位亲。"杰奎琳也打算去睡了，回北京后这段时间，她深有所悟，这几年，为了儿子的教育，她几乎忘了北京家里有多舒服。还有就是，她离开北京的朋友圈太久了，一些事情简直惊掉了下巴，刷新三观。

杰奎琳回来以后，虽然还没见到英子，但从另一个同学那里听到了英子的八卦。英子老公开了几家大饭店，还有几处私房菜馆，钱挣了不少，小三也在外面把儿子生了下来，英子居然接受了，最后大家妥协的结果是，给小三办移民，让小三带着孩子去了加拿大。当年，那是多么厉害的英子啊，被谁欺负了，都是英子出来主持公道，没想到，英子怎么就这样了……回来以后，安娜还没有任何消息，也没给她发过微信，不过，知道了这些，杰奎琳不会再搭理安娜了。关于英子，杰奎琳知道她理解或不理解都无所谓，她只是为英子不值。

第六十章　上海

/ 词汇量

/ 惬意

飞机落地上海浦东国际机场，元俪一家回到了上海。

贝拉背上双肩包，站在过道上。飞机舱门打开，飞机上的人开始挪动了。

"妈妈，走啦！"贝拉说，她已经急不可待了。

贝拉爸爸从上方的行李舱中取出行李。行李已经减负不少。离开温哥华之前，元俪把不用的衣物寄了一大纸箱回多伦多，全家三个人去阿尔伯塔冰原穿的抓绒加厚外套，一路带着天天用的烧水壶、拖鞋、运动鞋，还有全家用的电动牙刷、买的特产和纪念品等都寄了回去。请见欣代收，9月回去再去取。

一出机舱门，元俪闻到空气中熟悉的上海味道。

国内的服务确实好，排队的队伍长了，立刻就会开出几个新的窗口。

元俪一家去往地铁二号线。地铁上人多，但是始发站，而且是回家，所以也不觉得不耐烦，熟悉的上海生活，就是这样的。元俪在飞机上就把手机的加拿大电话卡取了下来，换上了上海的手机卡，所以，一到上海就打电话给10086，申请开通漫游，选了流量套餐，所以，地铁上就可以刷微信微博了。

温哥华至上海，不到10个小时，比起多伦多到上海少飞4个小时，总体上感觉舒服很多。10个小时，微信上已经是很多个未读的红点，按照重要程度，一条条点开。

"妈妈，什么时候能到啊？怎么这么久啊？"

"比较远，二十多站呢。忍一忍吧，我们还有位子坐着，你看爸爸还站着呢……"贝拉爸爸没座位，他站在女儿面前，挡住后面的人。元俪的腿前放着行李箱，她收起手机，陪贝拉聊聊天儿。

"到家了，你先去洗个澡，一身的汗，黏乎乎的。现在就可以想想，下面一个多月有什么想做的，我们计划一下。"

"好，我们可不可以去迪士尼？"

"当然可以，还有呢？"

"吃好吃的啦，所有的……"提到吃的，贝拉来了精神，"我们可以去哪里？"

"哪里都行。妈妈研究一下，现在有什么新鲜的东西，再去几个老字号……"

"什么是老字号？"贝拉问。

"就是老店，开了很多年，有很好的口碑的店。"元俪说。

"口碑又是什么？妈妈今天怎么说话都听不懂啦？"

"口碑就是大家对这个店，好不好吃的口头评价，大家都给了好评，就是好口碑。明白了？"

"好评就是了。"贝拉懂了。

"嗯，差不多吧。你中文的词汇量有待增加。"元俪接着说，"非常非常好的人，这种夸人的方法，就是词汇量少。"

"我觉得说得很好，大家都听得懂，不要咬文嚼字。"贝拉爸爸插了一句。

元俪白了老公一眼，"我说的是词汇量，不是通俗易懂是不是好，打什么岔……"

"哈哈……"贝拉笑了，鼻尖上都是汗珠。上海的夏天，实在是太热。

从静安寺站出来，元俪一家人打了出租车，10分钟就到了东方剑桥御庭苑门口。门口保安看到贝拉爸爸和贝拉、元俪，打招呼说："回来啦，回来过暑假啦？！"

贝拉爸爸也满脸高兴，回应道："是的，是的，回来了。"

熟悉的一楼大堂，整洁、明亮、安静，电梯间宽宽敞敞，说实话，回家真是好啊！元俪，贝拉都发出感叹。

钟点工阿姨已经把家里收拾得一尘不染，做好了几个菜放在了餐桌上，用网罩子盖住，还沏了一壶凉茶，放在厨房的电热水瓶的旁边，水杯、碗筷都重新洗干净，灶台也是擦得干干净净。贝拉爸爸在离开温哥华前，给钟点工阿姨发了微信，告诉了他们到家的时间。

"好了，终于到家了。"元俪对贝拉说，"贝拉，洗手……先去洗澡，然后来吃饭……"贝拉已经去了自己的房间。

"我也先去整理自己的内务……总算是放长假了。"元俪对贝拉爸爸说。虽然一年没回来，但需要用的东西家里都有。洗护用品齐备，换洗衣服都在，而且已经安排了钟点工阿姨提前重新洗了烘干，回来就能用。

吃完了饭，一切都安静了下来，贝拉已经去睡了。元俪让贝拉爸爸把行李箱打开，收拾东西。这是她的习惯，长途旅行回家，当天一定收拾好行李箱，东西归位。

上海白天温度高达35℃，夜里还行，有徐徐凉风，坐在阳台上还不至于热得出汗。元俪家在17楼，这个小区是市中心稀有的英式建筑小区，建筑的品质也好，唯一的缺点是当年买一手房的住户少了，都置换了，租户比以前多了。这里的租金普通100平方米左右大约2万元一个月，卖的话房屋均价过10万元，元俪这套两室两卫，市场价也过千万了。小区管理不错，配套设施也很实用、方便，尤其是运动方面，泳池、瑜伽都不错。

元俪毫无睡意，每年回来都是这样，静静地在阳台上坐着，心里感觉很踏实，又很惬意。不像在多伦多，似乎每天脑子里那根弦是紧绷的，每一件事都要考虑到，还都得自己做，没人可以依赖，她是被依赖的人。现在，每天生活所需由贝拉爸爸负责。

第六十一章　好闺密蜜

/ 元俪和艾玲的渊源

/ 给对方的礼物

　　元俪回到上海后第一个见的人当然是艾玲，艾玲是从小到大的好伙伴。她们俩认识的时候，还没有现在贝拉年龄大，小学3年级，同学、同桌，高中毕业才分开。她们俩只要对方说见个面，都会把所有的事情推掉，彼此的见面最重要。

　　小时候元俪很泼辣，小学从1年级到6年级都是班长。老师如果哪天没来，有事不在，她就搬个凳子坐在讲台的后面，带领全班读课文，或者写作业，调皮的男同学也不会扰乱课堂秩序。艾玲偶尔被谁欺负了，或者受了什么委屈，元俪出头追究到底，必须赔礼道歉才行。不过，人的性格真的是会改变的，进了中学，元俪虽然还是班干部中的学习委员，但成了一个自恃清高，不与人为伍的女生。艾玲担任了班级生活委员，大事小情，越来越能干，二人的关系变成了艾玲罩着元俪。如有什么活动，艾玲拉着元俪加入，班里的任何评比，三好学生等荣誉，少不了她们俩，或者其中之一。大学元俪学了中文，艾玲学了医，算是分开了几年，但那时两人的信件也是往来密集。

　　艾玲结婚早，大学一毕业就和医生男友结婚生子。她没有请过保姆，以婆婆为主，孩子爸爸的南通老家的亲戚也会轮番来上海帮忙带儿子。艾玲对元俪说："谁不需要来上海看病？他们总是要来找我的，现在不找，以后也会。所以，我有什么好客气的，我现在需要人帮忙带儿子，他们怎么能袖手旁观？"就这样，儿子渐渐长大，艾玲也俨然成为婆家的领袖，谁有个什么事，都要问问她，谁家有人来上海看病，她来安排。

艾玲和元俪妈妈的感情也很好，小时候有什么好吃的，元俪妈妈都是准备艾玲的一份，她就像元俪家的另一个女儿。因为元俪家离学校近，小学、中学的放学时间，两个人都是在元俪家一起做作业，或者一起玩。艾玲大学学医，元俪记得妈妈说过，艾玲的能力不仅仅可以做个医生。有一次元俪去医院找艾玲，遇上了一位病人家属在走廊嚷嚷说自费的针剂那么贵，几千块一针，医院怎么能保证这药已经给他家的病人用上了，吵着要护士证明给他看，当时已经围观了一些病人家属。艾玲出来迎元俪，在走廊问护士怎么回事，护士说明了缘由。只见艾玲冷冷地说："安排34床出院，出院吧。这么不相信我们医院，为什么还要住？"她甚至不看病人家属一眼，对护士说："拿单子来，我签字。"然后，轮到病人家属急了……

艾玲和元俪走出病区，说："这种人，你晓得的，你跟他好好说，给他解释，他会得寸进尺，你怎么解释也没用的。所以，这么不信任我们，出院，去他信得过的医院……我们医院不是那么容易就能住进来，床位紧张得很。"

"厉害，果然是我朋友！"元俪笑道。

"那是当然，不厉害怎么做你朋友？"艾玲哈哈一笑。

这就是元俪和艾玲，近半个世纪的友谊，相生相长，现在两个人都已年届五十。

元俪到家后的第一个中午，二人约在镇宁路的一间小上海菜馆，地道的上海私房菜，离元俪家近。"让你吃完饭回家睡觉。"艾玲说，"知道你要倒时差。"她早就从业务岗转为行政岗，现在是副院级领导。"在管理岗位上，更能发挥她的作用"，这是当年提拔艾玲的医院老院长对艾玲的评价。

在加拿大，元俪和艾玲聊的不多，除非女儿头疼脑热，问个应急的办法。艾玲平时也没有什么事情找元俪吐槽。"我们这个年纪，问题都该迎刃而解。那些想不开的，就别想了。"艾玲说等退休了，要去多伦多在元俪的家里住个一年半载。

元俪远远看见艾玲在小区门口等她，两个人大大地拥抱了一下，元俪说：

"为什么不直接上去？"

"不用，下次吧。就是想和你一起走过去，路上可以聊聊……"

艾玲除了小时候是个小胖子，中学以后就一直保持着很节制的饮食习惯，身材保持得很好，没再胖过。她就是上海女人典型的样子，秀气而自爱，精明而独立。暗绿色的连衣裙，莹白的拎袋，微烫的短发，永远就是这个样子。说话也只有和元俪一起时，才会不假思索，口无遮拦。

艾玲手里拿着遮阳伞，有梧桐树的阴凉地方收起伞，有太阳的路段再撑起来。

"哎，你以后，可能是多伦多马路上唯一一个撑遮阳伞的。"元俪笑道。老外是有太阳就不能浪费了，要晒，恨不得多晒晒。

"那样也好，方便你找到我。"艾玲哈哈大笑。

两个人一年没见，感觉上像是天天见面的人，没有什么事情聊起来是接不上的，上海的，多伦多的，家里的，单位的，想起什么说什么，很快就到了私房菜馆。

"服务员，安排个安静的地方，我昨天电话里说了。"艾玲进门就和领座的服务员说。

点了菜，服务员端来沏好的茶，给两个人各倒了一杯。艾玲端起杯，"欢迎回来，一点儿没变"。

元俪端起杯碰了一下，说，"你也是"。

元俪从单肩包里取出给艾玲的礼物。一只乳黄色的长方形硬纸盒，盒盖边缘描了一圈褐色的细框。

"谢谢！"艾玲眼睛亮亮的。她们都喜欢好东西。

"打开看看。"元俪说。

"天哪，玻璃瓶上刻了我的名字，还有这花，美极了！"艾玲说，"我收藏了。"

"看看我给你带来了什么，这个！"艾玲从拎包里取出一个丝绒的小袋子，"解开细绳，看看……"

"希腊的？"元俪知道艾玲去年10月去了希腊。

"是的，天空之城买的，那么高的石山上的古老修道院的修女做的。仔细看看这个花纹，漂亮，有一种时光回流的感觉，古老的朴素生活，古老的手艺。这十字架，简直是艺术品。"艾玲说，"真是佩服那些修女，怎么可以那样活一辈子。所以，支持她们一下，买了两个，我们一人一个。"

"嗯，好看，像那种老电影里的东西。谢谢啊，我带回加拿大。"

"我在上海配了个架子。"艾玲拿出一个盒子，"同样古朴的木架，回去放在书架上。"

"好啊好啊，谢谢啦。"元俪说。

艾玲说："好啦，现在吃饭，上海味道，从今天开始……"

第六十二章　杰奎琳的委托

/ 英子和安娜

/ 各自代入

"事儿妈"群里，胡玲、杰奎琳和元俪现在都在国内，同一个时间，除了小莫人在多伦多，所以聊起来也方便。

"胡玲，我们俩在北京要见一面。我得把多伦多家里的钥匙给你。我多伦多的家里，如果万一有什么事的话，帮我去看看。你没时间，给元俪也行。"杰奎琳@胡玲说。

杰奎琳现在这种情况，生了小宝宝，她得有几年都不能回去，多伦多的一切都要搁置了。威廉姆9月份6年级，快的话他们能在威廉姆9年级高中开学的时候回去，这也要三年。杰奎琳不希望威廉姆的高中四年，9年级到12年级都在北京。四年高中最好回多伦多读，不影响大学申请。

"先谢谢两位啊！"杰奎琳说。

"好，忙完这阵子和你约啊，你就放心吧。"胡玲回复，看看时间，晚上7点多，"元俪这会儿估计在睡觉呢。没问题，有没有什么具体的事情？"

"如果不嫌麻烦，帮我把家里的沙发、家具，儿子的那些鼓、乐器，能盖的都盖上，用床单全都盖上……"杰奎琳说。

"行，这个简单。床单够不够？"胡玲问。

"有，不少呢，都是新的没用过，在小书房的壁橱架子上，包装上有标签，一看就知道。应该足够用。"

"真有你的，床单家里还备了这么多。"胡玲笑道，"还有啥？"

"有，还要帮我把冰箱里的东西全都处理了，真是麻烦你们了，先谢谢啊！所有吃的，各种调料，还有护肤品之类，日常用的，都不要了。直接就在大楼把垃圾扔了。"

在多伦多住公寓，可以随时扔垃圾。厨余（食物）垃圾每层楼都可以扔。其他的生活垃圾扔在公寓一楼的垃圾房，分别有几个分类口，按分类扔就可以。如果住独立屋，垃圾一周收一次。垃圾日要把几个分类的垃圾箱放在自家门口的马路边上，方便垃圾车来收，然后再自己把垃圾箱收回家里。公寓人在不在都可以，只要物业每月能收到管理费即可。独立屋如果没人住，要委托熟人朋友经常去看一下，前后花园，冬天扫雪可以付费包出去。避免杂草丛生被投诉，或者有人在家门口摔倒，有可能被告。

"行啦，我和元俪看着办啦。你就安心待着吧，多伦多的事，你说一声就行。"

"好的！想了想，别的也没什么了。"杰奎琳说。

元俪@了胡玲，"什么时候来上海，提前告诉我啊。"

"好，8月份，行程安排好了告诉你。我人还在哈尔滨呢，回北京再计划。"

胡玲心里盘算着，自己也该有个计划了，时间过得真快啊，7月中旬了，该回北京了。今年要不是老爸生病，她和艾玛已经在北京了，今年回来，艾玛还什么补习班都没上呢。还有，自己的身体检查，也是一定要做的。

想到这里，胡玲拿起手机，给老霍打电话。

第六十三章　暑假2019

/ 东方明珠电视塔

/ 金茂

2019年的暑假，日子不知不觉过得飞快，谁也不会想到，这是值得每一个人珍惜的暑假。

上海的夏天热，元俪带着贝拉，很少在外面走，打车去哪里逛或吃饭，然后打车返回。贝拉爸爸是正常的工作时间上班、下班，周末休息。

周一，元俪突发奇想，"贝拉，我带你去东方明珠电视塔吧。"

"那是什么，好玩吗？"

"值得去看一下。参观完我们去金贸大厦，吃了晚饭回来。"

"好！"贝拉欣然同意。金茂大厦她还是知道的，以前妈妈有个朋友，在上面有一间可以看得见黄浦江的办公室，听妈妈描述过，印象深刻。

元俪叫了网约车，在御庭苑门口上了车。

她以为星期一人会少，哪知道这是暑假，哪里人都多，东方明珠当然更是，本地人有，外地人更多。票价真是不便宜，近三百元。元俪和贝拉进了大厅，只见排队的人已经是绕了无数个圈了，排了半小时，都想打退堂鼓，但是，固定的铁质栏杆，想出来也不容易。

大厅内，基本上是大人带着孩子。元俪想让贝拉看看上海如今的现代化，这在多伦多是没有的，多伦多维持的是几十年前的样子。

"妈妈，我累了……"贝拉开始抱怨了，排队时间太长，她蹲下来，"站累了。"

"贝拉，站起来，再坚持坚持。"元俪拉贝拉起来。其实她自己也很累，已经排了两个多小时，还在队伍的中间，前面很多人，后面也很多人。

终于，在排了三个多小时以后，元俪和贝拉进到里面的二楼大厅，继续排队上电梯。又排了超过45分钟，总算是进了电梯。这个45分钟排队，感受稍微好一点儿，可以俯视下面一楼大厅里的商铺和人流。

元俪和贝拉先去了太空舱，这是东方明珠电视塔最上面的一个较小的球，也是游客可以去到的最高处。东方明珠电视塔的高度亚洲第一，世界第三，太空舱高度约350米，向下看黄浦江中的船只，只是小小的一个点。元俪和贝拉下到下一个观光层，这是一个全透明360度视角的观光层，站在259米高度玻璃上，犹如空中漫步。贝拉开始有点儿紧张，和其他人一样大叫，但不一会儿，就很享受玻璃之上往下看的兴奋。几个小时的排队，还是很值的，这种体验在别的地方还真没有。回上海之前元俪一家在贾斯珀（Jasper）国家公园，看完哥伦比亚冰原后，体验了山谷中延伸出去的玻璃桥，空中冰川漫步，那里壮阔无比，但和这里并不一样。在东方明珠电视塔上，看繁荣的上海浦东，浦江两岸的人间奇迹，着实让人赞叹不已。三十年，沧海桑田，变化巨大，元俪心中非常感慨。

元俪请一位游客帮她和贝拉合了影，从高空之上俯瞰上海浦东，黄浦江蜿蜒流淌，汇入滔滔长江，无比壮观。

一趟高空之上的观光之旅，虽然付出了很长时间的排队代价，但非常值得。从东方明珠电视塔上下来，元俪和贝拉，等电梯又排了两个多小时的队。

"妈妈，好看是好看，但是以后不来了。"贝拉仰起脸，看着妈妈说，"外面好热，里面也不凉快。"

"妈妈给阿姨留了话，今天只做爸爸一个人的饭，我们是去金茂吃晚饭，还是回静安寺附近吃晚饭？"

"去金茂。"

以前的订位电话号码都还保存着，元俪拨通了其中的一个号码。

"贝拉，我们是走过去，还是打车？"元俪征求贝拉的意见。

"妈妈，打车吧。"贝拉一副走不动的样子，"太热了，也累了。"

"好吧，其实妈妈也走不动了。"

餐厅的环境好，菜品味道也很好，同时量也大，元俪和贝拉也吃不了太多。元俪带贝拉来金茂，一是让她见识，二是因为自己想来。去加拿大之前，这里也算是朋友相聚的主要地点之一，回忆一下。

饭后，元俪带着贝拉在金茂里走走逛逛，贝拉喜欢这里，干净、凉快，到处都亮闪闪的。

电话响了。"是爸爸吗？"贝拉问。

元俪对贝拉点点头。"结束了，饭已经吃完了。马上回家了。"

元俪和贝拉由商铺一侧走向写字楼一侧。

"这就是写字楼，里面有很多大大小小的公司，平时说的打工一族，写字楼里的白领，就是在这里上班。"

"噢。"贝拉应了一声。

"好公司，或者说大的公司，才会在这里租写字楼，因为这是上海比较好的写字楼，租金也贵。"

"妈妈，你以前的公司算是好公司吗？"贝拉问。

"算是好公司吧，但是，不是大公司。"元俪以前的公司在江苏路，离家近，走路过去只要十几分钟。

"好啦，我们回家。"两个人从金茂君悦酒店出口出来，乘上出租车回家。

上了出租车，元俪打开微信。回上海后她关闭了所有的微信提醒，反正也没什么重要的事情，避免因为时差原因，多伦多的，国内的，随时会响。

凯瑟琳发来好几条语音。

第六十四章　左右为难

/ 凯瑟琳给元俪的难题

/ 艾玲说教

凯瑟琳是请元俪带东西回多伦多。

元俪回复说没问题，并把自己上海的手机号码给了凯瑟琳。凯瑟琳说，她让司机送过来。

艾玲在微信里说，体检安排好了，周三或周四早上，选一天告诉她。空腹来体检，一起吃午餐。元俪回复说，就定周三，到了打她的电话。

一直说要上海见面的胡玲，倒是出乎意料告诉她，没法儿见面了。上海实在是太大、太热。昨晚到的，住在迪士尼酒店，今天一天玩完，不能动了，累垮了。明天早班机直接回北京了。这迪士尼人多得让人受不了，大太阳下排队排的，唉，别提了……老霍都快中暑了，艾玛也是遭罪了，这哪是玩啊……

"回多伦多再聚啊！今天累的是啥心思都没有了。"胡玲说。

"好的，理解，回北京一路平安。"元俪回复。

计划总是赶不上变化。胡玲一家如果打车过来，40多公里，路上还会堵车，然后再返回酒店，可想而知。

第二天上午，元俪接到凯瑟琳司机电话，说是到了小区门口。元俪赶紧下楼，拿到了凯瑟琳要她带回多伦多的东西，一大包，两层超市的大塑料袋装着，足足有5公斤，居然是药，中药、西药都有，这是元俪想都没想到的。这么多的药，能带吗？

元俪不假思索地答应了凯瑟琳带东西回多伦多的事情，也没问问要带的是什么，如果海关查起来，这么多药，还真无法应对。

元俪搜了一下，有文章说，海关对入境的行李有三道检查，一是正常的扫描，二是由训练有素的嗅觉灵敏的缉毒犬、缉钞犬、缉肉犬进行抽查，三是对可疑的行李开箱检查。如果有违规，不光是没收、罚款，还会进入黑名单，以后入境都会特别检查。

网上也有加拿大关于药物的入境要求。加拿大入境的药品规定，药必须带有原始的标签和使用说明、药品的处方，对于粉状药、胶囊要有说明书，不能拆开。禁止带含有盐酸伪麻黄碱的感冒药，如康泰克。还有，仅限于三个月的服用量。

贝拉爸爸看到这一大包的药，说："不能带，不知道这些药是不是违禁，药片、胶囊，连外包装都没有，中成药也是，只能看到隔着塑料袋的颗粒。而且，这个量也太多了。"

"是不能带。"元俪也这么认为，不是不帮忙，是这忙也许就是个找麻烦的事。每年来来去去，元俪自己都不带什么东西。她就是那种为了不被找麻烦而处处自律的那种人，她不希望在海关进出有什么麻烦。关于中国人在海关被查的事情，时不时就有听说。有人因为几袋牛肉干被罚上千加元，也有人被搜到只剩内衣。

真不知道凯瑟琳带这么多药干什么。

元俪觉得这凭空出的一件事让她很闹心，想来想去，她认为这确实不能带。而且她也不想因为行李中有这么多药，一路上十几个小时担惊受怕。所以，正确的选择是还回去。元俪自责一开始自己都没问清楚，现在收下了，再退回去，这事做得也太差劲了。

"凯瑟琳你好，东西收到。不知道你是要带这么多药回多伦多，我之前没带过这类东西，海关如果查到会有问题吧？"

凯瑟琳说，药是她公司一个客户的，是客户的父母在多伦多探亲长住，需要这些药。凯瑟琳让她的司机来元俪家取。

元俪感觉是做错了事。

周三一早，元俪去艾玲的医院做身体检查，受胡玲颈椎出问题的事提醒，元俪想做个全身检查。艾玲说，做一个全身的核磁共振，看看脑部、颈椎、腰和腿，毕竟也是到这个年纪了，还有心脏、五官等等，全面检查一下心里有数。

全套检查做完，元俪去艾玲办公室，说了凯瑟琳托她带药的事给艾玲听。

"首先，不带是对的。其次，这个凯瑟琳和你就不是一路人，你不要用自己的想法去想别人。最后，不用为此内疚，这本来就是不应该的事。你会不会让别人给你的客户带一大包药去加拿大？别看你做了十几年的公司，在应对这种事情上，你就是一个小白。你以为人人都像你一样啊。"艾玲一番说教，都在点上，"好在，这也是我很佩服你的地方，虽然很多时候什么都不知道，但你的直觉从来就不会错。"

"唉，我哪有什么直觉。"元俪也觉得自己有问题，以后得注意。

"好啦，别想这件事了，东西还给她了？"艾玲问。

"是的，昨天傍晚她司机来取的，感觉她很不高兴。这真不是我敏感。我说了声谢谢，那司机都没搭理我。"

"当然了，你以为这个凯瑟琳会像对你一样对她的司机呀。算了，这事就当过去了，也是给自己提个醒，以后不了解的人，悠着点儿。你什么也没错，所以你根本不用内疚。"艾玲站起来，"走，去吃饭。别想了，一件小事而已。"

出了医院大门，两个人上了马路。上海的夏天，依然闷热、蒸腾、晒，艾玲撑起了遮阳伞，还拉了一下元俪，让她到伞下。

这一个动作，让元俪突然想起张爱玲的一段话，大意是：下大雨，没有伞的人，为了躲雨，钻到有伞的人伞下。可是伞的边缘流下水来，反而让没伞的人，淋到更多的雨。

第六十五章　三个医生三个说法

/ 医生解读胡玲的颈椎
/ 元俪的体检

胡玲和女儿艾玛还有老公结束上海迪士尼之旅,回到北京,总算把原来打算回国要做的第一件事体检去做了。

她先去看普通号门诊。她详细叙述了那晚颈椎出事的详情,也不知医生听没听进去,没多大反应,只是开了单子,说先去拍个核磁共振看看。

拍片子没多长时间,胡玲从检查室出来,顺扶梯再上门诊楼,门诊走廊里看病的人乌泱乌泱的,坐着的,站着的,还有很多人像她一样在移动。咋那么多人看病。

胡玲在刚才医生的门诊室外等了一会儿,终于轮到她,她把片子给医生看。

"哎呀,你这个颈椎,第三、第五节骨质增生很严重啊,再发展下去,要考虑做手术了。这样吧,先吃点儿药。"医生说。

医生刷刷刷开了几张处方,吃完了再来看。

胡玲接下药方,心想这种骨质增生,吃药能消下去?早上,她连挂了两个号,一个是普通号,一个是专家号。普通号不用排队,先早点儿去拍片子,然后再拿着片子去看专家号。

胡玲把处方放进随身携带的包里,再去看专家门诊。

轮到胡玲,已经是中午下班时间了,胡玲拿出片子给专家看,专家看了一眼片子,立刻说:"你这个情况要做手术了,今天住院吧?周六可以给你安排手术,星期一就可以出院。"

"这……"胡玲吓得脸色都变了,"怎么手术?是您做吗?"

"是啊,我周六上午就可以给你做。"

"不做会怎么样?"

"你开不开车?如果你开车的话,一个急刹车,颈椎受到撞击,可能就瘫痪了。或者,走路摔了一跤,也会造成瘫痪。你看呢?决定手术的话,我给你开住院单。"专家没等胡玲反应,直接一边说一边开单子。几秒钟,飞快地,给胡玲开出住院单,和其他大大小小四五张单子。

胡玲拿着专家开的单子,吓得都不知道说什么了。

专家这时才看了胡玲一眼,看出了这个病人不是一般的害怕,补充一句:"小手术,微创。"

离开专家门诊,胡玲站在门诊大楼外面,手里攥着一沓单子,真是感觉眼前发黑,她看看住院单,做手术这么简单?分分钟,缴费然后就直接住进去?

她打电话给老霍,把刚才的情况说了,老霍说:"医生说开刀就开吧,听医生的。"胡玲听了就生气,懒得和他理论了,做手术哪有那么简单!还有一星期,她和艾玛就要回加拿大了。

胡玲打电话给杰奎琳,说了情况。这么大的医院,也许她有熟人。

"你等等,我联系看看……"杰奎琳悦耳的声音也缓解不了胡玲现在的紧张和害怕。她站在门诊大厅外,看着来来去去、络绎不绝的就诊者,无助、害怕。

不知道过了多久,杰奎琳来电话了:"亲爱的,你去住院处的B楼,21楼,找骨科的蔡医生,我朋友的同学,把片子给他看看……电话已经打给他了,他在病房的医生办公室,你报名字就可以。"杰奎琳说。

"好好好,太谢谢了!"胡玲如梦惊醒,说,"我马上就去。"

胡玲找到病区,进了医生办公室,里面有一个男医生,其他两个女的,看上去像护士。

"请问是蔡医生？我是胡玲。"

"来吧，我看看片子。"蔡医生看上去不超过40岁。

片子插上读片器，蔡医生看了一眼，说："你这个，就是符合你年龄的自然衰退，没什么大事。"

"如果遇上急刹车，或者摔倒，会有什么影响？"这是胡玲最害怕的。"我常年在加拿大，暑假才回来……"

"没事，你就放心地去急刹车吧！"蔡医生笑笑，取下片子还给胡玲。

胡玲简要地复述了那天晚上双臂失去知觉的情况，并问道："再遇到这种情况怎么办？"

蔡医生说："人体有很强的复原能力，还是一样，等着身体慢慢恢复。"

这时，又有两个人拿着片子来找蔡医生。胡玲连连道谢，退出医生办公室。

"谢天谢地，谢谢啊！"胡玲打电话给杰奎琳，"真是救了我……"

胡玲顿时觉得天也亮了，戴上墨镜，拿出手机，打车回家。"这个老霍，一点儿忙也没帮上，还叫我听医生的，回去好好骂他一顿！"胡玲那个气，刚才所有的惊吓，他要负责！

坐上出租车的那一瞬间，胡玲已经有了急切想回多伦多的心情了。她把处方和住院单，揉成团塞进包里……

与此同时，元俪接到了艾玲的电话，艾玲拿到了她的体检报告。

"恭喜啊，快50岁的人，牙齿都没有一颗坏的，不错啊。"

"其他呢？"元俪问。

"血脂偏高，接近上限，要控制饮食了，饱和脂肪少吃，控制一段时间再看看。"

"其他呢，颈椎、腰椎、脑血管，怎么样？"

"算正常，正常年龄的退化。颈椎狭窄。你不能要求现在的颈椎、血管像20岁的时候一样，那是不可能的。你现在的状况，已经算是同龄人中好的了。"

"其他呢？骨密度也做了。"

"骨密度一点儿问题也没有，这算是少见了，大多数我们这个年龄，尤其是女的，多多少少骨质疏松了。这要感谢阿姨，小时候每天要求你喝牛奶。"艾玲和元俪妈妈情感上比较亲，她一直认为元俪有个知书达理的好妈妈。这些年，元俪妈妈有什么事，也是直接和艾玲联系，有时候两个人都懒得再向元俪汇报了。

"好的，谢谢了，有你帮忙，我省了不少事。"

"发现你现在说'谢谢'越来越多了。"艾玲笑着说。

"哪里啊！"

两人哈哈大笑。

第六十六章　回多伦多

/ 艾玛操场摔伤

/ 病童医院

经过13个半小时的飞行，元俪和贝拉又回到多伦多。

"妈妈，巴士来了。"贝拉看见车了。

"嗯。"元俪向后退了几步，不急。在上海看见车到了，会不自觉地上前几步，生怕慢了。

皮尔森机场在西边，车向东行，阳光西斜，公路上每辆车都跑在自己长长的影子里，下午4点多钟高速公路上一片繁忙。大巴高高在上，向下看，小车在下方嗖嗖地驶过，大型货车也是一辆接一辆。每次看到这样体积庞大的货车在公路上奔驰，元俪就想到美国电影，这真就是北美的特色，这些超大型的货运车，极大地丰富了美国和加拿大两地的物资。

元俪看着窗外，回来了，多伦多的生活又开始了。

打开家门，家里还是原来的样子，和走之前一样。元俪把行李箱就地放在玄关处，先去打开窗帘，开窗，插上走之前拔掉的电源插头，一切重启。

元俪按顺序先把床单、被套、枕套放进洗衣机，然后烧水、清洁，再把洗好的床单放进烘干机。全部弄完，长舒一口气。

"贝拉，走吧，去吃面。"家里没有吃的，元俪带贝拉去附近的日本拉面馆吃面，然后一起去旁边的超市买蔬菜、鸡蛋、肉、牛奶和水果。

"妈妈，好吃。"贝拉有点儿小满足。

"嗯，熟悉的味道。"元俪同意。你小时候，我们去日本，像一些老字号的巧克力、糕点，你吃过。"

"妈妈，我去过日本吗？"贝拉已经不记得了。

"所以，不光吃的不记得了，连去没去过都不记得了。真是的……"元俪笑道。

"想起来了，记得，记得那种巧克力的味道，你还说那个点心，糯米团子太甜了。"

"对啦，果然是馋猫，记得住吃的东西。"

元俪看了一下时间，是国内的早上了，拍了一张拉面的照片，发给贝拉爸爸，"到家了。正在'金色不如归'吃拉面。"

"好！"贝拉爸爸秒回，估计也在等她们俩的消息，"早点儿休息。"

元俪又发了一张贝拉吃面的照片，传给贝拉爸爸，"你去忙吧，晚点儿再聊。"

电话铃响。

"元俪，你回来了是不是？真的麻烦你了，你快来吧，艾玛摔了一跤，不能动了。我就在学校操场，快啊？"是胡玲，电话里都要哭了。

"好好好，我立刻来！"元俪站起来，"快，赶紧回家！艾玛摔跤受伤了。"元俪放了30加元在桌上，向侍应小姐指了一下桌子上的钱，拉着贝拉就向家里跑。

"妈妈，艾玛怎么啦？"贝拉小跑跟着元俪。

元俪向后拉住贝拉的手，牵住她，"艾玛摔得不能动，马上送她去医院。"

"那我呢？"贝拉问。

"你，跟我一起吧，坐在车上没关系。"元俪迟疑了一下，说。不然，贝拉在家里她自己也不安心。

一路小跑，差不多只用了两三分钟，元俪和贝拉到了大楼地下停车场。元俪有两个月没开车了，好在油箱里的油基本是满的，手有点儿生，但是，从地下停车场，绕了两圈出去，开上马路，车子的操控感基本就找回来了。

到了麦基小学操场，艾玛坐在草地上，胡玲蹲着陪着。看见元俪的车，胡玲立刻站了起来。

"去市中心病童医院。市中心的路，只有你最熟悉。"胡玲急急地说。

元俪这几年陪着贝拉参加合唱团的演出到处跑，确实对市区比较熟悉，也知道去病童医院怎么走。

"好，你坐好了。我开动了。"

胡玲抱住艾玛坐后排，贝拉坐在副驾驶位上，回头看着艾玛。

"宝贝，对不起啊，让你也跟着来。"胡玲对贝拉说。

"没关系，阿姨。"贝拉看着艾玛，很感同身受。艾玛现在还在低声哭。

"下午刚到？真是撞上了，不找你不行。"胡玲说，"别人搞不清，操场上杂七杂八都说送北约克总医院，叫救护车，一团乱。我知道还是要找你，多伦多有病童医院，当然是去那里。"

"对，也没远多少。又不是急救。放心吧，我尽快。别和我说话。"元俪说。她要集中注意力开车，这个时间车比较多。

元俪走了去合唱团的那条路，走央街，到圣克莱尔右转，然后到大街路，一直下去就到了，病童医院在大学街上。大街路和大学街其实是同一条路，这条路以皇后公园为界，南北两端名字不一样。这是最快也是最稳妥的一条路。

元俪把车开得稳稳的，车速也不低，希望尽可能快点儿到。皇后公园附近是很漂亮的，只是今天谁也没有心情看外面，只盼着能快点儿到医院。

终于，元俪把车停在了医院急诊的车道上。她下车为胡玲拉开车门，帮胡玲接了一把，"艾玛，你好轻啊。"元俪说。

胡玲接过艾玛，说："谢谢，你回去吧，下面我能行。你别管了。"

"好，我到停车场等你一会儿。你什么情况给我一个电话，去吧！"

元俪关上车门，开去停车场。

多伦多病童医院是顶级的儿童医院之一，世界排名第三，这里不仅有世界一流的医护人员和医疗设备，而且拥有非常多的学术成就。医院的愿景是：

儿童更健康，世界更美好。

对孩子来说，这是一家像五星级酒店一样的童话般的儿童医院。医院内有各种快餐店，可满足世界上各个不同族裔孩子的饮食口味。还有病童的图书馆、专门能抚慰孩子心灵的狗大夫，狗大夫每天跟随着查房医生，可以和病童一起玩15分钟，或表演逗孩子开心。医院有音乐治愈计划，由医院员工和志愿者为孩子们上演音乐剧，意在帮助患儿暂时忘却病痛。儿童病房内，设有家长休息区，医院对患儿家属24小时开放，病童家长随时可以探访儿童医院，没有什么比让家长对孩子的照顾更重要。

这些都是元俪在多伦多病童医院网站看到的。

"妈妈，我们进去看看。"贝拉听了元俪介绍，说。

"今天就别去了。以后等你长大了，可以选择来这里做义工。"元俪没有告诉贝拉，她一直在给医院捐款，每个月10加元，为帮助生病的孩子尽一点点心意。他们家虽然算不上富裕，但是每个月捐10加元也不会影响生活。

"妈妈，我们就在这里等吗？"贝拉问。

"再等一会儿，看看她们是不是可以很快出来。估计拍个片子，如果有问题处理一下。"

天色已晚，四周亮起了灯，"你要是困了，就睡一会儿，把座椅放平。"

胡玲发来信息："脚背骨裂，问题不大。"

"好，不用急，一起回家。"

元俪长舒一口气，感觉有点儿疲劳。好在没什么大事。

第六十七章　眼疾

/ 于莉莉推荐眼科医生

/ 贝拉独自放学

贝拉的新学校湾景中学距家约3公里，走路快点儿要半个小时，贝拉有四天放学后都有课，所以，基本上天天接送。

今天放学没课，天气也好，元俪早上和贝拉说好了，放学后自己走回家。

下午，元俪将贝拉房间的写字桌、床、抽屉柜全部挪动，换了个位置。床靠墙放，抽屉柜放到阳台门的正中间，挡住阳台门，避免贝拉可以从自己房间到阳台上，书桌放在了一进门的位置。抽屉柜比较重，即使推和拉把它就位，元俪也费了不少劲。

忙完所有的事，元俪在沙发上歇下，竟然睡了一觉。手机设置的闹铃把她惊醒。

元俪右眼有无数的黑色条纹在晃动。她以为什么地方不对，闭上，再睁开，还是有，重复几次，眼睛里的黑色条纹不但没减少，好像还多了。不知道为什么会这样。

元俪喝了水，又闭目养神了一会儿，再睁开眼睛，还是不行。看看时间，贝拉差不多要到家了，元俪到楼下路口去迎她。

在贝拉回来必经的路口，元俪来回走动，看看远方，再闭上右眼，丝毫没有好转，右眼就是有条纹和黑点在移动。

"嗨，贝拉妈妈，怎么在这儿呀？"身后有人打招呼。

"噢，你好，我等贝拉放学。"元俪回头，看到是贝拉3年级时的同班同学赛琳娜的妈妈于莉莉。

"你好,好久不见。"元俪说。

"等贝拉放学啊,贝拉是去湾景了吧?赛琳娜也是,她们在一个学校。"

"噢,是吧,记得你们是卡默中学?"杰奎琳如果还在多伦多,威廉姆就是应该在卡默,同一幢楼。

"是啊,赛琳娜没去卡默,在湾景,比较起来,湾景比卡默好。贝拉在几班?"

"6F。"元俪回答。

"哎,我们在一个班。赛琳娜也是6F。"

"是吗,又到一个班了。"小学和中学阶段,同一个年级的班级每年重新组合,几次组合,同学们就都认识了。

"贝拉妈妈,你怎么啦,眼睛不舒服?"于莉莉问,她看到元俪总是闭上一只眼睛。

"是啊,看得出来吗?我眼睛突然出现好多黑影,还有小黑点。不知怎么回事?"

"噢,那要去看看眼科医生。"于莉莉说。

"眼科医生也是家庭医生?"元俪还是第一次听说。

"不一样,家庭医生是不看眼睛的,看来你是没检查过眼睛。眼镜店的验光师就是最基础的眼科医生。"于莉莉说,"小孩子是可以每年免费检查一次眼睛的,政府规定的。你们没有检查过吗?"

"没有,我们都是暑假回国检查的。"

"我们的眼科医生就在央街上,走过去不到1公里。要不要介绍给你?你打电话约一下,去看看。如果有必要,她会给你转去眼科的专科医生。"

"好啊,谢谢,不遇到你,我还不知道呢。"

"好,加个微信吧,以后要常联系了,孩子们在一个班。"于莉莉拿出手机,"我扫你吧。一会儿把眼科医生的联系电话发给你,你打电话去约时间。"于莉莉提醒道。

元俪看到于莉莉疾走的背影，也看到贝拉远远地背着书包出现了，走得很快，表情很严肃的样子。贝拉看见妈妈，走得更快了。

"慢点儿走，急什么。"元俪说。

"妈妈，我跟你说，刚才闻到大麻的味道了。"贝拉第一句话就说。

"闻到大麻了，在哪里？"元俪问。公共场所明确规定不能吸大麻。

"刚才在路上，我前面的一个大人，男的，肯定是抽了大麻，味道很重。"贝拉很认真严肃地说。

"后来呢？"元俪问。

"我赶紧就过马路，到对面的人行道上走了，不能跟在那个人后面。"

"做得对！"元俪表扬道，"不过，过马路要小心，看看四面的车，看停车牌的吧？"

"是的，在十字路口，看好了四面停车牌都安全，才过马路的。"多伦多没有红绿灯的小十字路口，都有停车牌，行人优先，车辆按照到达停车牌的顺序先后行驶。

"做得对，能干！"

第六十八章　眼科

/ 飞蚊症

/ 躲过初一

元俪到家的第一件事，就是打电话约诊眼科医生，医生姓朴。接电话的小姐说，朴医生明天看诊，但是时间已经约满了。元俪说眼睛情况很严重，能不能安排一下。前台小姐说要问一下医生，稍后回电话。然后给元俪做了个登记，姓名、电话、邮箱等等。大约半小时后，元俪收到短信，说预约已经确认，邮件已发至邮箱，请查收。

约好的看医生时间是明天上午11点。元俪心里总算稍稍有些安慰，算是快的，明天就可以有个医生看一下。大多数时候，预约家庭医生也是在一周内可以看到，但不能保证第二天就能看上。

"贝拉，这学期班里有以前的同学。"

"谁呀？赛琳娜？"

"赛琳娜，今天遇到她妈妈了，怎么没听你说。"元俪问。

"说什么，我们不一起玩。"

"哦，赛琳娜和谁玩？你又和谁玩？"学校开学时间不长，但也该交上朋友了。

"我和朱莉玩，她以前不是麦基的。赛琳娜还是和以前麦基小学的同学一起玩。"

元俪见过朱莉，放学在学校门口接贝拉时，看见她们两个人一起出来。

"有好朋友是好事，不过，也别只和好朋友一起，班里的同学都能一起玩才是最好的，知道吗？"

"知道了。"贝拉应了一声。

第二天上午，元俪提前半小时从家里出发，没开车，1公里路走过去没多远。

前台小姐不是昨天的那位，居然可以说普通话。她让元俪填了表格，坐着等一下。

医生是个韩国人，是个看上去很温柔的女医生。

护士进来先让元俪在仪器上测了眼压、视力。然后，朴医生在元俪两眼各滴了一滴眼药水。元俪下巴搁在检查眼睛的搁架上，额头贴住仪器。

朴医生给元俪讲她眼睛的检查结果。就右眼的飞蚊症而言，问题不大，这是因为身体状况，比如过度劳累、过度用力，还有年龄等问题，造成后玻璃体脱落，每个人都会有，以前应该就有过。

元俪说以前没有过。

朴医生表示怀疑，也许很轻微，没有注意到。这个没有什么药物可以治疗，半年到八个月以后会慢慢消失。要注意以后不要用狠劲，或者拎重物等等。朴医生所有的相关单词都在电脑显示屏上打出来，翻译成中文。

"你的视网膜没问题，是好的。但是……"

元俪听到"但是"二字，心里更紧张了。

"你右眼的瞳孔略大，原因可能有三个，一是生来就是这样，二是长期近视造成的，你右眼的度数比左眼高出大约100度，第三个原因可能是青光眼。所以，这个问题应该检查一下。"

"我给你转专科医生，需要找个说中文的医生吗？"

"最好是。"

元俪慢慢走回家，觉得央街上一切都模模糊糊的，想到刚才说的青光眼，不知道是什么，在人行道的路边拿出手机，查了一下，吓人，会失明的！

元俪想，自己一个月前国内才做的检查，医生也没说什么，和年龄相符的衰退，只是晶体浑浊，算是正常，医生说，晶体不会越来越明亮，肯定是随着年龄增长越来越浑浊，算是正常，现在怎么会这样？

到了家，元俪午饭也没心思吃，喝了点儿水，继续闭目养神。然后到时间开车去接贝拉放学，再去培训班。

一路上，元俪只觉得视线不是很清楚。

"贝拉，好奇怪，今天限速的牌子上的数字都看不清。"

"这么大的字，看不清？"

"对呀，我知道这个字有多大。"

这是元俪第一次被药水散瞳，她还真不知道是因为朴医生给她滴的是散瞳的药水，视力没恢复过来。以前配眼镜，检查眼睛，也没有滴过这种药水。这件事后来告诉宁洁，简直让宁洁惊掉了下巴，太少有了！太危险了，还开车？！关于这一点，元俪后来想到都感到后怕，真是无知。

国内的时间天一亮，元俪打视频给艾玲。

"对不起啊，一大早的，可是不能等了。"元俪把眼睛的事讲了一遍。"怎么会这样，怎么办？"

"你不要急。飞蚊症需要时间，不用治疗，会慢慢好的。你也是太顺了，没生过什么病，才这么紧张。我也有过，没事。另外，青光眼是要经过检查才能确诊的，不是嘴上说说的。"艾玲说。

"好吧。"元俪说。

"有问题联系我。别紧张啊……"

眼科的专科医生预约的时间是两周后，上午9点。邮件上明确说明需要有人陪同。地点倒是离元俪家不远，地铁也就两站路。

元俪就是个怕麻烦别人的人。但是，为这事她想来想去，还是必须找个人陪着一起去。胡玲有段时间没消息了，估计是艾玛换了学校，她自己也在忙着适应，而且，早上这个点，时间上她也不行，正好是送孩子上学的时间。敏卓每天要上班，也不行。住得比较近的见欣也要上班，每天早上7点就出发去学校了。元俪思来想去，只有找宁洁，虽然知道宁洁的作息时间是午后才起床的，但是也只有麻烦她了。

宁洁说："你当然找我啊，我起个早算什么，我陪你去。和我客气什么？早上8点15分，我到你家楼下，放心吧。"

不到医院，不知道有这么多人眼睛有问题。宁洁开着车进入北约克眼科中心，入口的车辆多到要排队。停好车，两个人来到预约就诊的诊室，一排排座椅，坐着几十个病人，老年人居多，尤其是华裔老人居多。

元俪先到前台确认预约，然后填表，再坐下来等候。

宁洁用手机搜索了一下元俪预约的医生，说这个医生是个网红呢，Dr.Chan，Chan就是Chen，陈。擅长各类眼科手术，尤其是白内障。

"怪不得这里这么多老人，原来如此。"宁洁说，"一天做50例手术，这个忙的程度赶上国内的医生了。"

等的时间不算长，有半个多小时，元俪先进到一间预诊室。一个年轻的男医生，先给元俪做眼睛检查，然后在报告单上勾勾画画，让元俪在外面等。

元俪问："有问题吗？"

"是的，有个问题，你的左眼前房角狭窄。一会儿Dr.Chan（陈医生）会给你讲。"

元俪的心直往下沉，这又是什么呀？而且，不是右眼是左眼。

出来继续等，宁洁说："不用担心，听听这个陈医生怎么说。"

又等了20分钟，元俪进了诊室。陈医生年龄不大，精干利索，身材瘦小。她灯光下看了元俪的眼睛，又看看刚才的预诊单，说："你的左眼前房角狭窄，必须做个手术，不然我不能滴散瞳药水，没法儿检查。"

"手术？"元俪懵了，"我两个星期前做过散瞳。"

"我们的药水是专业的，前房角狭窄，药水会导致眼压突然升高，有可能会出大问题，眼睛会失明的。所以必须做个手术，解决了前房角狭窄，然后散瞳之后，我才能检查你的眼睛。很简单的手术……我明天上午在北约克医院，可以给你做，你去前台约一下。"

元俪出来和宁洁说了，宁洁的意思是，手术不能说做就做，需了解清楚再做。

元俪问前台小姐，除了明天上午，陈医生还有什么时间可以约手术？

最后约了下周五上午10点，在北约克医院手术。

回到家，谢过宁洁，元俪想了想，又赶去朴医生诊所。朴医生正好就在。元俪和前台小姐说明了来意。

朴医生很明确地说，元俪的双眼没有前房角狭窄，她之前用的散瞳药水也很厉害，是专业的。

"要不要预约，看看其他医生？"

"好的。"元俪说，换个专科医生再看一下。

下周五的前房角狭窄的手术不做了，元俪打电话取消了预约。

因为眼睛的事，元俪整个人状态都不好。后来回想起看眼睛的整件事，就觉得那个时候头脑都不清楚。

十天后，元俪按照预约，来到多伦多西边的一个眼科中心。

第六十九章　手术

/ 没躲过十五

/ 不明真相

元俪再一次麻烦了宁洁，按照预约的时间，上午10点，赶到多伦多西边的一个眼科中心。

同样的程序，先登记，再预诊，做个简单检查，眼压、视力等等。

元俪对检查的医生说："你别给我滴散瞳的眼药水，我左眼前房角狭窄。"

医生说："有吗？我没看见。"

今天预约的医生是Dr. Yu（余医生）。元俪事先在网上搜了一下，评价很好。

元俪坐在诊室里等着。突然，身型高大的医生来了，移动速度特别快，像穿着滑轮鞋一样，忽地一下，余医生就坐在了椅子上。

元俪说，右眼飞蚊症，眼科医生建议查一下是否有青光眼。

余医生语速很快，就像国内的医生，不浪费每一秒钟。他一边用亮灯的小电筒看元俪的眼睛，一边说："我不看青光眼，看青光眼你要找别的医生。哎呀，你这个眼睛很麻烦，右眼有个视网膜裂孔，马上要做激光治疗，如果不及时做，会导致视网膜脱落，你会失明的。"

余医生一边说，一边开单子："你把这张单子送到前台，前台会告诉你后面怎么做。好吧，就这样。"话音未落，一下就不见了。

对于毫无看病经验的元俪来说，这一席话，像风暴一样袭击了她。出了诊室，宁洁看元俪脸色就知道有事，问："怎么啦？"

元俪把情况说了一下，"怎么办啊，又是手术"。

"别着急，我们俩都上网查一下，看看这个视网膜裂孔是怎么回事。"

网上的信息，有一种可能符合元俪的情况。飞蚊症会拉扯视网膜，造成视网膜裂孔，激光手术固定裂孔边缘，避免裂孔变大。

"这个手术不做可能不行吧。如果今天不做的话，下次再约到医生，还不知道什么时候，有可能就更严重了。"看了好多条信息后，元俪说。

"那就做吧。"宁洁附和说。

元俪心中超级害怕，但是也没有更好的办法。

前台看了单子，说了注意事项，然后让元俪到手术室外面的候诊大厅去等。

元俪的思想在激烈地斗争，做，还是不做。第一次看朴医生的时候，朴医生说过她的视网膜没有问题。只是……如果在有了飞蚊症之后的这些天，造成了视网膜裂孔了呢？

元俪在候诊大厅，看到余医生在诊室、手术室穿梭，忽来忽去，繁忙程度比国内医生有过之而无不及。元俪觉得真是无助。人生真是少学一样都不行，没医学常识，完全不懂发生了什么。而且，她也不可能马上回国去看医生。

元俪听到护士小姐叫她的名字，显示屏上显示轮到她了。其实在这一刻，她也不清楚该不该做激光手术，按部就班，进了手术室。

手术室里光线很暗，余医生坐在仪器后面，让元俪额头抵住架子靠住，不要动。

"是不是很疼？"元俪问。

"多少有一点儿吧。"

"这个手术有没有什么后果？我是一个人带着孩子在这里……"元俪感到紧张得发抖了。

"你放松。"余医生说，没有时间多说话。

"我可以抓住哪里？"元俪想万一疼的话，要有个能够受力的地方可以抓住。

"你抓住桌子边吧。"

激光手术时间不长，元俪能感觉到激光枪在她的右眼球的上方打了一个圈。她内心的恐惧，远远大于激光带来的疼痛。

"你左眼视网膜也很薄很薄了，会脱落的。你要约时间来做。"余医生说。

元俪闭着右眼，出了手术室。宁洁想扶着元俪，元俪说没事，可以看得见。

"要不要墨镜？上了车，阳光刺眼。"宁洁问。

"不用，我的近视眼镜就是变色的，没事。"

十天后复查，预约复查的地点在市中心的一个眼科中心。

这也是看了几次才知道，原来多伦多眼科的专科医生，穿梭在多伦多不同的眼科中心看诊。

余医生检查完元俪的眼睛，说她的右眼视网膜裂孔补好了，没问题。问她左眼视网膜很薄，打算什么时候做？

"暂时不做。"元俪回答。

元俪看到余医生写的病历，病人左眼视网膜薄，建议手术。病人表示暂时不做。

这是病历，还是解释？一时间元俪有了这样的疑问。

第七十章　湾景中学6F班

/ 微信群

/ 牛奶金

自从和于莉莉有了微信联系，元俪发现自己原来对多伦多的认识真是少之又少，于莉莉明白的事情太多了。且于莉莉也是在任何事情上不遗余力，各种思量和行动，和国内的妈妈也有得一拼。

于莉莉住的那幢楼，按学区划分属于卡默中学，于莉莉说，卡默以前还不错，后来换了校长，学校就不行了。现在无论是校风，还是学术，比较下来是湾景中学更好些。于莉莉说："这也是必然的，现在我们这一片，房价多高啊，住在这个区的人收入也高，学校生源自然就好了。"

于莉莉找到住在街对面独立屋的东北人老杨，用了他家的地址，付了200加元，就让女儿赛琳娜在湾景中学注册了。老杨在几年前房价还不算太高的时候，买了一个老旧房子，拆了以后翻建了一个新独立屋，做家庭旅馆，生意也不错，有国内新来的短租客人，也有长租的单身客人。

于莉莉每天都和元俪有微信往来。她拉了一个6F的中国家长群，可惜群里就是聊不起来，群里不到十个人，四五个已经移民的学生家长，还有几个中国留学生的家长，偶尔只有几个留学生家长在互相聊。

"贝拉妈妈，听赛琳娜说，贝拉画画挺好的，在哪儿学的？"

一早，元俪送贝拉去学校，于莉莉就发来了信息。赛琳娜是自己去上学的。

"就在芬奇大道上的美术学校，很近的。"元俪回复说。

"噢，我知道，那个老师太严厉了，赛琳娜不喜欢，我们去过。"

"是的，估计你也知道。那个学校开了很多年了。"元俪说。

"贝拉妈妈，上午做什么，今天要不要一起去走路？"于莉莉说，"眼睛没事了吧？"

"没事。可以走路，几点去？"元俪说。

"10点如何？"

"可以。我出发了告诉你。你下来。"两人已经不是第一次约走路了，于莉莉平时不开车，元俪开车顺路到她家楼下，一起去附近的峡谷。

多伦多好天气必须要出门走走，峡谷里除了周末，平时人很少，有个伴儿一起安全点儿。

于莉莉来自福建。多伦多华人超市除了台湾同胞创办的大统华，其余基本被福建人垄断。于莉莉的老公在福建做的是超市的上游，供货商，于莉莉说，她老公就没有来过加拿大，这里只有她和两个孩子。

于莉莉30多岁，全职主妇没有工作。一是因为老二小，另一个原因是加拿大政府给16岁以下孩子的福利，俗称牛奶金，发放多少是根据家庭总收入核定的。牛奶金，在每年报税以后，政府根据前一年的家庭总收入核定发放多少。收入高，牛奶金就少，高收入的家庭根本就没有。反之，收入低，或者没收入，政府补贴就增加，甚至拿全额。

于莉莉不买车，她家楼下就是地铁，其他的公交也很方便，根本不用车。偶尔需要用，临时去租辆车，用完了还回去就行了，省了买车钱和养车的费用。而且，地下车库的停车位租出去，每个月还有几百加元的收入。

往前倒推三年，3年级时元俪家的贝拉和她家老大赛琳娜在同一个班。那时候元俪没和她说过几句话，但经常会看见她早上推着婴儿车里的儿子，送女儿上学。现在小弟弟已经上学前班了，5岁，在麦基小学的学前班（Senior Kindergarten，SK），明年9月就可以上1年级了。多伦多，小朋友4岁可以进入低级学前班（Junior Kindergarten，JK），5岁升入SK，6岁入学读1年级。

记得有一次贝拉说，他们班的赛琳娜说她妈妈不喜欢她，只喜欢弟弟。元俪当时还安慰了一下贝拉："这是大人说的气话，大人也有缺点，比如，发脾气说气话。妈妈如果这样，你就提醒我，我会改的。"

于莉莉站在公寓大楼前向元俪招手。

"贝拉妈妈，你好准时啊。"于莉莉笑嘻嘻地客气道。她上了车，手里拿着一瓶矿泉水。"今天去老地方？"

"是啊，行吗？这一段峡谷往返一个多小时，我们正好中午前回来。"元俪说。

于莉莉说："你有没有看6F群里的聊天儿？"

"没有啊，有什么消息？"元俪回家也没来得及看微信，每天各种群，消息太多了。

"三个小留的家长，两个女生，喜欢同一个男孩，因为这个，女孩子们吵架了，不讲话了。"

"啊？"这让元俪挺意外的，这才开学多久啊，6年级的小朋友。

这几年国内小留学生来加拿大留学的比较多，贝拉班上就有三个，两个女生和一个男生，都是妈妈来陪读的。

元俪知道贝拉基本不和他们在一起玩，贝拉的好朋友是CBC，加拿大出生的中国小孩。

开学有一段时间了，元俪还没进入情况，主要是因为眼睛的事情没顾上。中学确实比较杂，一共不到30个学生，超过三分之一是亚裔，学生来自附近几所小学。以前麦基小学，班里的家长还能聊聊。现在这个6F，仅仅是群里的不到10个家长，就是留学生一拨，其他的一拨，而这个其他的一拨，也互不了解。目前为止，元俪只认识于莉莉。

第七十一章　6F班的小留学生

/ 凯瑟琳现状

/ 元俪的婉拒

凯瑟琳给元俪发了微信，约她喝茶。元俪回复说，最近事情多，多谢多谢。

凯瑟琳知道元俪不来，是因为自己托她带东西，她收下又退回的事。其实她并不介意，倒是通过这件事，更加了解了元俪这个人，元俪循规蹈矩的，现在算是躲着她了。

伊丽莎白从新学期到现在，没让凯瑟琳太操心，周末都回来，虽然还是基本和她没话说，但至少学校这关能过了，现阶段，凯瑟琳觉得这就够了。

凯瑟琳看了一下时间，上午十点半，公司的事谈完了，上海公司的事情还是由伊丽莎白的爸爸在打理着，他算是一个不错的管理者，工作没有魄力，但是安排的事情能做好。现阶段，大家都相安无事也就这样了，等伊丽莎白上了大学再说。所以，一周五天的工作日，凯瑟琳和伊丽莎白爸爸谈工作，其他的事不提。

凯瑟琳站起身，从书房窗户看向后院，一周一次的剪草正在进行，传出嗡嗡的机器声。前后院的剪草是承包出去的，一个月300加元。看样子剪草的工人准备收工了，凯瑟琳赶紧下楼来到后院，客气几句，也挑了几个毛病，麻烦师傅再剪得用心一点儿，边缘的地方再注意一点儿。关于这方面，她可是学乖了，要好好和这些人商量，才能让他们多干一点点。这里不比国内，在加拿大无论干什么工作，都要尊重，不能有职业上的高低贵贱之分，自己觉得好就行，不能颐指气使。在这方面凯瑟琳可是吃过亏，刚来的时候，用国内那一套说话语气对付这里的工人，扫雪的，剪草的，水电工干活儿时，她指手画脚的，毫不客气，结果人家不来了，连她的电话也不接了。

"谢谢啊！"凯瑟琳看工人弄完了走了，远远地喊了一声。然后在院子里走走看看。

"元俪，在哪里？"她打电话给元俪，还是想再争取一下。

元俪正和于莉莉在峡谷走路。"你好，凯瑟琳，和朋友在走路呢，有事吗？"

"想问你，星期五上午，我约了朋友喝茶，看看你有没有空，过来一起见见面。"

"谢谢……我真不是客气。回来以后，看了几次眼睛，其他事情还没理顺，我这次就不来了，以后有机会再约。谢谢谢谢……"

"噢，眼睛现在好了吗？"

"是的，没事了。谢谢关心！贝拉上中学了，也比较远，天天要接送……"元俪大概说了一下现在的情况，再次谢谢凯瑟琳的邀请。因为带药的事情，元俪现在虽然谈不上愧疚，但是也不想尴尬。

挂了电话，于莉莉问："朋友请喝茶？"

元俪说："是啊……天气太好了，还是多多户外活动。"

于莉莉继续八卦："我们班那个小留学生，叫Lily的，个子小的，赛琳娜说昨天到校长室哭去了。"

"是嘛，为什么啊？那几个小留还对不上号。我还没来得及问贝拉班里的事情，什么事这么严重？"

"小孩子挺能闹腾的，她喜欢那个男孩，昨天那个男孩子和别人说不喜欢她了，就受不了，哭了……成熟比较早。"

"校长还管这种事？是不是把家长叫去学校啦？"元俪问，小孩子都哭到校长那里了。

"没有，这里才不会随便喊家长，校长了解一下情况，也就这样了。"

"哦……"学校和家长的联系，确实不是那么紧密。

"那几个家长，也是整天在一起约着玩的，小孩子闹别扭，大人想聚到一起吃饭也不行了，小孩不肯去。"于莉莉说，"你可能不关心这些小留的信息，这些小留，很能花钱的，家里也宠着，买双鞋子七八百加元，买个背包好几千加元。是不是有点儿过分？"

元俪听到这个，觉得要和贝拉说说这事，小孩子很容易被周围人影响的。

"赛琳娜说她们化妆，眼睛涂得黑黑的，皮肤上的粉又厚又白，涂口红，中午还要到洗手间去补妆。"

"真的啊？！"这对元俪来说就新鲜了，6年级的小女生，就这样了？贝拉早上洗个脸都是象征性地糊弄一下。

"这些孩子的爸爸妈妈怎么想的？不制止吗？这学校有多少留学生？"元俪问。

"不多，也就这几个，可是都在6F。"

元俪听到有点儿闹心了："为什么啊？"

"据说，我们这个班的老师，是6年级老师中比较好的，骨干教师，所以，这些小留就都放在这个班了。"

元俪想今天一定要和贝拉谈谈，她要知道贝拉对这些同学的看法。今年这个班，老师虽好，同学可不怎么样。6年级说大不大，说小不小，可不能交上不合适的朋友。

秋天的峡谷确实漂亮，从谢泼德大道的峡谷入口开始走，走到另一端的芬奇大道，往返一个半小时。

今天放学后贝拉是上画画课，贝拉在学Photoshop。元俪在亚马逊上给她新买了HUION绘王画板，深圳产的。元俪认为贝拉已经学了一段时间画，素描、水彩、油画等等，现在学点儿新技能，可以将兴趣保持下去。

和于莉莉走完路回家，元俪给贝拉蒸了两块桂花米糕，这是暑假回去跟钟点工阿姨学的，贝拉放学后吃两块，再去上画画课。

第七十二章　项目

/ 校长邀约
/ 美术学校公众号

元俪送贝拉去上课，楼梯上遇到了艺联美术学校的校长。校长是老移民，见到元俪，说："贝拉妈妈，有个项目，不知你是不是有兴趣。"

美术学校是由两个美术老师创办的，创办人似乎抱负很大，力争做多伦多最大最好的美术学校。

"我们想做个微信公众号，不知贝拉妈妈有没有兴趣加入？"

校长请元俪到办公室，开门见山说："股份制，三、三、四。我占40%，副校长还有你，各占30%。公众号主要由你打理，我们配合。"

校长对元俪之前在上海的传媒公司有所了解。她带着玳瑁架子的眼镜，头发就像大多数老移民一样，不长不短，黑白灰在脑后一把抓扎起来。脸上完全没有打理，眉毛也没有修剪过。办公桌上混乱一片，沙发也是只有一个位置可以坐，三人沙发上堆满了外套、纸张，还有几个塑料袋里不知装了什么。

"估计有个两年，或者三年的时间，我们相信可以做成多伦多最有影响力的教育类的公众号。"

公众号可以靠软、硬广告赚钱，前提是订阅数和阅读量要达到一定的规模。

"我们现在已经找到一个帮手，擅长提供教育类文章配文，她人在国内，可以在规定时间把编辑好的文章上传至公众号，每天不少于三篇，我们自己每天出头条，然后你决定每天发哪些文章，怎么发。"

校长已经想得面面俱到。"现在公众号已经推了半个多月，前面发的东西没什么看头，主要是我们艺联的课程介绍……你可以先看看，然后我们再想想以大多伦多地区为范围，怎么做，提高订阅量。"

元俪打开手机，关注了校长说的公众号——多伦多艺术大本营，已经连续发了二十多天，浏览了一下标题，没什么不好，但和大多数公众号一样，可看可不看。

"你也想一下，是继续用'多伦多艺术大本营'，还是改个名字？"

"这个公众号，是用学校的微信号申请的，已经有一些学生家长关注了，如果改个名字，也要和多伦多教育相关，我们都再想想。"

"我考虑考虑吧……还有什么是需要我知道的？"元俪说。

"我们三个人重新注册个公司，费用按股份比例分摊，以后利润也是按比例分成。以后，等咱们公众号做成了，再招人。目前分摊的费用只有国内小编的工资，月薪5000元人民币，节假日加班费另算，还有……"校长说。

"这个……我考虑了回复你。谢谢你给我这个机会。"元俪站起身，"我先告辞。贝拉上课，我去办点儿事。"

"好好好，贝拉妈妈，你这个年纪、能力，待在家里实在是可惜，好好考虑我的建议。"校长也站起身，送元俪到办公室门口，"希望我们合作愉快，一起做点儿事。"

元俪走出校长室，外面家长等候区的几个家长都抬头看着她。

元俪匆匆离开了学校。她把车开到附近的社区公园，停好车，沿着公园绕圈，边走边想。

元俪看看时间还早，下午4点多钟，和贝拉爸爸说这事时间上不对，国内天还没亮。

"胡玲，在吗？"

"在！"胡玲正在和艾玛一起看学校的排球队训练，艾玛脚上的骨裂还没好，所以，正常的排球训练时间艾玛不上场，只在场边坐着看。

元俪说了刚才发生的事。

"这校长谁呀，啥逻辑呀？"胡玲说，"她为什么认为你会加入？这实际上就是让你白干活儿，还要投钱，一直投到公众号开始挣钱。真到了公众号能挣钱了，有你的那份还算好，如果没有呢？拉倒吧，我看是这校长的脑子有问题。"

"而且，你们成立的新公司啥也没有，公众号是学校的，你拥有的30%的股份，是跟着分摊费用。事情你做，还帮着贴钱，忙的是她学校的公众号。"胡玲说，"别理她。"

"你也这么看，是不是？我回复她不参与就行了。"元俪说。

"对了，哪天我们去杰奎琳家，去收拾一下。"胡玲说。

"好啊，哪天你送完艾玛约我吧，上午10点之前，不然我可能要去走路了。"

"行，就这几天吧。和谁走路？"

"贝拉现在班里的同学家长，和杰奎琳住一个楼。"

"杰奎琳那个楼，为什么会上你们学校，不是东北面的卡默中学吗？"胡玲问。

"总有办法吧，中国人多聪明。"元俪说。

"也是，用别人的地址呗，国内惯用的那一套，在加拿大太好用了。贝拉的中学怎么样，作业多不多？"

"目前还没看见有作业。贝拉说第一个星期，学习Agenda（学生人手一册的日程，正常情况下每天学校日常需要家长签字）上的各种守则。"

"对吧，公校就是这样，教得太少。好在你自己抓得紧。"胡玲说，"我们新学校还在适应，艾玛说最大的不同就是老师特别友好。唉，虽然是进了私校，我也是不敢放松，这学期也是各种补习，排满了。"胡玲说，"孩子学习上可不能有一点儿耽误。"

"有好的数学老师推荐一下，贝拉6年级了，要好好地把数学补起来，到了高中再补就来不及了。"元俪说。

　　"好呢。有好的老师推荐给你。"胡玲说。

第七十三章 公众号

/ 和贝拉聊学习的事

/ 新开始

元俪到学校接贝拉，看到校长室的门关着，发了条微信，谢绝了邀请。

公众号，她自己就可以做。网上看了一下公众号的注册要求，也没什么难的，需要起个公众号名字，确定大方向，考虑公众号里装些什么内容。

贝拉身高已经一米六了，从这学期开始，贝拉不再坐在车的后排座，而是坐在了副驾驶的位置上。

元俪开车和贝拉回家，想起白天听于莉莉说的学校的事，问："贝拉，你们这学期班上有几个留学生？"

"三个。"

"你和谁熟悉一点儿？"元俪问，"没听你说过。"

"都不熟，他们几个自己在一起玩。"贝拉说。

"为什么啊？"元俪好奇了。

"他们总是在一起说中国的事情。Lily有时候会找我说话。"

"你们说什么？"元俪问。

"问我喜欢谁，班里谁最帅，还有她认为的班里前五名最帅的……一个个地说给我听，名字还经常不一样。"贝拉说，笑嘻嘻的。

"是吧，你们班谁最帅？"元俪好奇了，也想知道贝拉的想法。

"没有。"贝拉回答得直接。

"没喜欢的？"元俪问。

"当然没有！"贝拉拖长了音，"我又不是Lily，她整天就是这个男生那个男生的……"

"对，我们目前学习最重要。"

"嗯，Lily说已经要买iPhone 11 pro max了，他们都买最新的iPhone。妈妈，你会不会买新的iPhone？"

"不会，妈妈现在这个iPhone 10挺好的，不用买新的。等不好用了再换新的，你说呢？谁会因为你用了个新手机，就会更尊重你一点儿？你会不会？"

"不会。他们整天说的就是买东西。"贝拉说。

元俪稍稍放心，贝拉虽然个子长得高，但心智还不成熟，暂时不用操心这方面。

"妈妈想自己做个微信公众号，你觉得呢？"元俪想听听贝拉怎么说。

"当然好了，这样妈妈你就有工作了，又可以工作啦。"贝拉说，"你不是总是说，在上海时，工作有多忙，虽然忙，但是充实。"

"是啊，妈妈也是这么想的，我可以写写我们来加拿大这几年的经历，或者是你的经历，学这个学那个事情，怎么样？"

"可以呀，我数数，我们学了多少东西。"贝拉说。

"从我们刚来的时候算起，回忆一下。"元俪说。

一路上，元俪和贝拉算起这几年学过的补习班，很可观。刚来的时候2年级，是延续国内1年级学的，小提琴、芭蕾，然后这中间去了几个英语培训班。3年级时从万锦搬家到北约克，小提琴、芭蕾继续，画画、游泳、滑冰、滑雪、英语。后来，网球、合唱团、戏剧。再后来，排球、骑马、羽毛球、法语，再过一年，合唱团转歌剧团、数学、写作，等等。现在还有的，画画、手工画和电脑画、写作、歌剧、数学。

"这样一算，妈妈真是忙啊，每天带你东奔西走，学了很多东西啊。"元俪说。

"我也很忙呀，妈妈。不过，我找到我喜欢的了，画画！"贝拉说，"学了那么多，我最喜欢画画。"

"嗯，表扬一下，你也很努力。小时候，什么都尝试一下，才知道喜欢什么、擅长什么。"元俪也觉得这些努力都是值得的。

"所以，要写多伦多的事，也许这些是我最了解的，而且也是不少孩子家长想知道的。"元俪越想越明白了。

回到家，做晚饭，吃饭，元俪脑子里都在想这个公众号怎么弄，等到全部家务弄完了，她在本子上写写画画，慢慢把思路理清楚。

注册公众号，元俪列了几个名字，最后，"这里是多伦多"验名通过。元俪觉得这个头开得好，"这里是多伦多"，是个大筐，什么都可以往里装。

第一次有了自己的公众号，元俪心中有一种来多伦多之后从未有过的欣喜，像是推开了一扇窗，外面的光亮照射进来，她被光亮笼罩着，身心皆新鲜、明亮，生机盎然，又充满希望。

"这里是多伦多"，好啊！元俪满意极了，虽然已经是半夜，但她还是继续完成了公众号的简介，还有一些其他的设置，公众号关联上的是元俪自己的另一个微信号。

躺在床上，元俪兴奋得睡不着，想着第一篇公众号文章发什么。

她想第一篇应该有个发刊词，可以放在文章前。后来又否掉了。首先发哪一篇、写什么，必须是可以提供实用信息的文章。比如，《多伦多，带娃学美术，你有多少种选择？》，这种内容元俪擅长，她基本上考察过多伦多叫得上名字来的各种美术学校、美术培训班，范围涉及北边的万锦、列治文山，还有多伦多中城的美术学校。元俪觉得这样的内容家长会看，又有实用价值。

还有，多伦多儿童合唱团的介绍。主流的，招生情况，训练内容，费用多少，有哪些活动、演出，异地的露营……

另外，贝拉学骑马的事，可以扩展写多伦多及其周边的马术学校，比如马术学校的地理位置、硬件条件、教学课程设置、初学者有什么要求，以及学费、装备等方面，来个比较……

这么一想，元俪发现自己知道的东西还真不少。夜已经深了，元俪越想越兴奋，干脆起身下床，看看能写点儿什么。

她从抽屉里取出记事本，这是元俪的习惯，记事本一年一本，日期和具体事情，基本都有记录，偶尔也会有点评。她按顺序，一件件输入电脑，然后打开相册，查询相应的日期，找出可以用的照片，全部汇集到公众号文件夹里。

元俪完全忘记了时间，写了第一篇文章，编完，拷贝进公众号，设置为原创文章，然后预览到微信，就可以在自己的微信订阅号里看到自己公众号的文章了，而且看上去真像那么回事，元俪满意极了！

第七十四章　串门

/ 敏卓卖房

/ 杰瑞有了女友

"元俪，在家吗？有人来看房子，方便的话，我带吉莉安来待一会儿。"敏卓打电话给元俪。

"在家，欢迎！"

敏卓家房子挂牌出售了，有人来看房。

敏卓说："敏越这半年来不断地说，现在是卖公寓换独立屋最后的机会，下次还不知要等到什么时候。现在多伦多公寓价格上涨得太快了，趁着价格高，把公寓买了。"

"是啊，我前几天看到我们楼，和我们一样大的房子已经叫价过80万加元了，这才几年，和我买的时候相比，涨了几十万了。"元俪说。

"就是啊，我们主要还有一个考虑，杰瑞的空间太小了，所以，迟早要换房子，就换吧，我是最不愿意折腾这些事的，但是如果后面还是要换房子，就现在换吧，也许敏越说得对，是个时机，现在银行贷款利率也低。"

敏卓说，这几天就忙着收拾屋子了。有人来看房，就要收拾成样板房的样子，平时不用的东西，全部装箱放到楼下储藏间了。

元俪开门，敏卓和小吉莉安来了。

"阿姨好！我去找贝拉姐姐啦。"吉莉安一下就跑进里面贝拉房间了。

"你们家真干净啊！"敏卓进门环顾四周，赞叹道。

"哪里干净。"元俪笑道，"随便坐。"

"是真的干净啊，这次收拾屋子，才知道家里有多脏，乱七八糟不用的东西太多了。"敏卓说，"平时不觉得。"

"看房子的人多吗？"元俪问。

"不算多，但是有人看，几个都是中国人。"

敏卓在沙发上坐下："有件事还没跟你说，我们老大，杰瑞，有女朋友了。"敏卓说，"这事情迟早的。"

"好事啊，这时间哪能预期，什么样的女孩？"元俪问。

"他们学校排球队的，应该已经有段时间了。"

"哦。"听敏卓话音不是太满意。

"对的呀，学习不是太好，球打得好。"敏卓说，"我也不能说什么，这么大的孩子了……"敏卓面有难色，"家里条件和我们差不多，应该还不如我们。下面要申请大学了，杰瑞在帮女孩子补习功课……"

"杰瑞这么优秀，追求的女孩应该很多吧？"元俪说。

"是啊，一直听到说有，没想到吧，他选了个……"敏卓没接着往下说，"学习不好，这些年光顾着打球了……"

"打球很辛苦的，能吃苦的女孩，真的学习起来也许不会差。"元俪说。

"杰瑞也是这么说的，他说她很聪明的。"敏卓说，"可是，现在才补，是不是太晚了呀，已经11年级了。"

"不要小看爱情的力量，补起来也快。女孩子漂亮？"元俪问。

"还可以吧，个子高高的……说实话，我心里是比较失望。"敏卓说，"原来是希望他进了大学，找个志同道合的……"

"这种事，不能期望孩子按照我们的想象。他们这个时候的感情，很单纯，现在两个人为了进大学在努力，是一种很积极的、向上的感情。你别急，至少可以等到进大学了再看……"元俪说，"杰瑞学习本身很好，你也不用太担心他花时间去帮助女孩子补习，这恰恰是杰瑞一个非常好的品质。"

"也对吧，我只是提醒了他，抓紧自己的大学申请。"敏卓说。

"对啊，而且，如果两个人以后不在一个大学，甚至都不在一个城市，后面还不一定。这代人，和我们不一样。"元俪说，"你看我这样的，夫妻都分居两地了。"

"对。"敏卓同意，感觉上也放松了不少。至少儿子正在经历的是一段健康的感情，作为父母预设的一些条件，确实是自己想多了。

"和你聊聊好多了，我和敏越都还没说。"敏卓说，"我去年和你说过吧，敏越的老大找了个广东来的女孩，敏越知道后坚决不同意，现在老大住回家里，公寓也出租了。敏越张罗着给他相亲，一次也没成功过，都看不上。敏越说，哪个不比原来的那个强？不知道他搞什么鬼。"

"这么大的孩子哪里这么容易服从，除非是他自己不喜欢了。"元俪说，"孩子的婚姻，父母的期望太高，往往会不尽如人意，大的方面不错就行。父母理想中的儿女找对象的各种条件，十有八九是会落空的。所以，一方面孩子的三观得正确，这要从小灌输，潜移默化，这样长大了差不到哪里去。反之，如果平时不管，等孩子长大了，父母再强势介入，这不行那不行，行得通吗？"

"对，孩子应该从小抓紧了，我在反省自己，我是不是从来没对杰瑞讲过这些，关于找什么样的女朋友，时间太快了。"敏卓说，"通过杰瑞这件事情，吉莉安我一定注意了。"

"杰瑞是个好孩子，我觉得他不会让你失望。"说实话，元俪心里就是这么想的，互相认识，能长久相处，当然是双方价值观一致，合得来。

"嗯，希望被你说对了。"敏卓看了一下手机提示，"我们可以回家了。看房的人应该走了。"

吉莉安不情愿的，嘴上念念叨叨，被妈妈拉走了，临走还给了元俪一个飞吻，可爱的小东西。

贝拉和吉莉安热闹了一阵子，又继续画画了。元俪接着刚才敏卓的话题想，虽然贝拉还小，不过，孩子的价值观不是一天形成的，以后遇到生活中的各种事情，不能拿她当小孩，对与错，有什么选择，不同选择会对应什么不同结果等等，说给她听听，同时也听听孩子的想法。

第七十五章　锵锵三人行

/ 杰奎琳家中收尾

/ 各奔东西

胡玲一早送完艾玛直接到元俪家楼下接上元俪，一起去杰奎琳的家。

元俪上车，她递给胡玲一个小拎袋，里面是她早上新做的米糕，"这个给小艾玛，早上做的"。

胡玲接过来，看了拎袋里面，"真好啊，谢谢谢谢！"胡玲说，"有大事告诉你呢，我的房子买了，等我搬好家，请你过来。不是特别满意，但是不看了，看烦了，不想再挑了。"胡玲一边对元俪说话，一边发动车，穿着一身套装裙。

"是嘛，恭喜啊！在附近吗？"元俪问，她一身日常轻松装束，灰色T恤外加了件藏蓝的帽衫，灰色的运动裤，灰白相间的运动鞋。

"不远，离你特别近，这个区，住惯了。艾玛说这里有小时候就一起玩的小伙伴，所以不要搬去别的地方。"胡玲说，"现在的私校里，没有本地的朋友，都住得分散。"

"嗯，要有一起长大的本地同学。"元俪说，"这是基础的社会关系，重要。"

"对呀，我们在这里就是没有什么社会基础的，但孩子们得有，同学啊朋友啊，一年年建立起来的，将来在社会上就是社会关系，很重要的。"

"对！"元俪打趣道，"果然去了私校，深度不一样了，哈哈……"

"少来了你！"胡玲也笑道，"拉倒吧，哈哈……哎，你这一身轻便装，是打算去帮杰奎琳搬家呢？"

"不是啊，基本天天就这样。我哪里需要你这种讲究。"元俪暗指胡玲这一身板板正正的外套加中裙。

"唉，没办法，艾玛对我送她去学校有要求。班里同学的爸爸妈妈都有工作，每天穿得整整齐齐的，我不能太随便。我们这个学校，各个族裔都有，大多数是这里的上班一族……今天是没时间回家换了。"胡玲解释，主要原因是不想在私校家长中以家庭老母自居，所以，穿正式一点儿，感觉上好点儿。

"小莫呢，没她消息，有没有联系？"元俪问。

"没有，没消息，儿子上名校了，整个没影儿了。"胡玲说，"她和我们不一样，是年轻人，咱们是中年老母。"

胡玲拿着杰奎琳给的门禁卡，很容易进了大楼，然后上电梯，用钥匙打开杰奎琳家门。

"感觉你熟门熟路啊？"元俪说。

"当然，这楼我住过，在买公寓前。"胡玲说，"我熟悉得很。这楼方便的是直通地铁，不方便的是超市商场在楼下，开车出个停车场，绕三大圈还没到地面，负一层、负二层都是公共的。"胡玲找到杰奎琳家的Wi-Fi，插上电源。

现在胡玲、元俪、杰奎琳三个人的微信群，胡玲改名叫"锵锵三人行"。

胡玲问杰奎琳要了Wi-Fi密码。胡玲和元俪连上Wi-Fi，开始多方通话。

"哎呀，真好啊，咱们三个又回到从前了。"杰奎琳说，"想你们啊……"

"你想啥呀，平时没个影儿的，大美女，说吧，咋整？"胡玲说。

"胡玲就是来办公的，穿着一身职业装，像个大律师。"元俪说。

"真的啊！哈哈哈……"杰奎琳乐了。

元俪也被杰奎琳感染了。

"大美女，再笑我们回去了……这一身套装，不适合收拾屋子。"

胡玲这么一说，其他两位更乐了……

"元俪，你今儿这一身，适合干活儿，就你干吧。"胡玲冲着乐呵呵的元俪嚷道。

"没问题，你吩咐就好，这点儿事，我一个人干得了。"元俪笑道。

"杰奎琳，你的车怎么处理了？刚才在停车场想到你的车，卖了吗？"胡玲问。

"我的车是租的，也快到期了，我给奔驰原来认识的销售发信息了。"杰奎琳说，"简单，时间到了，开到车行，还给他们就行，到时候再说，还有几个月。"

"杰奎琳，你这几张沙发给你归拢到一起吧，盖起来不用太多床单。"元俪说。

"好哎，你们看着办！"

胡玲打开杰奎琳家壁橱，看到架子上有个纸箱，写着床上用品。"杰奎琳，你真是够能囤的，这么多新的没拆封，还各种颜色的都有。"

"对呀，这是我的习惯，用什么颜色看心情，不然，多伦多的日子多沉闷呀，让自己心情好一点儿。"

"你是说我们闷吗？说吧，今天拆什么颜色来用？"胡玲说。

"都行，看到什么就拆吧，你们做主了！"杰奎琳说。

"元俪，你想拆哪个颜色？"胡玲向客厅喊去。

三个女人一台戏，嘻嘻哈哈，热闹中，胡玲和元俪把杰奎琳家各种收尾的事情都做好了。

胡玲把杰奎琳家厨房柜子里，冰箱里东西的照片一一拍给杰奎琳看。

"那盒'好想你'红枣，这是我回来前不久在大统华买的，还没动过，小包装，你们俩带回去吧，别浪费了。其他的干货，基本上时间都长了，还有冰箱里的调料类，酱油，醋，瓶瓶罐罐的，不要了。"杰奎琳说，"吃的东西不能留，全部处理了，谢谢两位亲爱的！"

"好的，家里还有什么，好好想想。我和元俪先去楼下垃圾房扔一趟，走之前再扔一趟，估计就差不多了。"胡玲说。

"我一人去吧，拿得了。"元俪说。

"咱们俩一起吧。垃圾房你也不知道在哪儿，而且这瓶瓶罐罐的，可有点儿分量，不轻。"胡玲说。

"等着啊，我们一会儿就回来。"胡玲对杰奎琳说。

电梯里，胡玲说："咱们几个，今天在一起，感觉就是不一样。是不是？我这学期新认识的学校同学家长，聊不起来。"

"嗯。"元俪想起了贝拉现在的同学妈妈于莉莉，也是这样只限于交流些信息。

新学期，"事儿妈"群里的四位各奔东西，现在胡玲、元俪、杰奎琳的"锵锵三人行"群，联系也很少，基本上是沉寂的，都在各自忙着，不像以前了，每天什么事都会在群里唠叨一下。这也是必然吧，生活在继续，也在改变，有了新的方向，也有了新的内容，大家只能偶尔回顾一下。

"对了，你上次说的，找你做公众号的事，怎么样了？"胡玲问。

"我自己做了一个。"元俪说。

第七十六章　《这里是多伦多》

/ 三人团队

/ 运营思路

元俪发了一个公众号链接给胡玲。

"'这里是多伦多'，好名字！不错啊，你还真是说干就干啊，这么快！第一篇就有4000多的阅读量，等我回去把每一篇都好好看看，再转发到朋友圈，太好了！"

元俪没有在朋友圈推广转发"这里是多伦多"，公众号的影响面仅靠朋友圈是不行的，太有限了。

"多提意见。"元俪说，"最近看了好多同类的公众号，在改进中。"

"行啊，你！"胡玲赞道。

"哈哈，就当给自己找点儿事做。还有待提高，如果有好的想法，比如好的选题，告诉我。"

"好，一定。"

元俪在研究那些10万+的公众号，既然做，就想办法做好。文章选题、版面设置，还有面临的推广都得好好花心思去研究的。公众号已经不像几年前那么火了，现在红火的是短视频。不过，如果自己不愿意出镜，就不能考虑做视频了。

"你咋没有发朋友圈呀？"胡玲问。

"不急，再等等。"元俪说。

公众号的关注人数，文章的点击（阅读）量，个人的朋友圈，远远达不到需要的量。好的文章，加有效的推广手段，才是让"这里是多伦多"在浩如烟海的公众号里脱颖而出的根本。

元俪的公众号目前每期发2—3篇文章，头条是她自己针对家长们关心的话题精心准备的。

《多伦多的少儿合唱团优势大比拼》一文，阅读量过万，元俪相信这篇文章是刚需。理论上说，小学阶段的家长都会有兴趣，会关心并阅读这篇文章。华人的孩子，集体活动选择的余地不多，对抗性的体育活动不是中国孩子的强项，像冰球、棒球，很多家长出于运动安全的考虑，也不太推崇。音乐类的比如乐队，没有一定的水平也进不了。合唱团这样的集体活动，如果年纪小加入的话，门槛不高，既合家长心意，孩子也不用太辛苦，相比独自在家练琴，家长要监督，孩子还不愿意练，实在是好太多了。文章列举了多伦多的数家合唱团，各有侧重，有的是纯合唱团，有的是有表演课的歌剧团，唱歌的同时，多学了一些戏剧表演，等等。文中资讯包括合唱团每个级别的孩子，大致与之相对应的年龄（年级），训练时间，演出活动，还有学费等等。这一期配文是世界上几家著名的儿童合唱团，儿童时期学唱歌的益处，因合唱团的经历而受益的个例介绍。

元俪的公众号"这里是多伦多"，确实是快速起步了，从第一篇文章《多伦多，带娃学美术，你有多少种选择？》，到《多伦多的少儿合唱团优势大比拼》，一个月时间，关注订阅数已经上万。

这是元俪希望中的增长势头，也是她十多年前做公司时的想法。现在这个时代，做任何事，没有所谓的成长期，有多少水平，你就能跃上哪个层次，从一开始就是这样。

她想着下一篇文章应该会有突破，因为文章的内容不再局限在多伦多本地。《小妞骑马日记——你需要知道的马术课的方方面面》，以贝拉春假学骑马为由头，介绍了马术学校的各个级别的入学要求、课程及区别、循序渐进的训练内容、孩子需要配备的装备、装备从入门级到高级的选择、某宝上几个品牌对比，还有马术学校的基本情况对比等等。元俪也为此做了大量功课。

马术，国内外所谓中小学生课外培训课，很多家长在追求，但更多的家长在观望。这篇文章，信息量大，有扫盲作用，也有参考价值，便于家长识别马术课程的优劣，从报班开始就心中有数。

在公众号关注人数过5000的时候，元俪招聘了两个小编辑。根据元俪做公司的经验，经营一个公众号，显然也是需要一个团队，现在，她们一共三个人。

两个小编是元俪通过微信公众号招聘来的，都是国内来的留学生，对自媒体很熟悉，头脑灵活，文字新颖，元俪很喜欢。元俪招聘启事一出，收到了近百份自荐材料，说实话，元俪觉得很多应聘者比自己还优秀，但是目前只能先维持这个水平，看将来发展再扩充。

公众号的第一个广告客户，说意外也不意外，正是之前向元俪发出邀请的艺联美术学校。

"我的眼力好啊，你果然是很有能力。以后多多合作吧。"校长脸上的那种笑，对元俪简直是一种鞭策。

"这里是多伦多"的编辑小团队有事随时联系，每周碰一次面，地点就在北约克广场前的星巴克。

天气好的时候，元俪会提前挑个户外的座位，买好咖啡。自己喝美式，两个小编，Amy喝卡布奇诺，Maggie喝拿铁。元俪一边等两个小编，一边看看眼前的过往行人，在大笔记本上写写画画。

Amy和Maggie也是比较守时的那种。这也是元俪第一次见面就说好的几点规定之一。另外，元俪不喜欢别人开口闭口叫她"姐"，大家直呼其名就可以。

Maggie来自北京，以前给时尚杂志写过稿，软文这方面很有实力。Amy主题策划、写作都不错，公众号版面设置，图片、小视频处理很在行。事先，元俪已经将《小妞骑马日记——你需要知道的马术课的方方面面》发给她们了。Maggie的本期任务是给美术学校写软文。美术学校在头条上方有广告，二条发软文。Amy配一篇引导性文章，内容有关马术的风尚，还有相关马术赛事的知识，几个主要马术学校的官网链接，发三条。这一条主要面向国内，为以后做活动，比如为考虑中的马术夏令营等活动做铺垫。

"元俪，公众号微信群已经建了，是不是搞个有偿扫码加入？比如扫码加入发个微信红包？"Amy说。

"可以，但再等一段时间，微信群的活动暂时还开展不起来。先从关注我们的公众号开始，比如联合广告客户，扫码关注可以互惠……"元俪说。

"下一期广告有了，就是我们央街上的奶茶店，老板是个台湾同胞。"元俪说，"Amy和老板联系一下，我给你联系方式，还有一条的标版广告，加二条软文。这个和老板谈好了，出示我们的公众号广告，中杯和大杯立减2元。"

"哇，奶茶店现在很火呢，这个方向好！"Maggie说。

"对，我经常去，认识老板很久了，正好要开分店了，请他做个广告。"元俪笑道。

"'这里是多伦多'基本上什么广告都合适，吃喝玩乐都行，我一会儿就去趟店里。老板在的话就了解了解情况，拿点儿资料、商标等，看看有什么；不在呢，就买杯奶茶啰……"Amy说。

"好呀，走过去也不远，我们一起吧。"Maggie说。

"教育这一块覆盖面广，我们以此扩展到其他方面，各种专业的培训，还有像餐饮这样的可以关联上的相关行业等等。比如我们这次美术学校软文里涉及的艺术高中、艺术大学的申请辅导、作品集，联想到其他的培训，像雅思、AP、数学竞赛等标准化考试，先做个前期调研，看看多伦多这类培训现状，然后我们一起开拓一下思路，其实你们留学生本身就有很多需求的……还有体育方面的培训项目，我现在手上在写的是羽毛球，羽毛球培训项目的汇总写一篇。多伦多有这么多华人，以后我们的微信群不是建一个，而是按大类建立，这样广告投放也有的放矢。"元俪说。

"太厉害了，老板，以后我们忙忙不过来了。"Maggie说。

"等忙不过来再扩充啊，可以期待……"元俪说。媒体公司已经注册完成，公众号就是按公司化来运作的。

第七十七章　于莉莉的考量

/ 艺术高中

/ 更换网络

于莉莉给元俪发了信息："贝拉妈妈，请问你们家贝拉有没有找过唱歌老师？想给赛琳娜报个唱歌班，最好是外因老师。"

"贝拉没有。但是我知道有小朋友在上声乐课，是以前我们合唱团的小朋友，老师在市中心。我来问问。"

"好好好，谢谢啦！"

今天窗外下起了雨，显得室内就比较冷。于莉莉所住的单元朝东，不下雨的晴天，上午有阳光，今天就不行了，她开了家里客厅的灯。这栋楼，电费是不包的，需要自己付，不像周边有的楼，电费包括在物业费里。

于莉莉看准了离家不远的红衣主教艺术学校，这间学校从7年级到12年级，学校排名基本稳定在安省700多所中学的前十名上下，完全不输私校，相当不错。学校规定7年级、8年级入学需要有天主教的家庭背景，而9年级以上就不受宗教信仰限制了。所以，为避免和更多的人在9年级竞争，于莉莉在去年年初就参加了天主教教会的活动，快两年了，已经确定下月可以正式加入天主教了，正好可以赶上今年年底的学校招生。如果能考进去，赛琳娜7年级，也就是明年下半年的9月新学年就可以离开湾景中学，提前一步进红衣主教艺术学校。毕竟，9年级时难度就太大了，音乐、美术、舞蹈和戏剧四个艺术大类，各招收10人左右，而每个专业的报名人数要大几百人，甚至更多。

于莉莉对自己的这个思路还是很得意的，现在就是要选个专业，美术、舞蹈、戏剧不考虑，这些赛琳娜都不行，乐器虽然也学了小提琴，但是水平也达不到入学要求，女儿唱歌还不错，也许这个方向可以，所以赶紧找个老师，就当是临阵磨枪，准备两首歌，希望有用。

说起来，于莉莉觉得赛琳娜不是艺术上突出的小孩，但是要进这个好学校，只能是用艺术特长来做敲门砖。下个月带着孩子加入天主教，赶在7年级前就获得考这个学校的资格了，领先了大多数人。如果实在考不上，于莉莉也想好了，赛琳娜就只有申请9年级开始的IB了，多伦多最好的IB班，也是在天主教学校里的。总之，好的公共资源，要充分利用。

大概过了半个小时，于莉莉收到了元俪发来的信息，唱歌老师的联系方式和收费明细。老师只收一对一的学生，每小时70加元。

够贵的。临时抱佛脚，一周要上个两次课才行。于莉莉想，再问问其他人，有没有更经济的。

谢过元俪，于莉莉又找到北边的几个朋友，问问唱歌老师的情况。

于莉莉个子不高，脸型有点儿方，五官普通，整个人看上去显得比较能干，吃苦耐劳，事实上也是，她一个人带着两个孩子，儿子还没上学，但是什么也没落下。

说起来，于莉莉也是有专业的，以前在国内时，她在老公的公司做会计，各种证书也是齐全的。来到加拿大后，关于怎么使用国内的钱，她的专业也是派上了用处。在这方面，她深思熟虑后找了个好方法，报税时无收入，也看不出家里有什么汇款等经济来源。她认为最好的方式就是用国内借记卡取钱。

很快，唱歌老师的信息不断地从各个朋友的微信发过来，于莉莉一一比较，然后给几个老师发信息询问。

北边的万锦和列治文山的老师大都是中国老师，正儿八经的国内科班出身，教唱歌肯定是没问题。只是针对考天主教艺术中学，得找一个能教西洋歌曲的才行，还要熟悉这种考试的。了解来，了解去，还是元俪推荐的老师更适合一些，而且去市中心，可以乘地铁或公交，若去北边，那是一定要租车才行。

"唉，忙了半天，就这一件事。"于莉莉心中感叹，看看家里什么都还没做，房间还没收拾，好在不算太乱，就是地上有几件儿子的玩具。她也懒得收了，一会儿子回来，同样扔一地。老大赛琳娜现在放学自己回家，她很早就这样了，小学3年级或者4年级吧，那时候麦基小学比较近，一条路，于莉莉就让她自己走。穷人的孩子早当家，对于老大，于莉莉从来不娇惯。如果赛琳娜考上天主教艺术学校，这老大就算基本上忙出来了，可以一直上完12年级到高中毕业。所以，这一次她要全力以赴做成这件事。

家里的网络要换公司了。于莉莉看着挂在厨房里的大红"福"字的月历，今天日子上，有自己的标记。这个大红的"福"字月历，是他们福建人的超市印发的，每年都有，挂在家里记个事用。换网络公司，是家里的年度大事之一，去接儿子之前，她还要打几个电话，把这事办了。

在加拿大，网络电讯公司主要有两大家，贝尔和罗杰士。家庭网络计划，新加入的客户有较大幅度的优惠，连续用到第二年，就要按市场价，付较高的费用了。所以，一家公司用一年，再换一家公司，才能继续使用新开户的优惠价格。每家公司都是这样，对于第二年的老客户，没有价格上的折扣。总之，想省钱就不能怕麻烦，每年换一下。虽然费事，但是一年能省下不少钱。所以，每年这个时候，于莉莉都要换一下家里使用的网络公司，而且她每次也对要取消的公司提个意见，公司应该给老客户更多的优惠，这样客户也不用每年换了。不过，年年提意见，也没什么用，加拿大人就是这样。于莉莉先打电话，约好了罗杰士来安装设备的日期和时间，再打电话去贝尔，预定关停时间。关停以后，自己拆掉贝尔的设备，直接送到店里，或者免费寄给公司就行了。

办完宽带的事，于莉莉翻了一下月历，下个月还有一个标注。要打电话去电讯公司，问问有没有更好的手机计划。加拿大的手机费用比国内高太多了，现在使用的手机套餐资费，如果打电话去问，套餐费用一直是那样。但是，隔段时间打个电话，尤其是年中或年尾，客服那里往往会有更好的套餐，增加点儿服务。

　　于莉莉抬头看了一下客厅的挂钟，时间也不早了。加拿大就这样，一件小事也要来来回回好几次，所以，一天也做不了几件事。晚饭也不做了，等接了儿子，直接到楼下超市，买个比萨当晚饭了。

第七十八章　双宝十岁

/ 生日聚会
/ 全力以赴的小莫

小莫淡出微信朋友圈有一段时间了，没声音没图片。终于，晚上11点，在朋友圈发了一条微信。

"生日快乐！爱你们，感恩有你们的十年！"配图是大宝和二宝穿着圣劳伦斯校服，吹10岁的生日蜡烛，周围是一群小伙伴。

朋友圈认识的人都点了赞，发了祝福。元俪、胡玲，远在北京的杰奎琳，都是第一时间。

小莫半躺在床上已经累瘫了，休息了两个小时。她想，这要是个中年老母，怎么能吃得消。下午两个儿子的同学来家里参加生日聚会，两个半小时，从家长们把孩子送过来，到一家家接回去，整个过程，小莫自认为是尽心尽力了，个人能力发挥到了极致，从来没有这么努力过，真是不容易，聚会结束后，自己是累趴了。所有的食物，都是自己研究了食谱，看了视频学着做的，关键是要孩子爱吃，家长满意，太不容易了。孩子爱吃的东西就是越垃圾越爱吃，家长满意的就是越健康越满意。这些小朋友中，坚果过敏的有好几个，都还不算什么，这里对坚果过敏的小孩很多，还有牛奶过敏的，包括母乳、牛奶、豆奶，麸质过敏的，还有家里是素食的等等，地雷全部要绕开，这可是一点儿差错都不能有，过敏可是会出人命的。除此之外，要让孩子们吃得开心，玩得开心。小莫是费了大事，筋疲力尽，总算是结束了。

转学后的这段时间，与其说是儿子在适应，不如说是她自己更难适应。

从小没守过什么规矩，没经历过职场，待人接物、人情世故、礼尚往来，甚至衣着打扮，她可是什么都不懂，都要重新学。如果不是为了儿子，她宁可去搬砖也不要学这些，更不要说用这些来约束自己。圣劳伦斯是一个以精英的子女为主的私校，虽然不是顶级的私校，但家长群基本是中流砥柱，律师、医生、电脑工程师、大公司经理级别的管理者等等，进这种学校，还真不是交得起学费就完事，融入这个圈子，才是更重要的。

小莫从暑假结束，双胞胎爸爸回国以后，就开始对自己进行全方位的武装，好在现在信息发达，凡是能想到的，都能在网上找到。她基本上时间都花在这上面了，甚至连微信也很少看了。以前不努力，现在就要补课。

好在英语还行，不是有多好，但一般的情况能交流应付，这多少还是给了她底气。今天双胞胎的这个生日聚会就是一个很大的考验，总归是应付过去了，至少不算差吧。

本来老家的弟弟，超超是要9月来读书的，但是原来学校出具的证明上出了一点儿问题，要延后了。也正好给了她几个月的适应变化的时间，把9月新学期开始后的生活理顺。

二宝的爷爷奶奶打算11月初回深圳，小莫有一段时间没带儿子去见他们了，进了私校，也确实比以前更忙，每天放学后都有各种社团的活动，大宝和小宝有时活动时间还不一致，所以，天天放学回到家也不早了。小莫经常也是在等二宝的时候给二老打个电话，问问缺什么，要不要买了送过去。

小莫在床上伸了个懒腰，换了个姿势。想想还是起来看看，楼下没声音，二宝现在不知在干吗呢。开了卧室门，就看见从楼梯开始，地上一地的东西，像经历了一场浩劫，感觉是家里的东西全部翻了出来，扔在楼梯上、地板上、桌上、椅子上，连宝宝时候的玩具都拿出来了。

唉……如果不是二宝10岁，真是不能在家这么搞，破坏性太大。明年，也去游乐场包个小场地吧，小莫看到家里像打完仗的战场。

两个儿子，在地下室打游戏呢，怪不得没声音了。

"妈咪，你起来了？"小宝先看到小莫。

"嗯，睡了一觉。你们再玩一会儿，把东西收了，然后我们看看明天学校还有什么要准备的。"今天是两个儿子的生日，换作平时，看到两个儿子未经许可就打游戏，直接就是大叫一声，勒令停止！

"妈妈你刚才打鼾了，我们去看你了。"大宝说。

"喔……"小莫不知道自己还会打鼾，"等下我们和爸爸视频聊个天儿。游戏打完了，先把地上的东西捡起来，装进筐里，收拾一下。"

小朋友们送的礼物也是拆了一地，马克杯、水彩笔、篮球、书，等等，老外不送什么贵重的东西，一件小礼物，加上小朋友自己画的贺卡，基本就这样了，意思到了就行，和国内是不能比的。

小莫感到肚子饿了，想起今天只有早上吃了半片比萨，这一整天高强度忙着什么也没吃。她看着桌上留下的，她忙了一天的乱七八糟的食物，也没胃口，现在只想来点儿刺激的，重口味的。小莫打开冰箱，来个江西老家的炒米粉，解馋提神。

小莫把桌上的东西分类，装进垃圾袋，收拾出干净的餐桌，餐厅的地上也清理干净，给自己腾出了吃饭的地方。

然后，小莫大火翻炒了一大份米粉，配上家里的罗宋汤，大口大口吃起来。直到吃撑了，心满意足，她从手机中翻出照片，今天二宝和小朋友的聚会照片，9张一批，陆续发给二宝爸爸，等着二宝爸爸打视频电话过来。现在小莫每天都和二宝爸爸视频，要么早上要么晚上。老公一人养全家，可不能疏忽。

微信上，朋友圈有很多留言和祝福，小莫看到了胡玲、元俪，还有杰奎琳，想起她们是她之前的主要朋友，才短短几个月，已经恍若隔世，仿佛是很久以前的事了，看到她们仨的名字，似乎也没什么感觉。现在四个人都各奔东西，而且自己和孩子的出路算是最好的，所以也没什么可以留恋的。小莫这才想起，"事儿妈"群很久都没有消息了，想必她们几个重新建了新群，在另外聊吧。不过，她也不关心了。她现在要融入的是圣劳伦斯家长的圈子，今天算是一大进步。

　　小莫在微信上留言，一并谢谢大家。

第七十九章　元俪的兼顾

/ 上门数学课

/ 公众号宣传计划

胡玲给元俪发了一个数学老师的名片，是艾玛的学校中国家长群里推荐的，老师可以上门上课，两个小时60加元。

可以上门，这点吸引了元俪。现在公众号事情多，工作起来需要连续性，如果能够不来来去去接孩子上课下课，效率当然会大大地提高。所以，元俪立刻就联系了老师。如果老师可以上门，省去了路上接送的时间，而且价格也不高，所以决定试一试。

老师姓潘，叫潘石，个子不高，白而偏胖。元俪专门准备了一次性拖鞋，请老师坐那张全木的椅子。

每次有陌生人来家里，元俪的洁癖就会爆发，过后家里还要开窗通风，总觉得有异味。

潘老师进门就说刚从市中心赶来，给两个私校的学生上课。地铁这个时候人多，时间上赶得很。

"老师要是时间上来不及，我们的课可以推迟半小时，没关系。"

"不不不，我不是这个意思，这里的课上完，我还要赶一家，就在你们附近。"潘石老师连忙解释说。

老师用的教材就是市面上安大略省数学的补充教材，同年级的学校内容，多了一些题型变化和练习。说实话，贝拉的计算能力比较差，这是小学2年级来加拿大的后果，如果晚几年，国内小学的数学，计算能力一定是扎实了。没办法，加拿大小学的数学，没有复杂的计算题，实用为主，主要解决实际生活中的应用能力，比如用尺子量个长短，去超市买东西算个钱，还有多少收入需要缴多少税，诸如此类。难一点儿的也就是圆形统计图。所以，贝拉的数学，除了元俪3年级硬是让她背了乘法口诀，其他的都不行。

老师出了几个题，测试了贝拉的数学程度后说："贝拉，你仅仅会乘法口诀远远不行，像12乘12，12乘14，还有一些根号开出来是多少，等等，这种常用的，要一口能报出来，这样你做题的速度会快很多。"

老师对元俪说："我的私校的同年级的学生，数学计算能力高了不是一个档次，我最近辅导的两个学生，还准备参加滑铁卢的数学竞赛。"老师鼻头上都是汗。

元俪说："贝拉现在6年级，还有三年上高中，所以，高中之前补还来得及。老师就请按照6年级的安省教学大纲的要求，一个一个单元，把知识点讲全面，让她搞明白搞清楚就行。我们不参加数学竞赛，贝拉的问题是，每个单元的水平参差不齐。这个老师你是知道的，每个年级，数学老师教的程度不一样，有的教得多，有的可能都没能完成教学大纲所规定的内容，还有的，老师教了，但贝拉就没掌握，似懂非懂。"

"好好好，那我就按教材的单元讲。"老师擦了擦汗，翻到教材的第一个单元。

"老师以前在国内不是教数学的吧？"元俪问。

"对对对，我以前在国内是写程序的，来加拿大后，在公司干了一段时间，后来就教数学了。"

基本上，老师情况和元俪想的也差不多，是因为写程序跟不上了，计算机这行知识更新太快，错过几年基本就干不了了。而学计算机的人数学当然是比较好的，做家教是个好选择。

元俪在客厅的另一端，浏览她关注的一些公众号，也不时截个图，发在"这里是多伦多"的采编小群里，给Amy和Maggie看看，告诉她们发截图的原因，喜欢或不喜欢的原因，也转一转她认为排版好的公众号发到群里，让她们两个看看，必要时可以借鉴一下。还有一些教育类热点话题，消费类的新动向，元俪也发到小群，多多关注，随时就可以关联上多伦多情况发一篇，给公众号订阅者或家长们一个参考和指引。

元俪也在留意数学老师的上课，老师基本用中文，有时也夹杂着英文，数学专用名词，贝拉时不时会问，显然是专有名词听到的是中文就搞不清了，老师的英文也不怎么好。

Maggie传来了软文，SSAT辅导班的，这个老师元俪认识，就是之前带贝拉去上课的南希老师。南希老师现在已经不在家开班了，开了学校，租了办公房作为学校教室，小班化教学。南希老师专门找元俪做了一次广告的投放，元俪也给了她一些广告建议，别忽略了短视频，有潜在的生源。想来加拿大留学的生源，还有已经在加拿大留学的学生。有一部分留学生被无良中介骗进了所谓的私立高中，这些学生其实高中英语都难过关，还有进大学所需的雅思考试，等等。所以，南希老师学校现在的广告覆盖面，在多伦多的这类英语补习学校中，算是很广的，学生人数也稳定增多。学校聘用了专职老师，已经有了自编教材。

元俪看了Maggie的软文，@了Maggie，"学校的全职老师和自编教材这两个方面，再着重强化一下，不要一带而过，这是南希英语学校的亮点，其他部分写得都很好！"

"好哪，我再润色润色，改了再发你看看。"Maggie回复说。

"Amy，我们的小动画能看了吗？做好了发上来。"元俪又@了Amy。

元俪让Amy做一个"这里是多伦多"公众号的小动画，放在公众号的题头，增加识别度和亲和力。

元俪想，公司应该再找个兼职的，做市场推广，比如，做一些印刷品和小广告招贴，跑跑华人去得多的地方，比如羽毛球馆、英语学校、美术学校，甚至是餐饮等，免费或有偿摆放或张贴。最好是男生，比较活跃的。

"我们是不是考虑做个公众号的印刷品，折页，还有不干胶贴？放在一些场所，混个脸熟？"元俪在小群里发了建议，然后在自己手上的大的记事本上写上印刷品的文字、标准色、图片、尺寸……"先在脑子中想想，下次我们把各自的想法合计一下。还有，有没有学商科的男生可以推荐，跑市场的，要兼职……有合适的人选，推荐给我。"元俪@all。

"我有一个。"Maggie说，"多大商科的。"

"北京的？"元俪问。

"是的，挺能侃的，就是不好好学习。"Maggie说。

"好，可以考虑，问问他愿不愿意，如果有意愿，我们约见一下，等我们宣传品有了眉目以后。"元俪说，"我今晚想想折页的文字，明天我联系一下印刷，看看成本，然后做个初稿。"

"Amy，先大概思考一下版式。"元俪补充道，"看一眼能记住，内容不一定太多，简单就行。"

"好的，明白！"Amy发信息说。

元俪在本子上写写画画，关于公众号的宣传册。也注意听着老师的数学课。以元俪的要求，这数学老师实在一般，思路不是特别清楚，也说不到点上。但还是打算再继续上几次课再说，毕竟是在家上课，不用她两头跑。

元俪准备好60加元现金放进信封，每次上完课后付上课费。

第八十章　每一次选择成了现在

/ 胡玲的新居

/ 枫叶正红

胡玲的新家直线距离离元俪更近了，元俪送上一盆粉嫩娇艳的蝴蝶兰，祝贺胡玲的乔迁之喜。

胡玲新的三层独立屋很漂亮，地上两层，地下一层，完全是浅米白的色调，配上胡玲精心挑选的价值不菲的艺术品，家里氛围明亮、愉悦。

"谢谢啊，我喜欢的颜色！"胡玲从元俪手中接过蝴蝶兰，放在临街的窗台上，白色的布帘叠起了一半，阳光轻描淡写，透过下半截透亮的飘窗玻璃洒在一窗台盛开的鲜花上，惬意慵懒，又生机盎然。

"太好了，这房子！"元俪赞道。

"来，带你参观一下。茶，已经沏上了……"胡玲说。

房子楼上五间卧室，每间卧室都不小，地下室已经弄好的有视听还有健身，整面的镜子和扶杆已经装好。"这是为艾玛跳舞装的。"胡玲解释说。一层起居室左侧，是艾玛的琴房。

胡玲让元俪在客厅沙发上坐，自己去厨房中岛上取沏的茶和水果。元俪说："不用拿过来，我们就在高脚凳上坐，边喝边聊。"

"行，咱们俩随意，我平时也是坐在这里喝茶。"

"这时间真快啊，转眼就11月了，圣诞节有没有什么计划？"胡玲问元俪。

"圣诞节没有，天冷啊，冬天在家，尤其是下雪天，喜欢待在家里吃吃喝喝。"元俪冬天不想出门，也不喜欢很热的地方，"你呢，打算去哪？"

"我们也在家，凯特和男朋友回来，我哪儿也去不了。和你一样，就在家待着吧。"胡玲说，"这个天气，再冷一点儿，可以开车去阿冈昆，看看枫叶，再不去，叶子要落了。"

"阿冈昆是前年和贝拉去过，坐火车看枫叶的那种旅行团。有点远了，当天往返来不及。"元俪说。

"是啊，出门要住就是比较麻烦，带很多东西，这也是不想去的原因。"胡玲说，"其实我们周围，看枫叶的地方也多，峡谷里……"

"对，不过阿冈昆的气势，实在是壮观，那种大气磅礴，别的地方没有，震撼！"元俪描绘道，"没去过一定要去。"

"好，我看看抽个周末带艾玛去，就是课都排满了。"胡玲说，"哎，看到你的公众号的内容，真的很不错啊，我看阅读量过万了……"

"是还可以。"元俪说，"有没有什么可写的话题推荐？"

"看了羽毛球的那篇，真有用，我都按照你文章的推荐，已经联系好了，让艾玛去打打球。舞蹈的？我有兴趣……"胡玲说。

"已经在准备。"元俪说。

"是吗，信息先提供给我吧，等着报名呢。"胡玲说。

"没问题，我回去后传给你，你最后选了哪家告诉我，可以给你个折扣。"

"好嘞。"胡玲说，"元俪，我还真佩服你，你说，现在做这些公众号的，国内的不说，范围太广。就咱多伦多，像你这么认真的，又这么会做的，没有。所以，好好做下去，以后可以把业务扩展开来，前途广阔着呢！"

"对，我也是这么想的。"

胡玲为元俪续了茶，又递给元俪一颗陈皮加应子。

"人生就是经历了每一次的选择之后，成为现在这个样子。好与不好，都是我们的选择。将来是未知的，我们不能未卜先知，能做的只能是当时当下的选择。可是，人能把握的不就是当下吗？"

胡玲和元俪望向窗外，安静整洁的街道上，有车驶过，带起街边的树叶。

正午的秋日阳光下，有位白发的遛狗老妇人，在胡玲家对面的人行道上走走停停……

所谓岁月静好，就是这样吧，元俪想。她话锋一转，对胡玲说，"我前几天看到一句话：'2019年可能会是过去十年里最差的一年，但却是未来十年里最好的一年。'所以，我们活在当下。"

元俪边说边站起来，"我该回去了，你也要准备准备下午放学后的事了……"

"好吧，不留你，我们一天也就这点儿时间。"胡玲也站起身，"谢谢你送的花！"

"不用客气，这房子真好，等贝拉爸爸以后退休了来这里常住，我也换个这样的房子。走啦。"

回到家，元俪第一件事就是联系"这里是多伦多"的小编们，她在群里发了条消息："我今天就把舞蹈培训的文章写出来。另外，枫叶正红，进入旺季了，看枫叶的时间不多了，很多没去的人，还是想去，但是犹豫着怎么去。Maggie，你准备一篇实用的看枫叶攻略，要那种具体到路线，配上推荐的枫叶指数、行程时间，最好能具体到停车场位置的，总之就是拿着文章，选了地点就能上路的，有问题我们商量。"自媒体也是媒体，以元俪以前在媒体的工作经验，媒体就是跟着节日走，跟着热点走。

工作让元俪感觉充满活力，她享受工作。选择移民加拿大的时候，她义无反顾地关掉了上海的公司，她不能像很多人那样，加拿大、国内两头跑，两头兼顾，因为贝拉还小需要陪伴。现在，她终于又找回了工作，找回了自己的工作状态，在多伦多这个加拿大最大、北美排名第四的城市，再次重新出发。

第八十一章　大结局

2025年。

世界经历了一场疫情，看不见的病毒，改变了看得见的世界，每个人的生活都发生了变化，对多伦多的妈妈们来说尤其如此……

8月末的一天，杰奎琳回多伦多了，她带着可以上学前班的小女儿。儿子威廉姆已经被多伦多大学工程科学专业录取，现在已是一米八的小伙子，9月开始就是大学生了。

疫情对杰奎琳而言，除了生女儿时遭了罪，其他的影响是最小的。人在北京，虽然也经历了封城，但是，一家人在一起，没有太艰难。杰奎琳知道自己算是幸运的，而且这点她也特别感谢她的宝贝女儿多多，因为有了多多，她和儿子才会回北京，他们一家人才会安然无恙地度过这场疫情。那段时期，杰奎琳关注多伦多的情况，关心多伦多的朋友们，也设想着，如果她和威廉姆在多伦多，该有多难。网课一上就是一年半，她要负责家庭日常生活，且宅在家里不出门尽量保证安全。

疫情期间，杰奎琳的同学，英子老公的饭店当然是全关了，和所有做餐饮业的同行一样，损失惨重。英子说，安娜一打电话就哭。后来，安娜在多伦多也是绝地逢生了，她把自己的大别墅开成了家庭旅馆，房子出租给那些因为断航回不了国的，或者留在多伦多上网课的留学生，一间房子一个月收1500元，四间卧室租出去三间，连地下室也租出去了，这样解决了经济来源。英子说，安娜经济上独立了，电话也就越来越少了，后来就没电话了，大家都安生了。英子告诉杰奎琳，"现在心里最不是滋味的是她老公……"这话杰奎琳能理解，英子老公的感觉就是不被需要了，或者被甩了吧。这也是他应得的。

元俪这个暑假没回国，贝拉独自回上海了。贝拉基本上和元俪设想的差不多，进了谢尔顿学院的动画专业，这个有"动画界的哈佛"之称的专业，能够被录取也是不容易。贝拉的理想是去迪士尼公司做个动画设计师。

经过一场疫情，元俪的"这里是多伦多"公众号关注人数已经超10万了，由公众号延展出来的夏令营，这个暑假里，两个星期为一期，每个项目都做到了三期。国内的妈妈们就是冲着元俪值得信赖而报的名，粉丝是从公众号开始一路看过来的。元俪，从一个公众号的写手，到把公众号运作成功，现在，已经成为妈妈们信赖的品牌了。今年夏天，元俪公司和约克马术学校联合开办的马术夏令营、和尼亚加拉网球学校开办的网球夏令营，还有利用大学暑假开班的英语口语类的夏令营全部满员，学生来自中国，各个省的都有，公司的人手增加了，接机送机，安排活动，等等，元俪忙的程度可想而知，但是，"安全第一，质量第一，对别人负责，就是对自己负责"。元俪每天都会对员工灌输、强调这个理念。她自己也是忙中有条不紊，乐在其中。

杰奎琳回了多伦多，"锵锵三人行"重启了，群里开始热闹了起来。

"杰奎琳，欢迎回来，改天来见你们家'大眼睛'。我今天回家可能会很晚了。"元俪正在尼亚加拉大瀑布（Niagara Falls），今天是带夏令营的同学游览大瀑布。

杰奎琳家的小宝贝有着大大的眼睛，元俪和胡玲直接爱称"大眼睛"。

"好呢，知道你忙，你先忙！"杰奎琳回复说。

疫情期间，元俪一家有两年没有团聚。2020年春节，贝拉爸爸来多伦多过年，2月月初返回上海，一家人就开始分隔两地。贝拉爸爸在上海，元俪和女儿在多伦多，两地经历了断航、隔离、双阴检测、非必要不旅行等，一分离就是两年，每天只有通过视频得以相聚，相互鼓励。

2020年从3月下旬开始，加拿大的疫情开始严重，多伦多的学校停课了。贝拉在家上网课，一直上到第二年的夏天，一年半的时间。元俪除了做好后勤保障外，还采写疫情之下多伦多现状的公众号文章。疫情期间，元俪的收获是把公众号"这里是多伦多"做成了本地的著名公众号。公众号文章，及时反映了加拿大疫情下生活的方方面面，而且还有元俪特别强调的一点，实用，这得到了多伦多华人和中国国内学龄儿童家长的空前的关注，"这里是多伦多"跃上10万+的行列。现在，最早加入公众号的Amy和Maggie已经是公司元老，通过元俪的公司，不仅拿到了工作签证，还成功申请了移民。

小莫，仿佛玄幻一场。算是劫后余生，不久前，小莫和两个儿子，也在暑假里重新回到多伦多。两个儿子9月开学会在离家不远的学校读高中。小莫回多伦多，第一件大事就是找工作，她找了一份收银的工作，在最大的华人超市大统华。

疫情严重时，二宝爸爸的工厂也陷入了困境，银行的贷款、上游的货款、工人的工资，全部出了问题，工厂一下就垮了。没有了国内的经济来源，小莫先是把爷爷奶奶的房子租出去，但是这样也不够解决房子贷款的月供，多伦多的房屋每年还有一笔不少的地税。小莫和二宝爸爸、爷爷奶奶商量，就把二老在万锦的房子卖了。都说买房子升值，但这个房子既不是学区，也没有其他什么卖点，所以也没挣钱。

小莫最担心的事，就是坐吃山空。没有经济来源的日子，终究维持不了多久。没有了二宝爸爸汇钱来，多伦多的生活就没法儿继续了。两个儿子，一年超过6万加元的学费，房子的月供，生活上的开销，根本无以为继。加拿大政府给国民的疫情补贴，前提是至少过去半年里有工作，最低要求有5000加元的工资收入。所以，像小莫这样，全职家庭主妇，是得不到政府发放的疫情补贴的。所以，在2020年11月，小莫带着两个儿子回国了。她甚至都没有给儿子办休学，而是直接办了退学，告诉学校说带两个儿子回中国读书。小莫心里明白，将来也不会再读这个学校了。以后，如果还回加拿大，也就选择读家门口的公立学校了。

凯瑟琳在疫情开始前就回国了，那是2020年1月，在多伦多过完了圣诞节和新年。回上海以后，凯瑟琳和伊丽莎白爸爸办理完离婚手续，她全部精力放在了公司上。她明白，这就是她的宿命。600万元和浦东的房子给了伊丽莎白爸爸，她觉得这个结果算是不错，其实她内心的底线是千万之内，就可以把事情解决掉。

疫情期间，伊丽莎白的学校关闭，学校上网课住在家里。令人欣慰的是，她的室友，北京的女孩和她一起住在家里，这让凯瑟琳放心不少。北京女孩的爸妈感激不已，为此，介绍关系让凯瑟琳把业务拓展到了北京。

"杰奎琳，你回来了，在哪儿呢？我来看看'大眼睛'。"胡玲也是回多伦多刚刚几天。老大凯特大学毕业去了美国工作，现在住在旧金山湾区。老二艾玛现在就读的是多伦多学术水平最好的私校。

疫情期间，胡玲一家人都在多伦多。老霍2020年1月下旬来多伦多过年，到多伦多的那天，1月22日，然后一待就是大半年，到了下半年暑假结束了才买到了高价机票，回了北京。

疫情期间，胡玲老大学校改网课从滑铁卢回家来了，男朋友的家人在国内，也和老大一起回来，在家上网课。小艾玛的私校也关门了，也是网课在家。胡玲动不动就夸自己，"幸亏及时搬进大房子，地方大，够住！不然，这么多人，憋在公寓里，真是没法子了……"

胡玲和老霍不是那种心特别大，疫情期间还在外面跑的人。夫妻俩对待疫情，小心谨慎，超市也不敢去，胡玲说："那些老外，要自由不要命的，到处乱窜，谁还敢去超市。"所以，胡玲主要在中国人的团购群里买东西。吃的蔬菜和肉、零食、水果，基本上每周都是装满半个后备箱。买回来还要消毒、清理后再放冰箱。一大家人吃的多呀，天天要做一大桌子的饭菜，胡玲说："简直把这辈子欠的家务活儿都干了！"

胡玲一向元俪抱怨，元俪就会说："别抱怨啦，想想我呢，你已经很幸福了，一家人在一起，出门有老霍开车，还有个准女婿帮忙干体力活儿……"

"那倒是，你也是能忙，我真是很羡慕你，借着疫情，反倒把公众号做火了。能力强就多干点儿哈。"胡玲每次听元俪这么一说，瞬间心理就平衡了。

....

胡玲来到再熟悉不过的麦基学校操场，一眼就看到了杰奎琳，穿着黄格连衣裙，大声喊了一声。胡玲感到自己情绪上来了，真是老了，容易激动。多久没见了，还有这个操场，孩子们的童年都在这里，一切历历在目。

杰奎琳笑着转过身，还是那样，大美女。杰奎琳向着胡玲跟进了几步，两个人紧紧地拥抱了一下……

"太好了，多久没见了，回来太好了！"胡玲说。

"就是啊，感觉上是一点儿变化都没有，和以前一样……"杰奎琳环顾四周说。

杰奎琳的女儿多多，可爱的漂亮宝贝悄悄走过来，拉拉妈妈的裙子，嘴上喊着："妈妈。"眼睛却看着胡玲。

"天哪，这就是'大眼睛'！太可爱了……"

胡玲蹲下，对"大眼睛"说："嗨，你好，终于见到你了，宝贝。"胡玲满心欢喜，仿佛看到了孩子们小的时候。记忆中多伦多的所有美好，都回来了……

2021 年 1 月 20 日 初稿
2024 年 11 月 15 日 定稿